文春文庫

蔦　屋

谷津矢車

文藝春秋

目次

蔦屋

主な登場人物

丸屋小兵衛……日本橋の地本問屋・豊仙堂の店主。五十一歳になり、店をたたむ決意をする。

蔦屋重三郎……吉原の地本問屋・耕書堂の店主。豊仙堂を買い取り、小兵衛の雇い主となる。

北川勇助……重三郎の遠縁で腐れ縁。絵師としての筆名は、喜多川歌麿。

お春……重三郎の内儀。店を切り盛りしながら、息子の吉蔵を育てる。

寝惚……重三郎の知り合い。実は文人の大田南畝。またの名を四方赤良。

六樹……同右。実は狂歌師の宿屋飯盛。

喜の字……同右。実は戯作者の朋誠堂喜三二。

伝蔵……重三郎が懇意にしている煙草数寄。実は売り出し中の戯作者。

酒上不埒……武家であり狂歌師。実はベストセラー戯作者。

プロローグ

丸屋《まるや》小兵衛《こへえ》は帳台に肘《ひじ》を突き、薄暗い店先を眺めた。

雨戸の閉め切られた店の中は、がらんとしていた。壁のところどころに四角い日焼け跡が残っている。調度品や道具は軒並み店から運び出され、引き取り手のない古ぼけた帳台だけが、十畳敷きほどの板間の隅にあった。

小兵衛はありし日の面影を思った。かつてこの店先には、表通りに沿って背の低い本棚が置かれていた。帳台に一番近い本棚に錦絵《にしきえ》を飾り、その横に人気の戯作《げさく》を積み、さらにその横に古本を並べた。後ろの壁にもちらしや紅絵を貼り付け、少しでも売り物が目立つよう、日々苦心した。その甲斐あって、客は連日錦絵の前で足を止め、戯作を立ち読みして笑い、埃《ほこり》のかかった古本に目をすがめた。

小兵衛はかぶりを振って、かつての風景を脳裏から追い出す。

「しょうがないわな。本屋商売は運稼業よ」

自嘲《じちょう》混じりの独り言は、何もない売り場の中で殊更に響いた。

豊仙堂《ほうせんどう》丸屋小兵衛といえば、地本問屋《じほんどいや》にこの人ありと謳《うた》われた本屋だった。宝暦《ほうれき》時分は仕掛けた本や紅刷《べにず》りの浮世絵が受けてその名を轟《とどろ》かせたが、天明《てんめい》の世になると家運が傾き、ついに店を畳むに至った。金になりそうなもの、譲《ゆず》れそうなものは他の同業者に譲った。

帳台近くに置いていた煙草盆《たばこぼん》を引き寄せて煙管《キセル》に煙草を詰めると、小兵衛は炭から火をともした。すぱ、と音を立てて紫煙《しえん》を一息に吸い込んで、勢いよく吐いた。

小兵衛は自分の指を折る。五十一。自分の年齢に面食らう。

頃合いといえば頃合いだった。いや、遅きに失したというべきかもしれなかった。店を畳もうと思い立つ度、刷り師の伍作《ごさく》の娘が今年祝言《しゅうげん》挙げるんで入用だった、紙漉《かみす》きの与六《よろく》が長患いする内儀《ないぎ》を抱えているんだった、と踏み留まってずるずると商売を続け、気づけばどんづまりの崖っぷちに立っていた。

煙草が燃え切った。漂《ただよ》う紫煙が薄暗い店の空気に溶け、消える。

「これでようやく隠居かねえ」

小兵衛は青竹の灰吹《はいふき》に煙草の燃えカスを落とした。

表には店を売る旨《むね》を記した貼り紙を貼ってある。日本橋《にほんばし》の大通りに面した店となれば引く手あまただろう。他の本屋に譲った版木《はんぎ》や古本の対価と合わせれば、食うに困らない財産となる。一人暮らしの身の上、気楽なものだった。

「上々の人生、かね」

自分に言い聞かせるように呟《つぶや》いた小兵衛は、手の震えに気づいた。もう片方の手で押し留めようとしても無駄だった。どんどん、体中に震えが広がる。

しばらく小兵衛が正体の知れない震えに囚《とら》われていると、締め切っていた表の戸が音を立てて開いた。外の日が差し込み、一筋の光が小兵衛の前に伸びる。

逆光の中に、人影が立っていた。何度か目をこすると、一人の男の姿が小兵衛の中で像を結んだ。

二十半ばに手を掛けたかどうかといった風な若い男だった。穏やかな顔立ちをしている。口元に宿す笑い皺《じわ》がそう思わせるのだろうか。つややかな肌、意志の強そうな眉毛、節の通った鼻、男ぶりのいい顔だが、不思議と印象に残らない顔だった。

なにより、その形《なり》が小兵衛の目を引いた。

赤と黒の青梅縞《おうめじま》の着流しに鼠《ねずみ》色の緞子《どんす》角帯を締め、その帯に螺鈿細工《らでんざいく》の入った煙草入れと扇子《せんす》をぶら下げている。当代一流の豪勢な品を嫌味なく着こなしている。

華やかな風体にいぶかしく思った小兵衛だったが、潰れた店にやってくる者の用事など、尋ねるまでもなかった。

「店の買い取りをお望みかい」

青梅縞の男は袖を揺らしつつ土間へ足を進めた。男は店の様子を品定めする風もなく、帳台の前に座る小兵衛に向かって頭を下げた。

「豊仙堂主人の丸屋小兵衛さんですね」

声も若々しい。才気が迸《ほとばし》っている。要は、青い。

「いかにもそうだ」

小兵衛はどすを利かせた。すると、青梅縞の男は無表情だった顔をくしゃっと崩した。えくぼが浮かぶと、途端に柔和《にゅうわ》な顔立ちになる。無邪気な笑顔のまま、男は小兵衛の煙草盆を指した。

「あのう、火をお借りしても」

煙草盆の小さな火鉢の上では、炭がぷすぷすと音を立てて熾《おこ》っていた。

「ああ、いいぞ」

ゆったりとした所作で店に上がり込んで小兵衛の横に座った男は、腰にぶら下げていた煙草入れから煙管を取り出した。吸い口に蔦《つた》の象嵌《ぞうがん》がされた銀煙管だった。長い間使っているのか少しくすんだ色合いだったが、逆にそのくすみ具合が象嵌の丁寧な仕事を際立たせている。

男は自身の煙草入れから刻み煙草を取り出し雁首《がんくび》に押し込み、煙草盆の炭から火を採った。

不思議な香りが小兵衛の鼻をかすめた。煙草の芳香には違いないが、甘苦い香りの裏に、人をとろかすような芳《かぐわ》しさが隠れている。

青梅縞の男は紫煙を吐き出し、はにかむように笑った。

「いい香りでしょ。知り合いの誂《あつら》え品なんです。詳しくは秘密だそうですが、安手の香木を混ぜているんでしょう。味が落ちるので、伊達《だて》や酔狂で吸う代物ですけどね」

すぱ、と最後の一息を吸った青梅縞の男は灰吹に雁首を傾けた。

「さて、早速本題です」

言葉に反し、男はのんびりとした口調のまま、指を二本立てた。

「これでいかがですか」

体中の血が冷えていくような心地を覚え、小兵衛は口を曲げた。

「おいおい、大江戸日本橋、天下の往来に面した大店を二百両ぽっきりで売れるかい」

男は首を横に振った。大げさな身振りだった。

「違いますよ。二百両ではなく。二十両です」

いよいよ話にならない。小兵衛は蠅《はえ》を払うように手を振った。

「こちとら隠居するんで入用なんだ。冷やかしなら帰《けえ》ってくれ」

「心外です」

「冷やかしじゃなけりゃ、二十両なんて馬鹿な値は出てこねえだろうが」

「待ってくださいい、あたしの話を聞いてくださいいな」

煙管の先を突きつけ、男は小兵衛を見据えた。小兵衛はひりつきを覚えた。男の目は、難しい交渉をする際の、商人のそれだった。

小兵衛はあぐらから正座に改め、膝の上に手を置いた。

「聞いてやる」

「まず」男は煙管の雁首で床を叩いた。「はっきり言いますが、あたしの懐には、まだこの大店を買う金はありません」

「だから安く買い叩こうって肚《はら》か」

「そんなわけないじゃないですか。商いの極意は正直と誠意。心学の先生もそう言ってます」

「能書きはいい。金のねえ名無しの権兵衛《ごんべえ》さん、あんたはいかにして俺の店を買う？」

商売は正直と誠意も極意だが、金勘定が一等大事なんだぜ」

「ずばり、割払い。毎年年末に二十両、耳を揃えてお支払いしましょう」

「大事なのは回数だな。何回払いにする気だ」

十五回程度が相場だろうと小兵衛は見た。二十掛けることの十五で三百両、妥当な線だった。あとは、どれほど乗せてくるか。

が、男は相好《そうごう》を崩し、小兵衛の想像だにしないことを言った。

「払いは、無期限です」

思わず変な声を上げた小兵衛を尻目に、男はにこにこと笑いながらも小兵衛から目を離さない。逃がさない、そう言いたげだった。

「毎年二十両。あなたが死ぬまでずっとお支払いしましょう」

「俺の面倒を見るってのか？　正気かい。俺が八十まで生きたらどうする気なんだ。八十まで生きたら三十年も二十両払い続ける羽目《はめ》になるんだぞ」

青梅縞の男は肩を揺らし、声を立てて笑った。

「一種の賭けですよ」

「賭け、だと」

「ええ」男はあっけらかんと続ける。「小兵衛さんが長生きしたらあたしの負け。小兵衛さんが早死にしたらあたしの勝ち。どっちにしたって小兵衛さんは一生住む処《ところ》は変わらず、毎年それなりの金が入る仕組みです」

「だがよ」

この取引には大きな穴がある。毎年二十両を払うからには、毎年切れ目なく売り上げを立てる必要がある。日本橋の店を新たに買おうという若い商人が、左団扇《ひだりうちわ》の商いをしているわけがない。

小兵衛がそのことを指摘すると、男は白い歯を見せた。小兵衛の疑問をすべて飲み込むかのような、奥行きのある笑みだった。

「あたしァ、あなたの隠居暮らしの金を払うつもりはないんですよ」

「どういうこった」

「二十両は小兵衛さんへの給金ですよ。あたしの仕事を手伝ってください」

ただし、小兵衛さんが死んだあと、このお店はあたしが貰います。そう男は付け加えた。

小兵衛は男に抱いた小さな不審について、合点がいった。男は、店を買いに来たにも拘《かか》わらず、一瞥《いちべつ》したきり店に目を向けなかった。あの男の双眸《そうぼう》は、最初《はな》から――小兵衛を捉えていた。

小兵衛は鼻を鳴らした。

「俺は地本問屋だ。戯作とか錦絵の売り方しか知らねえ。その生き方しかしてこなかったんだ。今から新しい商いを手伝えって言われても困る」

地本問屋は特殊な商売である。右から左へと品を流すのが商いだが、版元は自ら頭をひねって売り物の形を考え、著者に仕事を出し、それをより集めて売り物を作る。地本問屋は草双紙や美人画、春画といった流行り物を扱うだけに、学者向けの本や仏典を扱う書物問屋とも違った難しさがある。潰しが利かないことも、店が傾いてもなお小兵衛がこの仕事にしがみついた理由の一つだった。

それに、と小兵衛は言葉を継いだ。

「俺ァ、店を傾けた札付きだぞ？　そんな奴を雇い入れたってまた店を傾けるに決まってらあ」

男はにんまりと笑った。まるで、小兵衛の問いをすべて想定していたかのようだった。

「これまでの話をまとめると、不安は二つってことでよろしいですね。では、まず一つ目のご心配ですが、大丈夫です。あたしも地本問屋ですから」

この男の纏《まと》う雰囲気が同業のそれだったことに、小兵衛は今更ながら気づく。流行を売るためか、版元の物腰は自然と華やかになる。

そして、と男は続ける。

「二つ目のご懸念について。遠い宝暦の頃、戯作の表紙を初めて紅刷りにした地本問屋・豊仙堂の旦那です。不足はありません」

本屋同士でしか話題にならないようなことを、男は口にした。相当下調べをしてここに来たのだろうことが、この言葉から窺《うかが》えた。

男は、心が揺れる小兵衛を見据えた。

「版元稼業は失敗だらけです。あたしだって、もしかしたら将来、素寒貧《すかんぴん》になるかもしれません。でも、あたしはそんなことになっても、この仕事を諦められない気がします。小兵衛さんだって、そうでしょう」

「若造が分かったような口を利くんじゃねえや」

「若輩とはいえあたしだって地本問屋です。同業者の気持ちは分かるつもりです。ねえ、本当に小兵衛さんは、もう版元の仕事をやりたくないんですか」

反論しようとしても、小兵衛は口の辺りが震え出し、上手く形にならなかった。

「小兵衛さん」ふいに男の声の色が哀調を帯びた。「みんな笑うかもしれないけど、あたしにゃ夢があるんですよ。金儲けじゃあない。あたしが二十の頃に見定め、一生を賭けるに値すると心から思えた大きな夢です」

「だったらあんた一人でやんな。俺にゃあ関係――」

「ありますよ。かつて、江戸の戯作の表紙が白黒だけだった頃、あなたが持っていた気持ちは、今のあたしのそれと同《おん》じ《な》はずですから」

かつての地本問屋の軒先は、ひどく元気のない処だった。浮世絵も多色刷りなどなくて、色味があるものといえば肉筆の浮世絵くらいのものだった。そんな高い一点物は奥にしまい込んでいたから、結局地本問屋の軒先はひどく地味だった。その様を見たかつての小兵衛は、

『辛気臭《くせ》え』

そう吐き捨て、彫物職人や刷職人たちと試行錯誤して紅刷りの技法を世に出した。

金儲けのためではなかった。功名のためでもない。

遥かに年上の彫物職人に『なんでこんな手のかかることをさせるんだ、これだから版

元様は困る』と文句を言われ、刷り師に『こんな馬鹿な思い付きに付き合わされる暇はねえんだけどな』と皮肉を言われながらも、新しいものを作り出そうと志したのは、小兵衛自身が、これまでの白黒の本に物足りないものを覚えていたからだった。

てめえで納得がいかないからこそ頑張れた。てめえにとって譲れないところだから、誰の意見にも耳を貸さなかった。てめえのために作った。そしてそれが世間に受け入れられて、浮世絵の定石《じょうせき》となった。世間に受け入れられるかどうかなど知ったことではなかった。若き日の小兵衛は、「てめえが気に食わない」という自儘《わがまま》な熱情に突き動かされていた。

目の前の男は続けた。

「一緒にやりませんか、あたしと。もう一度この世間をひっくり返しましょうよ」

その一言が、小兵衛の胸に刺さる。

小兵衛は気づいた。自分の心の中にあったしこり、それは未練だったのだと。

忘れかけていた気宇《きう》が、小兵衛の中で脈動している。少しの間、考え込んだふりをした後、膝を叩き、その場で頭を垂れた。

「分かった。喜んであんたの手足になろうじゃねえか。一度店を潰した札付きだが、一所懸命にやってやらあ。なにとぞ、よろしく頼む」

「こちらこそよろしくお願いしますよ、小兵衛さん」

小兵衛はここであることに気づいた。右手の掌を男に向ける。

「ちょっと待ってくれ」

「まだ何かご不満でも」

「さすがに、素性の分からん奴に使われるつもりはないぞ」

男は青梅縞の袖を揺らして、ぽんと自分の額を叩いた。しまった、とばかりに。

「こりゃあ失礼をば。あたしァ、吉原《よしわら》の蔦屋重三郎《つたやじゅうざぶろう》と申します」

小兵衛はその名に聞き覚えがあった。かつてあった江戸随一の本屋、鱗形屋《うろこがたや》傘下の版元の名だった。最初は小さな仕事を請けていたが、無断開板事件を起こして鱗形屋が潰れた後に独り立ちし、鱗形屋にいた人気戯作者や絵師を囲い込んだ。その小さな本屋の名前が「耕書堂《こうしょどう》」。そして、その主人の名前が――蔦屋重三郎。

男――蔦屋重三郎はにっこりと笑った。人懐っこい笑みだった。

「では、小兵衛さん。よろしくお願いしますね」

異存はない。小兵衛は頭を垂れて答えとした。

すると、重三郎は幾度となく手を叩いた。店の中の淀んだ気配が一気に払われる。

「そうだ。小兵衛さん。さっそく骨を折っていただきますよ」

「もうかい」

「商売の基本《いろは》は『神速を尊《たっと》ぶ』です」

年端もいかない若造に顎で使われるのは業腹だったが、今この瞬間、小兵衛は重三郎の雇われ人になっている。むう、とも、ああ、ともつかない曖昧《あいまい》な声で頷いた。

「何をしたらいいんだい」

重三郎は店の中を見回し、顎に手をやった。

「この様子じゃあほとんどの商売道具を手放しているみたいですね。職人さんは？」

全員、他の本屋へ伝手《つて》をつけた旨を話すと、重三郎は、おやおや、と頰を搔《か》いた。

「手元に取り戻してください」

小兵衛の口から頓狂《とんきょう》な声が漏れた。

「聞こえませんでしたか？　手元に取り戻してください。このお店にあった棚の一つ一つ、腕を競っていた職人の一人一人。一つ欠けてもあたしが欲しかった豊仙堂じゃありませんよ」

「冗談抜かせ」

「本気です」

重三郎の目は真剣だった。

頭を下げて古びた道具を同業者仲間に引き取ってもらい、『腕がいいんだ』と職人を売り込んで、何とか全ての行く先が決まったところだった。その舌の根も乾かないうちに『廃業は取りやめになったんで返してくれねえか』など、恥ずかしくて言えたものこではない。

重三郎はてきぱきと述べた。

「さっさとお願いしますね。期限をつけましょう。三日以内に、ここの道具や職人さんを呼び戻してください」

「三日以内？　そんなこと……」

「何か、異存でも」

小兵衛の口から出かかった『できるわけねえ』の一言を、重三郎は一瞥で塞《ふさ》いだ。有無を言わさない口振りは、昇り竜の若き商人の覇気《はき》ゆえか。小兵衛が二の句を継げずにいると、重三郎は薄く笑った。

「じゃあ小兵衛さん、お願いしますね、今から」

「今からだと」

「当たり前でしょう。三日しかないんですよ？　それに、商売の基本は――」

「分かった、分かったよ」小兵衛は声を上げた。「『神速を尊ぶ』だろう」

「さすが小兵衛さん」

「じゃあ、今から行ってくらあな」

歯嚙みしつつ、小兵衛は外に駆け出した。

往来に吹く風は早くも冬の気配を孕《はら》んでいる。この頃は日々、店のやりくりを思い、外を歩くときもずっと地面を睨んでいて、小兵衛は季節の変化に取り残されていた。だが、今は、全身で今の季節を感じ取っている。

癪《しゃく》だった。小兵衛は憎まれ口を叩いておくことにした。

「とんでもねえ奴に雇われちまったなァ」

小兵衛は知り合いの版元の店先に走った。涼しいはずなのにかいた汗で着物が背に張り付く。しかし、それでも、清々《すがすが》しさが勝った。

重三郎に頼まれた最初の仕事は、思いのほかうまく運んだ。

廃業を取りやめた旨を本屋仲間に話すと、誰もが『そいつは良かった』と言い、譲った道具を快く返してくれた。ある同業者などは、『あんたがいねえと張り合いがないからね』と鼻を詰まらせ、小兵衛の手を取った。職人たちも『また一緒にやってやらあ』と軽く笑い、小兵衛の肩を小突いた。

が、事のいきさつを話すと、皆一様に顔をしかめた。

『蔦屋、かい。ありゃあ……』

ある版元などは、

『耕書堂は本屋じゃねえ』

と吐き捨てた。

地本問屋の一員として、蔦屋の噂は耳にしている。それだけにこの反応は予想できたところだった。しかし、誰もが、

『あんたが蔦屋の下に入ったからって今までの付き合いは変わらねえよ』

と、複雑な表情を浮かべるに至っては、さすがに不安にもなった。

「蔦の絡まる蛇の道、か」

小兵衛がその蛇の道の恐ろしさに気づくのは、もうしばらく先のことだった。

かくして、日本橋通油町《とおりあぶらちょう》の老舗《しにせ》地本問屋・豊仙堂は吉原の地本問屋、耕書堂主人の蔦屋重三郎に買い取られ、小兵衛はそこの番頭に収まった。時に天明三年（一七八三年）九月のことである。

第一章

三味線の音色と男たちの笑い声、女たちの黄色い歓声が遠くから聞こえる。行きつ戻りつ、大きくなったり小さくなったりを繰り返し、やがて消える。

丸屋小兵衛は二十畳敷きの大部屋にいた。神田祭の様子が描かれた金屏風《びょうぶ》が一双、赤塗りの格子窓を隠すように立てられ、床の間には満月を描いた掛け軸と花入れに活けられた薄《すすき》の姿がある。幇間《ほうかん》や芸者、遊女はおらず、部屋の中は静かだった。

青々とした畳の上に、朱塗りの膳が四つ、置かれている。豪勢な膳だった。江戸前の魚のお造りや野菜の煮物や酒器が処狭しと並んでいる。しかし、せっかくの膳も、半分は座る者がなく、お造りの表面は乾き始めていた。

小兵衛は皿から小芋を箸で取り、口に運んだ。外側の醤油の塩気と内側の芋の甘みが溶け合い、後を引く。ねっとりとした中に嚙《か》み応えのある食感が、小兵衛の口の中に残る。

横に座る蔦屋重三郎が、小兵衛の脇をつついた。

「ちょっと小兵衛さん、なんでそんなに浮かない顔をしているんですか」

この日も重三郎は赤と黒の青梅縞姿だった。きらびやかなこの町にあっても、重三郎の姿はよく目立つ。重三郎は膳の物には一切箸を付けず、ひたすら酒をすすっている。先ほどから随分呑んでいるはずだが、頬は白いままだった。

小兵衛は、ふん、と鼻を鳴らして口の中のものを飲み込んだ。

「重三郎さんはなんで女郎《じょろう》方を傾城《けいせい》って呼ぶのか知ってるかい」

「あたしゃここの出ですよ。それを訊《き》くのァ、釈迦《しゃか》に説法ってものでしょうに」

「じゃあ、言ってみてくれねえかね」

「唐国をかってその美貌で滅ぼしかけた楊貴妃の故事を引いたものです」

「唐国の連中はさすがだな。女に現を抜かすとどうなるかよう分かっとる」

はは、と重三郎は笑い、

「お固いですねえ小兵衛さんは。——そんなことより、飲みましょうよ。はい」

銚子《ちょうし》を小兵衛に傾けた。

小兵衛は強くはないがいける口である。しかし、手を立てて固辞した。

「悪所《あくしょ》の酒は水で割るばっかりで酔いやしない」

「何言ってるんですか。ここは江戸で一番おいしい酒が飲めるところですよ。町の居酒屋のほうがよっぽど水混じりですよ」

重三郎は手酌して銚子を脇に置き、自分の盃を乾かした。

「いやあ、旨いなあ」

相好を崩す重三郎をよそに、小兵衛は口を結び、箸をぴしゃりと膳の上に置いた。

小兵衛が蔦屋重三郎率いる耕書堂に雇われて早《はや》十日になる。というのに、重三郎は日本橋の店を再開させる様子がない。売り払った物や離れた職人たちを三日で呼び戻させたにも拘わらず、である。

逸《はや》る小兵衛をあしらうように、重三郎は連日、真っ昼間から小兵衛を吉原へと連れ込んだ。

山谷《さんや》堀《ぼり》を横目に水茶屋の並ぶ日本堤を北へ上り、青い葉を茂らせる見返り柳を見上げつつ衣紋《えもん》坂をゆるゆる下って編笠茶屋が軒を連ねる五十間道を行き、大名屋敷もかくやの黒塗りの大門をくぐった先に、吉原はある。鉄漿溝《おはぐろどぶ》に浮かぶ極彩色の唐天竺。江戸の男たちの憧憬《どうけい》と、江戸女の憎しみを一身に浴び続ける町。夜になっても煌々《こうこう》と淡い色の光を宿す、眠らずの町。道行く者たちがとりどりの着物を纏う、華やかな町。そして『悪所』と呼ばれ、蔑まれる町。吉原は煌《きら》めきも汚穢《おわい》もすべて飲み込み、妖しく輝いている。

最初こそ自分の歓迎と思い込み、小兵衛は吉原遊びに従った。が、何日も続けば何かがおかしいことに気づく。そして、十日も経つと、仕事らしい仕事をしていないことに苛立ちを覚えるようになった。

小兵衛が煙管の吸い口を嚙むと、重三郎は小首をかしげた。

「小兵衛さん、煙草ですか。煙草盆ならそこにありますよ」

「間に合ってらあ」

「では女郎さんですか」

「それも間に合ってらあ」

「小兵衛さんのお歳になると、女郎さんはちょっとあれですか」

「ふざけんな。まだまだ若いのには負けけんよ」

「御見逸《おみそ》れいたしました」

軽口をまくしたて、重三郎はまた何が面白いのか軽く笑う。顔を引きつらせる小兵衛を前にしても、重三郎は柳に風だった。

「何がご不満なんですか。毎日吉原に繰り出せるなんて、まさに男の夢じゃないですか。何をそんなにぷりぷりとしているのか」

「分からねえか。なら教えてやらあ。――あんた、せっかく日本橋に店を持ったのに、まだ開こうともしないじゃないか。職人に仕事を振ってるからいいようなものの」

すると、重三郎は腕を組んで顎《あご》の辺りをさすり、うーん、と唸った。

「色々考えてはいるんですけどね」

「色々ってなんだ」

「そのうち分かります」

小兵衛のいぶかしげな目を受け、重三郎はからかい混じりのおどけ顔を浮かべた。

「思っていることが顔に出やすいんですねえ。全く信じてない顔です」

「うるせえ。うちの店は正直な商いを売りにしてたんだ」

「では、ひとつ心休まるお話をしましょう。うちは今、十分すぎるくらいに儲けを上げています。ご存じでしょ？ あたしの元々持っている店のこと」

重三郎の店、耕書堂は、吉原大門前の名物蕎麦屋《そばや》、つるべ蕎麦のはす向かいにある。耕書堂の売れ筋商品は、吉原の店や遊女の格付け案内、『吉原細見《さいけん》』だ。

かつてはいくつかの版元が似た趣向のものを出していたが、蔦屋版の人気が群を抜き、市場を独占していた。他の版元の『吉原細見』は数年前の版をそのまま刷っただけで、当然、内容は古く、用を為さない代物だった。しかし、蔦屋版は毎年のように中身を刷新し、人気女郎の格付けを行ない、遊び人の心を摑んだ。

一方、『吉原細見』は、吉原登楼のお土産代わりに買われる商い品でもあった。蔦屋版はそこにも着目し、細見の白紙部分に絵を付け、それ単体でも浮世絵として楽しめる工夫を配した。こうした紙面刷新により、『吉原細見』は、千両箱を稼ぎ出す耕書堂の売れ筋となったのである。

重三郎は猪口《ちょこ》を呷り、言った。

「正味な話、これから十年、日本橋の店を遊ばせておいても、うちの経営《やりくり》には何の障りもありません。焦ったってしょうがないですよ」

「だが、このままではいかんだろ」

「ええもちろん。とはいえ、日本橋で細見を売るわけにもいかないでしょう。あれは吉原の地の利で売る本ですから」

「いい加減、教えてくれんか。いったいあんたは何を狙ってる」

「それより前に、小兵衛さんにはもっと吉原に馴染《なじ》んでもらわないと」

躱《かわ》された恰好になった小兵衛は、腕を組んでそっぽを向いた。

そんな最中、

「おう、来たぜ」

襖《ふすま》が開き、大の大人が二人、足音高く部屋に現れた。一人は年の頃三十そこそこで青地の羽織に白の絣《かすり》を合わせる町人髷《まげ》の男、もう一人は年の頃三十半ばほどで鼠色の着物を着流しにした武家髷の男だった。

重三郎は二人を見上げ、楽しげな声を上げた。

「おお、来ましたね。六樹《ろくじゅ》さんに寝惚《ねぼけ》さん」

町人風の男、六樹が、へへ、と笑った。

「そりゃそうさ蔦重《つたじゅう》。ただ酒を頂けるってェんだからね」

武家髷の寝惚が、六樹の頭を軽く小突いた。

「下卑《げび》たことを言うと男が下がるぜ」

「そういうお師匠だって、ただ酒目当てでしょうに」

「貰えるもんは貰うのがうちの流儀だよ」

「だったらあっしァ、流儀のお約束を守ってるじゃあないですかい」

いい年をした大人二人が顔を見合わせ、にんまりと笑った。

寝惚と六樹は重三郎の知り合いで、連日の吉原通いで小兵衛とも顔見知りになった。小兵衛は二人の本名を知らなかったが、結局重三郎に倣った呼び名で二人の名を呼んでいる。話しぶりからするに寝惚は重三郎と歳按配《あんばい》が同じくらい、六樹は年下の様子だった。三十路を越えた大人が悪所で連日のように集まり、飲み食いしている恰好だった。

「おう、小兵衛さん」六樹がひょいと手を上げた。「なんだかご機嫌斜めだけど、何かあったのかい」

何もないのが問題なんだ、と小兵衛が答えると、今度は寝惚がくつくつと笑い、乱れかけた横鬢《よこびん》を撫でつけた。

「なんだ、蔦重さん処の新しいお仲間は、蔦重さんに似合わず堅物なんですねえ。もっと肩の力を抜いたほうがいいんじゃねえですかい」

「俺ァ引退寸前のところを無理矢理引っ張り出されたんだ。一日も早く仕事をしたいってェのに、重三郎さんはこんなんで弱っちまうよ」

「ただで遊べて不満を言う人は初めて見たよ」

呆れ顔の寝惚は、がらんとした部屋の有様を見渡し、重三郎に声を掛けた。

「おい蔦重さん、芸者と幇間《たいこ》を呼んでくんな。茶屋で飲んでるのに辛気臭えと思ったら、この部屋、随分と静かじゃないかえ」

「寝惚さんは芸者遊びがお好きですものね。分かりました。じゃあ今すぐに」

苦笑した重三郎が手を叩くと、襖ががらりと開き、三味線や太鼓を抱えた芸者と幇間《ほうかん》が現れた。部屋の隅に座った芸者が撥《ばち》で三味線の弦を弾《はじ》くと、太鼓の音が乱れ舞う乱痴《らんち》気《き》騒ぎが始まった。

「へっへっへ、やっぱりこうじゃなくっちゃねえ」

祭り囃子《ばやし》にも似た三味線の節回しが部屋に満ちる。その音声《おんじょう》に合わせて幇間が鼻と口に割り箸をはめて踊り始めた。

銚子から直接酒をあおった寝惚は口の辺りをぬぐった。

「さっすがお師匠、いい飲みっぷりで」

「馬鹿言いねえ、お前も飲むんだよ」

「へ、へえ」

六樹も寝惚に言われるがまま、おずおずと酒をあおる。そうして盃を空にした二人は、肩を組んで、幇間と手に手を取って踊り始めた。もっとも、足がもつれて形になっていない。千鳥足で足踏みするばかりだった。

息をついた小兵衛は重三郎の席を見やるが、そこにはいない。いつの間にか寝惚たちと一緒に踊っていた。ところどころぎこちない。肩を揺らして拍を取るくらいの、下手な踊りだった。三味線はいつの間にか速い曲を奏で始めている。曲調に合わせて幇間や重三郎たちの踊りも激しさを増していった。秋も深い時節というのに、部屋の中は暑い。

そんな最中、寝惚が踊りの手を止め、横で踊る重三郎を捕まえた。

「おう、蔦重さんよ。日本橋に店を持った祝いの言葉を伝えてなかったね。仕事熱心、頭が下がる」

踊りの手を止めた重三郎は、恐れ入ります、と頭を下げた。

「あのお店で、あっと驚くことをやろうと思ってます」

「茶屋でもやろうってのかい」

「いえいえ、向こうでも本屋の心積もりです」

そうかいそうかい、と寝惚は頷く。三味線の奏でる旋律はさらに早くなり、ほっかむりを被った幇間の踊りは最高潮を迎え、ぐにゃぐにゃと体をくねらせ始めた。六樹の笑い声が部屋の中でこだまする。

「あんたのことだ、機が熟してないってやつか。ま、頑張りなさいな」

「はい」

重三郎が頷くと、寝惚は目を光らせた。

「ま、うまく行くかどうかは別問題だがね」

その目は、小兵衛をして、鷹のそれを思わせた。ふらふらと千鳥足で足踏みをしながら、寝惚は続ける。

「日本橋店の開店祝いだ、あんたに忠告を贈ろう。〝吉原に入って名を上げた者は多いが、吉原を出て名を上げた奴《やつ》はいない〟」

痛烈な皮肉だった。吉原に入って名を上げた代表格、女郎の太夫《たゆう》や格子《こうし》は、廓《くるわ》の中では神仏もかくやの扱いを受ける。しかし、外に出ればただの人である。吉原に店を構えて細見を売って名を上げ、日本橋に店を買った気鋭の本屋・蔦屋重三郎はまさに、〝吉原を出て名を上げ〟ようとする人間に他ならなかった。

小兵衛は興味半分に重三郎の顔を見やった。しかし、重三郎は存外に涼しい顔をしていた。それどころか、やめていた踊りをまた始め、六樹や幇間の輪に加わった。

「ご指摘痛み入ります」

三味線の音色に合わせて手振りを始めると、重三郎は寝惚に向けて笑って見せた。綿毛のように柔らかく。

「でもね、寝惚先生。あたしァ勝ち目のない博打《ばくち》はやらないんですよ」

「大した自信だ」

つまらなそうに、寝惚は合いの手を打つ。重三郎は寝惚の皮肉を文字通り笑殺した。

「そのうち、寝惚先生にもお見せ致しましょう。吉原から出た蔦屋の成功を」

「楽しみだ。ぜひ、見せてくんな」

口をへの字に曲げ、寝惚は応じた。

次の日の朝、吉原大門前で重三郎と別れ、日本橋へ戻った。

空の際が白んでいた。そんな時分に出歩く向きは、朝の早い棒手振《ぼてふ》りを除けば、悪所帰りの助平男《すけべおとこ》と相場が決まっている。五十の坂を越し、老人と呼ばれる年按配にもなって、真っ昼間から朝まで吉原に居続けをする日が来るとは、小兵衛も想像だにしない成り行きだった。

道を一人歩きつつ小兵衛が考え事をしていると、くしゃみが鼻を突いて出た。鼻の下を指で何度も擦りながら、小兵衛は毒づく。

「本当にどうするつもりなんだ」

重三郎、そして店のことだった。

金が欲しくて重三郎の下に入ったわけではない。版元稼業に未練があっただけのことだった。だが、肝心の重三郎にやる気がないとなれば。

「また隠居を考えればいいわな」

算段を立てつつそぞろ歩くうちに、小兵衛は日本橋の店の前に至った。土蔵造りの表店が、朝靄《あさもや》の中に佇《たたず》んでいる。この店を建てる際、堅牢なものをと考え、土蔵造りで普請した。清水の舞台から飛び降りる覚悟の大奮発だった。しかし、目の前の建物に、今の小兵衛は心許なさを覚えている。使われている建物とそうでない建物は、たたずまいからして違う。人の気配のない建物は、どんなに立派な作りでも生気を失っていく。店の有様が今の自分と重なるように思え、小兵衛の背は冷えた。

小兵衛がぶるりと肩を震わせていると、

「いっきし」

やけに盛大なくしゃみの音が辺りに響き、小兵衛の嫌な想像を吹き飛ばした。

誰かいるのか、それとも野良犬でも寝てるのかといぶかりながら辺りを見渡すと、菰《こも》を巻いて店の雨戸の前で腰を下ろす男の姿が目に入った。ずいぶんと若い。その男は鼻の下を人差し指で何度も拭きながら、「寒《さみ》いなぁちくしょう」と独りごちている。が、小兵衛に気づくと牙《きば》を剝いた。

「おいこら、こちとら見世物じゃあねえんだよ」

居丈高《いたけだか》な態度だった。小兵衛は小さく息をついた。

「それを言うなら、ここは俺の店なんだがな。店の前で寝るな、迷惑だ」

すると不機嫌顔はどこへやら、男は途端に明るい表情を浮かべた。野犬のようだと最初は思ったが、笑うと大きな目が目立ち、子猫のようにも見えた。

「この店の主人さんか、なんだ、早く言ってくれよ」

「名乗る前に喧嘩売ってきた奴が何を言うか」

「まあまあ、細けえことは言いっこなしだ」

ひょいと身を起こした男は菰を取った。水色の着流しも目を引くが、何より、腰の辺りにぶら下げているものに目が行った。根付《ねつけ》で帯に吊るされた縦一尺横半尺ほどの木の板に、紐《ひも》に括《くく》りつけられた裸の筆が簾《すだれ》のようにいくつもぶら下がっている。書をしためる筆ではない。絵筆だった。絵師とも付き合いのあった小兵衛にとっては見慣れた筆である。

水色の着流しの男は、人懐っこい笑みを浮かべて小兵衛の前に立った。

「あんたを待ってたんだ」

「俺を？」

「おう、重三郎の野郎が新しく店を買ったっていうんで見に来たんだ」

「こんなに朝早くか。店が開いてないことくらい見当つくだろうに」

すると男は目を泳がせ、ばつ悪げに口元を歪めた。

「正味な話、入り浸ってた女の処から追い出されたんだよ。真夜中に『おめえみたいな甲斐性なしは出てけ』って着流し一つで外に弾き出されちまった。仕方ねえから知り合いのところに泊まるかと思ったんだが、この界隈に知り合いがいなくてよ。で、最近重三郎がこの辺に店を買ったって話を小耳に挟んだから、来てみたんだ。ところがどうよ」

両手を掲げつつ、男は続ける。

「来てみりゃあ人っ子一人ありゃしねえ。忍び込もうにも用心棒がしてあって戸が開かねえ。で、仕方なしにこうやって店の前で寝てたって次第でよ。——あんた、どこに行ってたんだよ！　あともう少しで風邪引くところだったぞこの野郎」

ひどく理不尽に怒られた気がした小兵衛だったが、深く考えないことにした。版元稼業に身を染めると、これくらいの言いがかりは日常茶飯事である。

小兵衛は一等気になっていることを訊いた。

「お前さんは何者だい」

「おっと、いけねえ」

水色の着流しの男は居住まいを正し、親指で自分の顔を指した。

「おいらは北川勇助《きたがわゆうすけ》。重三郎の遠縁で、絵師をやってる。以後よろしく」

「絵師？」

「知らねえかい、北川豊章《とよあき》って名で描いてるんだが」

小兵衛は首をかしげる。覚えがなかった。

勇助は眉を寄せ、戸に手を掛けた。

「とりあえず、家に上げてくんな。特別に絵を描いてやらあ」

それから言いにくそうに付け加えた。

「悪いんだけども、朝飯貰えねえかな」

盛大に腹を鳴らしながら、勇助は後ろ頭を掻いた。

「飯をたかる気か」

げんなりと応じた小兵衛だったが、仮にも雇い主の遠縁、絵師を名乗っている。一雇われとしても版元としても、むげには出来ない。

「味には期待するなよ。男の炊いた飯だ」

勇助は、けけ、と笑った。

「最初っから味になんて期待してねえよ」

「たかるにも、もう少し言い方があろうよ」

開けてあった店の戸から勇助を中に招き入れ、表の店先に上がらせた。小兵衛は帳台の横にある火鉢の前に座り、火の残る炭をほじくり返した。火の付いていない炭に重ねて息を吹きかけて火をつけると、その上に五徳を置き、鉄瓶をかけた。

「絵を描いてくれるんだっけかね」

「おう。一飯の恩の分くらいは働くぜ」

「紙は奥の棚の一番上にある。墨はその棚のすぐ下だ」

「用意がいいねえ」

ひゅう、と勇助が口笛を鳴らすと、小兵衛はぴしゃりと返した。

「本屋のたしなみだ」

紙と墨は、湯水《ゆみず》のように使う、版元の大事な商売道具である。その二つは親が死のうが火事になろうが絶やさないのが本屋の矜持《きょうじ》だ、と小兵衛は死んだ父親から教わった。

早くも勇助は紅や青、緑青《ろくしょう》といった仮摺用の顔料が並ぶ棚を物色し始めた。その後ろ姿を横目に、小兵衛は三和土《たたき》に降り、奥の台所へと向かった。

台所は薄暗く、冷気が漂っていた。火の入っていない竈《かまど》にかかったままの釜の蓋を開けると、水気を失って固くなった昨日の飯が入っていた。一人暮らしで毎日飯を炊くのも馬鹿馬鹿しい。かといって外に食いに行くのもおっくうで、小兵衛は数日に一度米をまとめて炊き、冷や飯を食っている。

客に冷や飯を出すのは気が引けたものの、よくよく考えればただ飯食いに来た者にそこまで気を遣う必要もあるまい。ただ、飯だけ出すのは、と考え、おととい隣のお内儀《かみ》から貰った漬物をぶつ切りにして小皿に盛った。

「おーい、すまんが湯漬けだ」

小兵衛は表の勇助に声をかけた。が、返事がない。

二人分の飯と漬物を盆に載せ、小兵衛は表の売り場へ戻った。

いつの間にか、店の戸はすべて開け放たれ、朝の清冽な日差しが本棚だけ置かれた売り場に差していた。勇助は上がり框近くの際に座っている。

小兵衛は、声を失った。

勇助は、半紙を前に、帯にぶら下げている細筆の一つを取り、目を細めていた。それはまるで、鼠を捕えんと身を伏せる猫のようだった。

勇助は筆をもう一つ取り、口で真一文字にくわえると、目を閉じた。そして、祈るような仕草を取ったかと思うと、中空に留まっていた右手の筆先が飛燕《ひえん》の勢いで翻り、紙の上で舞い始めた。筆が躍る。その言葉が譬《たと》えではなく実際に存在する出来事なのだと、小兵衛はこの瞬間初めて知った。

やがて、紙の上には一つの像が浮かび上がった。勇助はぴたりと手を止める。

「出来た」

これ見よがしに嘆息した勇助は、半紙を小兵衛の前に掲げた。

「どうだい、これぁ」

美人画だった。柳のように細い腰、たおやかな手足、涼しげな顔立ち。白黒の墨絵だというのに、その女の肌の色や柔らかさを捉えている。それどころか、絵には立ち現れないはずの生意気そうで快活な女の心根までも切り取っている。

小兵衛の中で、何かが音を立てた。頭が地本問屋のそれに切り替わった。

「あんた、どこで絵の勉強をしたんだい」

独学であっても絵は描ける。が、勇助の絵はただ美しいだけではない。緻密な計算と大胆な筆捌《さば》きに裏打ちされている。どこかできちんと学んだに違いない。

勇助は筆を脇に置いた。

「石燕《せきえん》先生に絵を教わったんだ」

「鳥山《とりやま》石燕先生かい。道理で」

鳥山石燕は妖怪画で高名な絵師である。狩野派の筆を学んだ後独り立ちし、丁寧な筆つきの版本で一家を成した人だった。その弟子ともなれば、基本がしっかりしていてしかるべきだった。

しかし——目の前の絵に、思うところがあった。小兵衛は版元としての意見を述べた。

「まあ、なんだな。この絵、いかにも当世風に過ぎる。特にこれァ、清長《きよなが》の筆に似過ぎてる」

浮世絵師、鳥居《とりい》清長は、小顔で細長の手足の美女を描き、当代一流の名を恣《ほしいまま》にしている。勇助の筆に、その影を見たのだった。

嫌な顔をされることくらいは覚悟した小兵衛だったが、思いのほか、勇助は平然としていた。それどころか、悪戯《いたずら》が見つかった、と言わんばかりに肩をすくめた。

「まだまだ修行が足りないな」

「修行？」

「重三郎にも言われたんだよ。〝おめえの絵は清長風が過ぎる〟って。俺、清長さんを目指して描いてるところもあるしよ、最初こそ、似てることはあんまり気にしてなかったんだけど、最近気づいたんだよ。清長風の絵なら、清長さんが描けばいい、って」

煎《せん》じ詰めればそういうことだった。

版元稼業をやっていると、時代を創る作り手に行き当たることがある。そうした作り手の登場は版元の救いである反面、不幸なことでもある。一人の天才の手によって、数々の流儀が駆逐され、同じ絵、似たような戯作が世に溢れる。そうした作り手に自分の蒔いた種が踏みにじられ、版元は何度も悔しい思いをすることになる。

清長風の絵が欲しければ、清長の絵を買えばいい。清長風の本を売りたいのなら、清長に仕事を出せばいい。本屋には本屋の矜持がある。同じものを売っても意味がない。本屋は二番煎じの描き手に用はない。

勇助は筆の尻で月代《さかやき》を掻いた。

「俺にとっちゃあ清長さんは追いかけてた背中だからなあ。あの人を超えねえといけねえなんて、絵の道は厳しいねえ」

「ああ、だな」

小兵衛はお椀と小皿の載った盆を勇助の前に置いた。

「ほれ、飯だ。食え」

勇助は、げえ、と声を上げた。

「湯漬けかよ」

「文句を言うな。俺は言ったぞ、あんまり期待するなって」

「そりゃそうだけどよ」

不承不承を絵に描いたような顔をしつつも、勇助は飯をかっ込んで漬物を齧《かじ》った。しかし、一口また一口と食べ進めるうちに不満げな表情も引っ込んだ。「腹が減ってればなんでも旨い」は大抵の場面で通用する格言だったが、この時もそうだった。

怒濤《どとう》の勢いで箸を進める勇助は、ふとその手を止め、にたりと笑った。箸を置き、口元についた飯粒をつまんで口に放り入れると、がらんとした売り場を見渡した。

「こんだけ広い家だってェのに、雇い人はいねえのか」

売り場は掃除が行き届いておらず、せっかく買い戻した本棚の上にもうっすらと埃が積もっている。

「そんな金はない」

「じゃあ」勇助は自分の鼻を指した。「俺を雇ってみないかい」

「お前を？　そもそも金がないと言ったばかりだが」

「おう。給金はなしでいい。朝飯と夕飯の面倒さえ見てもらえればそれで。その代わり、炊事洗濯掃除までやるぜ。あ、あと紙と墨は心行くまでくれ」

「仕事はするんだろうな」

「この稼業は口約束とか仁義が渡世の蔓《つる》なんだ。やるといったらやる」

鼻を膨らませる勇助をよそに、小兵衛は内心でほくそ笑んだ。下働きが欲しい処ではあった。それに――商売人としての勘が疼《うず》いたのも確かだった。この男の筆、ものになるかもしれない。そんな予感が小兵衛の中に芽生える。

「よっしゃ、じゃあ……」

うちで囲ってやろう、と喉《のど》から出かかったところで、重三郎の顔が小兵衛の脳裏をかすめた。

「ちょいと、待ってくれ。あたしも雇われ人だったことを忘れてたよ。お前さんを雇うには、重三郎さんに話を通すしかないねえ。とりあえず、話しておくよ」

「おう。頼むぜ、おっさん」

「おっさんじゃない。丸屋小兵衛だ」

「おう分かった。丸屋のおっさん」

分かってないじゃないか、と怒鳴りそうになるのを小兵衛はこらえた。仏を拝むように勇助が頭を下げたからだった。

小兵衛は自分の湯漬けを口に運んだ。冷めかけていたが、不味くはなかった。

次の日の昼も、小兵衛は吉原の引手茶屋に呼び出された。

小兵衛が登楼した時分には、酒宴が始まっていた。二階の二十畳敷きの大部屋には、芸者や幇間衆だけではなく、女郎の姿もあった。女郎に相合煙管《あいあいギセル》を勧められ、六樹はでれでれと顔を緩め、寝惚は他の女郎と目隠し遊びに興じ、ふとした拍子に裾が割れ、ちらりと白い召し物を晒した。

顔をしかめながらも小兵衛はむせ返るような男と女の空気をかわし、端っこでちびちびと酒を飲む重三郎の横に座った。

「おや、小兵衛さん、随分と遅かったじゃないですか」

「昼夜の入れ替わった生活に慣れることができんもんでな」

口の端に皮肉を込めたが、重三郎には暖簾《のれん》に腕押しだった。

「はは、早く慣れてくださいね」

「……。そんなことより」

早速小兵衛は本題を切り出そうとした。が、重三郎は朱塗《しゅぬり》の盃を差し出し、小兵衛の言葉を塞いだ。

流儀です」

「ささ、まずは一献《いっこん》」

「重三郎さん、仕事の話なんだよ」

「仕事の話だろうが、酒の席上では酒を飲んでもらいます。それがうちの流儀です」

仕事上での上下関係を持ち出されてはぐうの音も出ない。小兵衛は重三郎の酌を受け、一気に盃を乾した。不覚にもうまい。酒精が鼻先を抜けた瞬間にはきりっとした清涼感がありつつも、馥郁《ふくいく》とした旨味が舌の上で弾ける。

重三郎は小兵衛の盃に酒を注ぎ直した。

「おいしいでしょう。最近、武州の奥地に酒蔵が出来たんですって。そこの酒です。あたしも馬鹿にしていたんですが、地物も乙なもんですね」

酒の本場は上方である。江戸近郊で醸される酒は〝下らない酒〟と呼ばれ、格が落ちるとされている。

「上方が何でも一番、なんて時代は終わるのかもしれませんね」

話がずれている。あわてて小兵衛は話の舳先《へさき》を元に戻した。

「あんたに相談したいことがあるんだが」

「ご相談？　どういった」

「昨日、店に北川勇助という男が訪ねてきた」

重三郎は自分の盃に手酌をし、一口啜った後に表情を緩めた。

「戻ってきましたか。他の版元で修行するって言ってましたが」

「世話になっていたところから追い出されたらしく」

重三郎は盃を脇に置き、はは、と笑った。

「どうせ女のところでしょう。あいつ、美人画が看板ですけど、〝美人が横に居ねえといい絵は描けねえ〟と言って鼻の下を伸ばしているんです。玄人には目もくれないくせに、素人の女には目がないから」

その言葉尻に、普段の重三郎にはない、他者への深い親しみを感じ取った。あの人とお付き合いが長いのかい？　そう訊くと、重三郎は頷いた。

「腐れ縁ですよ。あいつも元は吉原に住んでましたから」

「へえ。そりゃ古い馴染みだ」

「で、あいつがどうしたんです」

小兵衛は重三郎にずいと顔を寄せた。

「うちで雇ってくれないかと言ってきた。炊事洗濯掃除までやるから、飯と絵筆の面倒を見てくれと」

重三郎は顎のあたりをさすった。

「雇い人みたいなもんですか」

「まあ、だろうが……。むしろ、こりゃあ先物買いだ」

小兵衛は続けた。

「先物買い」

重三郎が曰くありげに鸚鵡《おうむ》返しにする横で、小兵衛は続けた。

「あいつが将来絵師として化ければ、うちは濡れ手に粟《あわ》の儲けになる」

被せ気味に重三郎が口を挟んだ。

「先物買いは、信用ありきですよ」

「それは、俺に対する信用かい、それとも、勇助に対する信用かい」

重三郎は盃を畳の上に置いた。

「どちらも、です。才の先物買いは、ものが潤沢《じゅんたく》にある米なんぞとは訳が違います。どう取り繕っても博打なんです。勇助にそこまでの値があり、ずっとその値が高止まりし続けるか、そして、あなたが勇助という絵師を見誤ってないか。石橋を叩くがごとく吟味しなくてはなりません。もちろん、玉石もろともに集めてその中から玉を拾い上げるのも『あり』ですが、それが出来るのは大店《おおだな》だけ。あたしらのような店で出来るものじゃありません」

重三郎は縞の袖を払った。

「小兵衛さんにお聞きしましょう」

重三郎は小兵衛の顔を覗き込む。その日は商いという戦場に身を置く、ひとかどの商人のそれだった。ぞんざいな態度を取っては商人の名折れだ。小兵衛は居ずまいを正す。

「小兵衛さんはあいつの持つ何かに光るものを感じて、この話を持ってきたんでしょう？　では、光るものとはなんでしょう」

判じ物のような問いだった。

酒を呷った後、たどたどしく、小兵衛は答えた。

「若いのに筋のいい絵を描く。あの若さであそこまで勉強している絵描きも珍しい」

小兵衛の眼前に、朝、目の当たりにした絵の姿が蘇る。荒削りだが、鳥山石燕譲りの技があり、鳥居清長の画風を摑む眼力もある。

「あいつがいろんな絵描きから勉強しているのは、むしろあたしの方が知っています。――で、他には？」

小兵衛は言葉が続かなかった。

重三郎はゆっくりと頷き、まるで諭すように言葉を重ねた。

「そうなんです。そこから先がない。……はっきり言いましょう。あいつは、ただ絵が上手いだけなんです。そんな奴は江戸を探せば沢山いる。それこそ掃いて捨てるほどね。小兵衛さんのお言葉を聞いて確信しましたよ。あいつはまだ、うちで囲うような器じゃない」

「だが――」

「じゃあ、こうしましょう」

重三郎は、自分の盃と小兵衛の盃を並べて、それぞれに酒を注いだ。そして、自分の盃を取った。

小兵衛も倣った。口をつけようとしたところを、重三郎は手で制した。

「耕書堂としてあいつを囲うことはしません。が、小兵衛さんが自分の給金の中であいつを飼うなら、あたしァ止めはしませんよ。いうなれば、小兵衛さんが店の裏手で朝顔を育てているようなものですから。が」

重三郎はこれ見よがしに顔をしかめた。

「この件で、あなたの見る目がないということになれば、あたしと小兵衛さんとの間で取り交わした約定《やくじょう》も反古《ほご》になると思ってください。雑草と朝顔を取り違えて育てる間抜けを雇うなんて御免ですから」

喧嘩を売られた格好だった。小兵衛とて江戸っ子の端くれ、売られた喧嘩を買わないわけにはいかない。雇い主とはいえ親子ほども歳の違う同業者に馬鹿にされっぱなしなのも癪だった。そもそも重三郎は、日本橋に店を持ちながら何をしようともしていないのだ。

「分かった。じゃあ、首洗って待ってろい」

「はは、それは楽しみです」

重三郎は盃を掲げた。飲め、ということらしい。小兵衛が盃に口をつけると、重三郎も同時に口をつけた。そうして、互いに盃を空にした。

　重三郎が不敵に破顔したそんな折、小兵衛の向かいの襖ががらりと開いた。

　女郎から差し出された煙管を吸って眼を細める六樹も、目隠し遊びでお目当ての女郎を抱きしめて鼻の下を伸ばす寝惚も、同時に、「おお」と声を上げた。

「喜の字さんじゃないですか。久しいですな」

　目隠しを無造作に取った寝惚が男の名前を呼ばわった。

　喜の字、と呼ばれた男は、四十歳代後半ほどの、がっしりとした体つきをしている。武家髷に髪を結い、黒っぽい合わせの絣、肩には手ぬぐいをかけている。上流お武家の遊び人、洒落者の風情だった。

　喜の字は会釈するような体で頭を下げた。

「いやあ、寝惚さん、済まないねえ。最近表の仕事が忙しくて」

「でも喜の字さん、あんたいつも吉原に来てるんでしょう」

「仕事の関係上しょうがないんだよ。俺らにとっちゃあ、表の仕事は酒盛りのおまけみたいなもんだ」

　うんうん、と寝惚も頷いた。

　煙管を吹かしつつ、六樹が寝惚の横で茶々を入れた。

「吉原で毎日遊べるなんて素敵な稼業があるんですねぇ」

へへ、と頰を掻きながらも、喜の字は反論した。

「そういうもんでもないいんだよ六樹。吉原が楽しいのは、楽しい仲間と一緒に過ごすからよ。仕事の酒は苦くっていけねえ」

「そりゃそうだ」

げらげらと笑う一同の姿を遠目に見ながら、小兵衛は重三郎の脇をつついた。

「ありゃあ、誰ですかい」

「喜の字さんですが」

「そういうことじゃなくて、あの人は何者なんですかい。それだけじゃない。寝惚さんもそうだ、六樹さんもそうだ。なんなんだ、ここにいる人たちァ」

今更の話だが、小兵衛はここにいる人たちの素性を知らない。しかし、明らかに武家なのに鯔背《いなせ》な町人の装いをした喜の字を見て、かねてからくすぶっていた疑問がぶり返した。

重三郎は困った顔をした。

「外での肩書なんてどうでもいいじゃないですか。ここにいるのは、寝惚さんに六樹さんに喜の字さん、ただ、それだけのことですよ。――さて」

よろけた足で重三郎は立ち上がった。そして空っぽの盃と中身の入った銚子を取り上げて、喜の字に近づいた。

「喜の字さん、さっそく酒ですよ。喜の字さんは酒強いんだから――」

「おう分かってる、駆けつけたら三杯返すんだったな」

「さすが喜の字さん」

喜の字は注がれた酒を一気に飲み干した。

囃し声を上げる重三郎は、まるでさっきの話を忘れてしまったかのように屈託なく手を叩いている。

「いい気なもんだ」

小兵衛が息をついたその瞬間、不意に、重三郎と目が合った。すると重三郎は、口を小さく動かした。

小声には違いなかった。しかし、重三郎は確かにこう言った。

「あいつを頼みます」

と。

乱痴気騒ぎを繰り広げる芸者や幇間、酌をする遊女、騒ぐ六樹や寝惚や喜の字の姿が、途端に遠ざかったような心地に襲われた小兵衛は、重三郎を眺めた。重三郎は柔らかな笑みを取り戻し、騒ぎの中に戻るところだった。

次の朝、日本橋の店に帰ると、表の雨戸がすべて開かれていた。店先の掃き掃除も終わっている。

小兵衛が店先を覗くと、売り場の真ん中に座る勇助の姿を見つけた。今日も勇助は水色の着流し姿だった。上がり框と本棚の間に座り、腕を組み、半紙を睨んで唸っている。血走った目の下に隈が浮いている。周りにはくしゃくしゃに丸められた紙がいくつも転がっていた。この一晩、何をしていたのか、一目瞭然だった。

勇助は人の気配に気づいたのか、腕組みを改め、ちょいと頭を下げた。

「お帰り、おっさん。首尾はどうだった」

小兵衛は勇助の前に座った。

「ああ、雇っていいと」

「本当か！」

目を爛々と輝かせる。で、で？　勇助はずいと小兵衛に寄りつく。

「あいつ、なんか言ってなかったかい」

「なんか、とは」

「いや、その、なんだ。たとえば、また絵を描かせてやってくれ、とかよ」

小兵衛は、また、という言葉に引っかかるものがあった。

先回りして勇助が言った。

「実は俺、二年くらい前に重三郎ん処で絵を出したことがあったんだけどよ。その時に喧嘩になっちまってな」

「喧嘩？　どんな」

勇助は頰を緩めた。勇助の中でも既に決着がついているのか、懐かしさが勝っている風だった。

「あいつ、俺の絵を見るなり言うんだよ。『お前の絵はどこまで行っても清長の絵の猿真似じゃないか。そんな絵だったら清長さんに仕事を出したほうが早い』って」

小兵衛は苦笑する。重三郎と小兵衛の感想はまったく同じだった。

「そこからは殴り合いの大喧嘩。で、俺の方が飛び出した始末なんだよ」

重三郎の新たな一面に行き当たり、意外の念に駆られた小兵衛だったが、さもありなん、と考え直した。実の兄弟でさえ歳を重ねれば遠慮が生まれるものだが、なまじ付き合いが深かったのだろう。距離感を改められないと見える。ただの友達、遊び仲間なら侃々諤々《かんかんがくがく》でも構わない。が、一緒に仕事をするとなると相手を立てる場面が生まれる。二人は、仕事相手としての間合いを摑めずにいるのだろう。

小兵衛は首を横に振った。

「重三郎さんは、そんなことァ一言も言ってない」

肩を落とす勇助の前で、小兵衛は腕を組み、言った。

「重三郎さんはお前を絵師だと見なしているよ。もし俺が値を認めるなら使用人にしてやれと言った。お前のことを認めてる、ってことなんじゃないかね」

小兵衛は重三郎の言ったことを一から十までは喋《しゃべ》らなかった。勇助に自信をつけさせたかったこともあるし、余計な心配をさせる必要もないという判断も働いた。

だが、勇助は眉をひそめた。

「おっさん。そいつは違うよ。あいつが人を買ってるなら、それこそ額を畳にこすりつけてでも自分の仲間に引き込むはずだ。あいつは俺を認めちゃいねえんだ」

勇助と重三郎の間に、小細工の入る隙はなかった。小兵衛がばつの悪い思いに襲われ何も言えずにいると、勇助は口角をにっかりと上げた。

「おっさんは俺のことを買ってくれたんだな。ありがとう、おっさん」

あまりに勇助の言葉には屈託がなく、柄にもなく小兵衛はこそばゆい気持ちに襲われた。この男を猫のようだと思ったのは、人懐っこさと飄々《ひょうひょう》としたところがない交ぜになっているからではないか。

「あの野郎、俺に汚名返上の機会をくれたってことか。重三郎のくせに」

勇助は苦虫を噛み潰したような顔をした。勇助がそう受け取るということは、重三郎も同じ肚なのだろう。

「じゃあ、頑張らねえとな。いろいろ、よろしく頼むぜ、おっさん」

勇助は頭を下げた。

それから半月ほど、小兵衛は連日のように吉原に引っ張られた。

あれほど遊んでいるのに小兵衛の懐は温かいままだった。費えが重三郎の持ちだったからだ。小兵衛としては、その分給金を上げてくれた方が余程ありがたいのだが、口にするのはさすがに憚られた。

吉原では色んな人に出会った。誰一人として名前を知らない。顔見知りにも拘わらず、渾名《あだな》すら知らない人がいる。『吉原での出会いなんてそんなもんです』と重三郎は言うが、そうした吉原の流儀に馴染むことが、いつまでもできずにいた。

吉原での乱痴気騒ぎに背を向けるようにして、小兵衛は勇助に絵を描かせた。

勇助は小兵衛の言うことを聞かなかった。

『おっさんは分かってねえよ。絵師はこれが描きてえ、っていう思いで筆を動かすもんなんだよ』

じゃあお前の思いの源はなんだ、そう訊けば、

『おう、女だな。美人ならなお良し』

などとのたまう。悪所に行って勉強して来いと言えば、

『俺は素人の女が好きなんだ』

とうそぶき、何処其処《どこそこ》の茶屋の娘が美人だと聞けば見物に出かけ、あそこのお武家の嫁が美人だと小耳に挟めばその門前に張り付き、その都度筆が止まった。重三郎が勇助の扱いに難儀したのは、気心の知れた相手ゆえだけではなさそうだった。

勇助は、衝動に合わせて動き回る野猫だった。

ある日は吉原、ある日は難儀な絵師の面倒を見る日々を送るうちに、早くも江戸は冬の色を纏い始めた。

そんな頃、昼間時分に、重三郎がふらりと日本橋の店に現れた。

冷気を孕んだ北風が、暖簾の隙間から店先に滑り込み、本棚に置かれていた戯作の丁をはらはらとめくった。小兵衛が帳台から顔を上げると、重三郎が店の暖簾を割って土間に入ってくるところだった。

「やあ、小兵衛さん、今日は冷えますね」

重三郎は、肩に積もる雪を手で払い、消え入りそうな声で言った。この寒いのに、青梅縞の着物に青の羽織姿、足には申し訳程度に足袋を履いた軽装だった。重三郎は肩を抱き、がたがたと全身を震わせていた。早く火鉢に当たるように言うと、

「お言葉に甘えて」

履き物を脱ぎ捨てて本棚の並ぶ板間へ上がり込み、小兵衛の横に置かれていた青い火鉢に当たりはじめた。

「寒いですね本当に。これだから雪は嫌になりますよ」

「厚着すればよかろうに」

そう答えた小兵衛は、綿入りの着流しに黒のちゃんちゃんこ、さらには柿色のどてらを身に纏っている。見栄えは悪いが、店は開かれておらず、小兵衛の恰好を笑う者はいない。

「あれ、そういえば、あの野郎はどうしました？」

勇助のことと察し、小兵衛は答えた。

「生ものを買いに行ってる」

「この寒いのに？」

「今日じゃなくてもいいって言ったんだがね」

明日になれば雪も止む。冬場だし、贅沢を言わなければ数日分くらいの食料はある。が、勇助が行くと言って聞かなかった。

『炊事洗濯掃除が俺の仕事だからよ。槍が降っても欠かせねえ』

と、雪景色の中を飛び出していった。

「あいつらしいですね」

重三郎は曰くありげに笑った。

小兵衛は火鉢を挟んで、重三郎に向いた。

「ときに、なんで今日、うちにお越しなんだい。しかも、何の先触《さきぶ》れもなく」

「駄目ですか？　ここ、形の上では一応あたしの店なんですがね。自分の店に顔を出すのに先触れが必要なんて聞いたことないですよ」

とはいえ、重三郎はこれまで、数えるほどしかこの店に顔を出していない。釈然としないものが小兵衛の中にたゆたう。

重三郎は煙管を取り出した。

「吸ってもいいですか」

「もちろん」

小兵衛が煙草盆を差し出すと、重三郎は煙管に煙草を詰めて火をつけた。いつぞやに嗅いだ、すっきりとした甘い香りが小兵衛の鼻の奥をくすぐった。

「強いて言えば、小兵衛さんに用があったんです」重三郎は口から紫煙を吐き出した。

「いい加減このお店をどう使おうか考えようかと思いましてね」

「決まったのかい。何を出版するのか」

「まあまあ、そうお急ぎにならないでください」

重三郎は煙管の吸い口を吸った。雁首の煙草が赤黒く光る。鼻から煙を吐き出しながら、重三郎は店の脇壁に空いている高窓を見やった。つられて目を向けると、雪に沈む江戸の甍《いらか》が四角く切り取られていた。

「小兵衛さんは狂歌をご存知ですか」

「知らぬわけなかろうが」

短歌と同じ五・七・五・七・七の文字数で表現する文芸のことである。短歌との違いは、季節の叙情や人の慕情、人情の絡み合いといった『取り澄ました』ものではなく、もっと俗っぽく卑近《ひきん》なものを主題に置く点だ。音韻《おんいん》の中に諧謔《かいぎゃく》や笑いを潜ませ、世を穿つ。それが狂歌である。

江戸では今、狂歌が大流行している。気の利いた者は大抵狂歌の号を持ち、下手な歌をひねるのを常にしている。小兵衛も手をつけたが、自分の才に早々見切りをつけた苦い経験がある。

「では、ご存知ですね、狂歌における三名人は」

「当たり前だよ」小兵衛はこれ見よがしに顔をしかめてみせた。「唐衣橘洲《からごろもきつしゆう》に朱楽菅江《あけらかんこう》、四方赤良《よものあから》——大田南畝《おおたなんぽ》だろう。今日び、その辺の子供でも知ってるよ」

重三郎は煙草の消し炭を火鉢に落とした。陶製の青い火鉢が、小気味のいい高音を上げる。その残響が消えるか消えないかの処で、重三郎は続けた。

「今のところ、唐衣橘洲先生、朱楽菅江先生は他の版元で狂歌集を出してますから釣ることはできないでしょう。狙い目は大田南畝先生と踏んでいるのですが」

小兵衛はたまらず口を挟んだ。

「ちょっと待った。あの大田南畝だろう。そううまく行くかねえ」

大田南畝は当代一流の文人だが、偏屈者としても名が通っている。

小兵衛は他の懸念も伝える。

「二番煎じの企てなのも気になる。二番煎じが売れないとは言わん。が、もう一つ、新しい何かが欲しいところだ」

「正論です」重三郎はあっさり頷いた。「二番煎じであるからには、いいものじゃないとお客さんは納得しませんからね」

「いい手はあるのかい」

「当てはあります」

言葉に反して、重三郎の顔には憂いがあった。重三郎の淀みを察した小兵衛は、火鉢の火をかき回しながら軽く言った。

「空手形じゃうまくいかんぞ」

「ええ、もちろん。なので……」

重三郎が言いかけたところで、戸が開いて店の暖簾が揺れ、冷たい風が売り場に流れ込んだ。

勇助だった。両手に米や野菜の入った小袋を抱えている。小兵衛に向かって何かを言わんとしていたのか、口を動かした。しかし、その横にいた重三郎に気づいたのか、ばつ悪げに口を真一文字に結び、雪を払うことなく土間沿いに奥の台所へと向かう。

「久しいな」

重三郎が呼び止める。他の人に対するものよりも、ずっと遠慮のない口調だった。

「いい加減、足りないものは見えたかい」

足を止めた勇助は、首を横に振った。

「まだだ」

「お前さん、小兵衛さんの言うことを聞いてるんだろうな」

「あん？」

いつしか、重三郎の顔に怒気が混ざっていた。

「お前さん、小兵衛さんをただの爺様だと舐めてかかっているんじゃないだろうな。このお人は名のある版元だぞ」

「分かってらあ。だが、筆が動かねえもんはしょうがねえ」

そう吐き捨てると、勇助は台所の奥へと消えた。その背中を見送り、目をすがめてため息をついた重三郎は、少し体を丸めて小声で小兵衛を呼んだ。

「ねえ、小兵衛さん」

顎の辺りを幾度となく指でなぞりつつ、重三郎は口を開いた。

「実際のところ、あいつの芽は出そうですかね」

重三郎の声が、雪が積もる音さえ聞こえそうなほど静かな部屋の中で、密やかに響いた。

小兵衛は思いを巡らした。答えは決まっている。返答は早かった。

「見どころはある、と思う」

「どのあたりがですか」

「あいつは、自分を疑ってない」

「……自分を、疑わない？」

重三郎は説明を欲しがっているようだった。小兵衛は言葉を重ねた。

「あいつは、自分が芽が出ると信じている。ああいう奴は化ける」

勇助が筆を振るう表情が、小兵衛の眼前に蘇った。あのとき、勇助は自分と筆と紙しかない、静寂の場に立っていた。心ばえはもちろん、あの集中もまた、並みの絵師に出せるものではないし、版元が授けることのできない資質だった。

「傲岸不遜《ごうがんふそん》な奴が皆成功するわけではないでしょう」

「腕もいい。あとは、あいつがてめえの足りないものに気づくことができるかどうか。あるいは、他人がやってこなかった何かをてめえの武器にするか」

「版元のあたしたちが用意することはできないんですか」

「俺たちにできるのは助言だけだ。無理矢理型に押し込んでも形にはならないよ。とどのつまりは、信じて待つしかない」

重三郎は下を向いた。が、無理矢理といった風に言葉をひねり出した。

「あと一年でどうにかなりませんか」

「あいつが変わることを信じるしかない。――ま、俺も手前の首が掛かってる。頑張らせてはもらうがね」

「あの、小兵衛さん」

口ごもる重三郎の憂い顔を眺め、小兵衛は笑った。

「重三郎さんよ、あんたが言おうとしてることは、口にしちゃなんねえぞ。あんた、俺と酒酌んで約束したじゃないか。そもそも、雇い主と雇われ人の間柄だ。それを雇い主が反古にしたんじゃあ示しがつかないだろう」

重三郎は黙りこくった。

『この件で、あなたの見る目がないということになれば、あたしと小兵衛さんとの間で取り交わした約定も反古になると思ってください。雑草と朝顔を取り違えて育てる間抜けを雇うなんて御免ですから』

この言葉が煽《あお》りであることは、小兵衛も見抜いている。だが、本心はどうあれ、雇い主の言葉は重い。雇い主といえども、一度約束をした以上、その約束に縛られる。それが、雇い主と雇われ人の筋目というものだ。

黙りこくり、下を向いた重三郎を前に、小兵衛は煙草盆を自分に引き寄せた。

「吸っていいかい」

重三郎の返事を待たずに小兵衛は雁首に刻み煙草を詰めて火をつけた。が、いくら吸っても煙が吸い口にまでのぼってこない。折からの雪で湿気ているようだった。

「あーあ、もったいないねえ」

火のつかない煙草を火鉢の中に捨て、煙草盆から掃除用の紐を取り上げると、煙管の吸い口から通した。

沈黙に追い立てられるようにして、重三郎が口を開いた。

「ねえ、小兵衛さん」

「なんだい。耕書堂主人様」

小兵衛は『耕書堂主人』のところに険を込めた。すると、一瞬だけ重三郎は苦虫を嚙み潰したような顔をし、ぽつりと口を開く。

「あたしァ、信じてもいいんでしょうか。あいつのこと」

「信じてもいいんじゃないかね。——んで、ついでもいいから、俺のことも信じてくれないか。一度店を潰しちまった札付きだが、あんたより年季は長いんだ。……俺はあんたに見込まれて商売している身だ。もう少し、俺を見込んだてめえのことを信じないか」

しばし、重三郎は何も言わなかった。が、やがて、

「分かりました」

はっきり頷いた。その言葉に淀みはなかった。

小兵衛は窓の外を見やった。まだ雪は降り続いていた。


未だに本の一冊も置かれていない店先は、戸こそ開いているもののがらんとしている。時折迷い込む客も、店先を見回すと、不思議な顔をして去っていく。

大福帳にも出納を書き入れ、掃除も済んでいる。板間の床は、鏡のように日の光を照り返していた。帳台から立ち上がった小兵衛は、売り場の隅に据えられた火鉢に向かう。炭はもう入れていない。用があったのは、火鉢の脇に置かれていた煙草盆だった。炭入れを開き、火皿に煙草を詰め、煙草に火を灯していると、

「なあ、おっさん」

「どうした」

振り返ると、勇助が店先の床板に寝そべり、両手で枕を作って天井を見上げていた。

「暇だなあと思ってよ。どこか連れてってくれよ」

「お前なあ。一応雇われ人だろうが。だったらもっと雇われ人らしいことをやっておくれ」

「もう洗濯も掃除も終わってるぜ」

「雇い主の肩を揉んでくれたって罰は当たらないと思うがね」

「それァ約定の外だ。何が悲しくておっさんの体に触れなくちゃならねえんだ」

勇助はそっぽを向いた。

冬が過ぎ、温かな空気が江戸の町に流れて久しい。滝野川では花も散り葉桜が見頃となってもなお、日本橋の店は閉まったままだった。

重三郎に「見込みがある」と啖呵《たんか》を切った手前、小兵衛は勇助の才を開花させねばならなくなった。しかし、当の勇助自身にやる気が見いだせない。たまにふらりとどこかへ飛び出して美人画を描いているようだが、清長風から脱しようという気が感じられない。最初こそ『新しい境地を目指せ』と口やかましく言ったが、疎《うと》ましく思い始めたのか近頃勇助は絵を見せなくなり、互いに袋小路に迷い込んでいた。勇助をどう咲かせればいいんだろうか。そんな疑問に押し潰されながら、初夏の日々を見送っていた。

煙草が燃え尽きたのをしおに、小兵衛は勢いをつけて立ち上がった。

「おい、勇助。どっか、行くか」

「本当かい」

「嘘をついてどうする。ただし、あんまり金はないからな。その辺で蕎麦を食って、うろうろするだけだ」

するとと勇助はすくりと立ち上がって満面の笑みを浮かべた。

「構わねえよ。ただ飯にありつけるってェなら地獄の果てまでついていくぜ」

二人は江戸の町へと繰り出した。

外に出たところで何をするでもなかった。年末に年季奉公の金二十両が入ったが、それを切り崩して一年間食っていくことを思えば贅沢なことはできない。芝居を見に行きたいという勇助の提案は役者の大見得よろしく却下した。

結局道端に立つ二八《にはち》蕎麦で腹を満たしての散歩となった。

「なんでえ、しみったれてるなあ」

勇助は小兵衛の後ろを歩きつつ、ぶうぶうと不満を垂れている。

「おごってやっただけありがたいと思え」

「ま、あの蕎麦屋の手伝いをやってた娘さんがきれいだったから許す」

「はあ？　あの蕎麦屋に娘さんなんかいたかい」

「おう、居たぜ。おっさんの目は節穴かよ」

「お前の女に対する執心のほどは分かったよ。それにしても、どうしてお前さんはこう居丈高なのかね。こっちが金出してるってェのに」

小言を聞く気はないらしい。勇助はそっぽを向いて口笛を吹いた。

道の上には、うららかな日差しがさんさんと降り注いでいた。綿を抜いた羽織が日の光に触れてほのかに温い。風も穏やかで、すれ違う人々の顔も明るい。足取り軽く歩くうち、二人は日本橋通油町にもほど近い火除地《ひよけち》に差し掛かった。

かつての江戸の町には、火事の類焼《るいしょう》を防ぐための空地があった。これが火除地だが、江戸に人が増えた昨今では次々に長屋が建ち、今では、大きな処は殆ど残っていない。

が、目の前の火除地は結構な広さで、大店の区画五つ分ほどもある。小兵衛がその中を覗き込むと、名前も知らない雑草が生い茂り、色とりどりの野花が咲き誇っていた。その奥には人の背丈ほどもある草木が立ち並び、蔦が木々に絡まっている。中は薄暗く、向こうまで見通すことができない。

ただの空き地だった。小兵衛はまた歩き始めた。が、勇助が小兵衛を呼び止めた。

「おっさん、ちょっと待った」

「なんだい。小便かい。だったら待っててやるから早くやってきなさい」

「違《ちげ》えよ。――ちょいと、ここを見てってもいいかい」

草ぼうぼうの空き地に見るべきものなどないと思った小兵衛だったが、このあと予定があるわけでもなかった。

「ああ、構わないが」

勇助は喜色を顔に浮かべて頭を下げた。

「ありがとよおっさん。おっさんは野山って好きか？」

「野山？」

「おう。草とか花とか虫とか。男だったら好きだろ？」

「どうだろうな。俺は江戸の生まれだから、馴染みがないねえ」

昔雇っていた丁稚たちは、近所の同じ年の頃の仲間と甲虫《かぶとむし》や鍬形虫《くわがたむし》を捕まえて相撲を取らせたり、川で魚を釣り上げた思い出話を楽しげに語っていた。が、根っからの日本橋育ちの小兵衛には、遠い異郷の物語にしか聞こえなかった。

「じゃあ」勇助は小兵衛の手を取った。「今から俺が教えてやらあ」

小兵衛は空地の中に引きずり込まれた。

自分の背よりも高い草の葉が陽光を塞ぐ緑色の迷路の中を、勇助は風のように駆けていく。青々とした薄《すすき》が風に揺れている。小兵衛が背の高い草を踏みつけると、小兵衛の鼻に、青臭い臭いが掠めた。それと同時に何かが草の陰でざわめき、飛び出した。冬の間、土の中で眠っていた虫たちが、小兵衛を歓迎するかのように周りで跳ね回った。

しばらくすると、どこかから大きな羽音がした。辺りを窺っていると、大きな虫が小兵衛の眼前を掠める。勇助は空を飛ぶそれを無造作に捕まえた。

「なんだいそれは」

勇助はおもむろに手を開いた。茶色のイナゴが手の中でうごめいている。

「土イナゴだな。普通のイナゴは冬を越せずに死んじまうんだけど、土イナゴは冬籠もりするから、こんなに大きいんだよ」

勇助が空に投げやると、土イナゴは太陽に向かって飛んでいった。六本の肢《あし》を伸ばし、羽を広げ蒼天に溶けゆく姿を見送り、しばらく雑草をかき分け進むうち、少し開けたところに出た。

広さ三畳ほどで、そこ一帯だけは背の高い草が生い茂っておらず、雑草がぽつぽつとあるだけの場所だった。

勇助は顎に手をやって鼻を鳴らす。

「きっとこりゃあ、秘密の遊び場所だな」

「遊び場所？　ここが？」

「子供たちが集まって、やれバッタ取りだカマキリ相撲だって遊んでるんだろな」

この場所には人の手の入った痕跡がある。背の高い草が不自然に見当たらず、端っこに布の小切れや端の欠けた茶碗、折れかけた箸が無造作に転がっている。

一陣の風が吹き、小兵衛の頬を撫でた。

子供の頃、小兵衛は本を読んでばかりだった。版元の跡取りとして、様々な典籍《てんせき》の知識を叩き込まれ、『お前がこの家を支えるんだ』と父親に叱られつつ算盤《そろばん》を覚えたのが小兵衛の幼少時代だった。商家の跡取り息子は、子供として過ごす時間が短くなる。

子供返りしている風の勇助は、両手で何かを閉じ込めながらこちらにやってきた。

「おっさん、見てくれ、これ」

勇助が手を開くと、純白の虫がふわりと舞い上がった。ひらひらと宙を舞い、猪目の形をした羽をしきりに羽ばたかせている。大きさ一寸ほどの可憐な虫だった。

「紋白蝶《もんしろちょう》だ。さすがに知ってんだろ」

菜の花畑の側を歩いているときに、見たことはある。

「綺麗なもんだろ」

「だな」

辺りを楽しげに舞う紋白蝶を見上げ、小兵衛は素直に頷いた。

紋白蝶は、愉快に、けれどもどこか儚《はかな》げにこの浮世の空を舞っている。小兵衛の目には、眩しかった。

ふいに紋白蝶が小兵衛のそばに寄ってきた。捕まえようと手を広げても、ひらりひらりとかわされる。

勇助は声を上げて笑った。

「おっさん、追っちゃダメだ。指一本立てて待ってな。そうしたら、運がよけりゃあ止まってくれるぞ」

小兵衛は勇助の言葉に従った。

最初、ふらふらと辺りを飛んでいた紋白蝶は、やがて小兵衛が立てていた指に降り立った。指先に乗っているのに重みを感じない。指先にいる紋白蝶は、小兵衛に顔を向け、優雅に羽を動かしている。

捕まえてみたかった。空いている方の手で羽をつかもうとした。が、お見通しだったのか、手をするりとかわし、小兵衛を囃し立てるように周囲を飛び回ると、紋白蝶は叢の中に消えた。

「手を伸ばせば逃げ出しちまう。女みてえだろ」

腕を組みながら口角を上げた勇助に、小兵衛はぴしゃりと言った。

「悪いが女房とは見合いだったんでな。追ったことがない」

すると勇助は、ふーん、と小馬鹿にしたように鼻を鳴らした。

「日本橋の本屋は随分としゃちほこばってるんだなあ」

「ほっといておくれ」

書物問屋と比べればくだけた商い品が多い地本問屋とはいえ、一応本屋が売るのは本を通じた知識や教養である。えてして、版元はお堅くなっていく。

「肩の力を抜いてもいいと思うけどな」

「もうできんよ。五十二になるまでこうだったんだ。死ぬまでこんな風だろう」

「そういうところが、重三郎がおっさんを買っているところなんだろうけどな」

勇助が何か言いたげに笑うと、五つばかりの男の子が数人、不意に割れた茂みから現れた。

ここは俺たちの秘密の場所なんだ！　早く出てけよ！　腕を組んで胸を張り、子供たちは吠えかかる。きゃんきゃんと甲高い抗議の言葉に、勇助は笑って応じた。

「悪い悪い。すぐ出ていくから許してくれよ。ここのことは誰にも言わねえからよ」

納得したのか、一人の男の子が鼻を鳴らして勇助に拳を突き出した。約束だぞ、と。勇助も拳を差出して、軽くぶつけた。

「おう、約束だ」

ひらりひらりと手を振って踵《きびす》を返し、勇助は茂みをかき分け始めた。子供たちの視線に追い立てられるようにして、小兵衛も勇助の背に続いた。

茂みを踏み分けつつ、勇助は言った。

「子供はいいよなあ。昔の俺にそっくりだ」

「お前にあんな可愛い時があったのか」

「茶化さないでくれよ」

小兵衛は後ろ頭を掻く勇助の後ろ姿を眺めつつ、目をしばたたかせていた。女にしか興味がないものと思い込んでいた勇助にも別の顔があった。

面食らっていたその時、小兵衛の頭にある思いつきが走り、前を歩く勇助の肩をつかんだ。

「おい勇助、もしかしてお前さん……」

数日後、小兵衛は吉原に呼び出された。

小兵衛も重三郎に話したいことがあった。異存はない。見返り柳から衣紋坂を進み、大足で大門をくぐり、表通りの華やかな見世を素通りして指定された引手茶屋に上がる。話が通っていたのか、すぐにある部屋に通された。

そこは、八畳一間の小さな部屋だった。調度品も最高級とはいえず、掛け軸も大した絵師の作ではない。唯一見栄えする調度が金の枕屛風といった調子の部屋の中で、重三郎は一人座っていた。目の前に膳が置かれているというのに、箸はおろか盃にも手をつけず、顔をこわばらせ、一点を睨んでいた。

重三郎は小兵衛に気づいたのか、のろのろと顔を上げ、柔和な表情を浮かべたが、やや、表情が固い。

「小兵衛さん。こりゃどうも」

「おう。どこに座ったらいい？」

「あたしの横でお願いします」

重三郎は横の席を差した。下座には違いがないが、少なくとも重三郎よりは上座だった。

順序が違う。そう言って、わざわざ重三郎に席を譲り、一番の下座に座り直した。

「で」重三郎は薄く笑う。「何か言いたげですねえ」

「その前に、ひとつ教えてくれないか」

「ええ、なんなりと」

じゃあ。小兵衛は切り出した。

「いつもより、部屋が狭くないかい」

重三郎が吉原で遊ぶときには引手茶屋の二階大部屋を使う。客や芸者、幇間をたくさん呼ぶ為の配慮なのだろう。だが、今日通されたのは、五人も入れば息苦しさを覚える小部屋だった。

意味ありげに重三郎は頷いた。

「仕事の話は小さな部屋でやったほうがいいんですよ」

小兵衛は目を見開いた。

「仕事を進めてたのか」

「これでも商人なんですけど。――その話よりも前に、小兵衛さんのお話が先です」

異存はなかった。小兵衛は懐《ふところ》をまさぐった。

「百聞は一見にしかず。これを見てくれ」

小兵衛から紙を受け取った重三郎はそれを広げ、目を落とした。最初、固まっていた。

が、目をすがめて顔に近づけたり遠ざけたりを繰り返し、しばらくの時が経ったのち、ようやく口を開いた。

「これは？」

「勇助の描いた絵だ」

「美人画じゃありませんね」

うん、と小兵衛は頷いた。

「あいつは、てめえの好きなものしか描かない。腕を上げるには、女以外の好きなものを写させるべきだって考えた。んで、あいつの好きな虫とか草を描かせた」

虫が好きなんじゃないかい。描いてみろ。土イナゴとかどうだ。

あの日、小兵衛は勇助にそう言った。最初こそ渋々筆を執った勇助だったが、そのうち興が乗ってきたのか鼻歌交じりに描いたのがこれだった。

重三郎の手にある紙には、薄の葉に佇《たたず》む土イナゴが描かれていた。彩色はさせていない。あの時、勇助と共に見た土イナゴの姿が、風に揺れる薄の葉と共に紙上に切り取られている。何かに驚き飛び立とうとするその一瞬の姿が、繊細な筆で描かれている。肢の節一つ、羽の斑点一つをも見逃さない筆の冴えが、画面全体に満ちていた。

そのイナゴの姿は、先達《せんだつ》の画風を脱して飛び立とうとする、勇助の気宇《きう》とも重なっている気がした。

ほう、と重三郎はため息をついた。

「悪くない。いや、この言い方は素直じゃありませんね。いい絵です。でも、心配が一つ。――この絵、売れますかね。本草書《ほんぞうしょ》の挿絵ならまだしも」

「売れる」小兵衛は言い切った。「男は虫を見ると子供の時分を思い出すそうじゃないか。この絵、大人に流行るかもしれん。それに」

小兵衛は言った。

「絵師がこれほどのものを描いた。それに応えるのが、版元の務めだろう」

「ふむ……」

土イナゴの絵を前に、重三郎はあちこちに視線を泳がせた。左手の親指の爪を嚙み、くぐもった声で何かを呟く。小兵衛の存在も忘れているのか、何の遠慮もなしに頭を掻きながら。まるで、算術の難問に悩む子供のようにして、重三郎は目の前の絵に向き合っていた。

そのとき、がらりと音を立て、部屋の障子が開いた。

喜の字が廊下に立っていた。白い手ぬぐいを肩に下げた鯔背ないでたちで現れた喜の字は、相好を崩したまま武家髷の撫でつけられた横鬢を掻いた。

「あれ、一番乗りか。どこに座ったらいい？　蔦重」

重三郎は絵から顔を上げて頷いた。

「どこでもいいですよ、喜三二《きさんじ》さん」

小兵衛の中で、何かが弾けた。思わず重三郎の脇をつついた。

「もしかして、喜の字さんってェのは」

「はい。朋誠堂《ほうせいどう》喜三二さんです」

「なんだって」

小兵衛の驚きをよそに、当の喜三二も曰くありげに口角を上げて「改めてよしなに」と頭を下げた。

朋誠堂喜三二といえば、狂歌に戯作なんでもござれの売れっ子戯作者である。小兵衛もずっと版元として狙いをつけていた戯作者だったが、鱗形屋に囲い込まれる形で戯作を書いていたため、仕事を頼むこともできずにいた。ここまで思い出し、小兵衛の中でこんがらがっていた糸が一本に繋がった。鱗形屋の下請けだった重三郎が、その縁で喜三二と手を結んだのだろうと。

また障子が開いた。今度は六樹だった。

「よお。おいらはどこに座ったらいい？」

「はいはい、飯盛《めしもり》さんは喜三二さんの横に座ってください」

小兵衛はむせた。

宿屋《やどやの》飯盛。四方赤良率いる狂歌集団『山手《やまて》連《れん》』とも近い『伯楽連《はくらくれん》』の中心人物である。

風雅と可笑《おか》し味、諧謔が程良く混じり合った作風でもって信奉者や私淑者も多い。小伝馬町で公事宿《くじやど》の店主をやっていると、小兵衛も噂に聞いたことがあった。

「おう、というわけなんで、今後ともよろしく」

六樹、もとい宿屋飯盛はひょいと気安く頭を下げた。

また障子が開いた。もう何があっても驚かんぞ、と身構えて小兵衛が見やった先には、口角を片方だけ上げた寝惚が立っていた。

「おう、蔦重。——全員揃ってるじゃねえか。じゃあさっそく」

部屋の中に入り、一番上座に座った寝惚は、下座の重三郎に水を向けた。

「今日は何の用だい。俺たちを酒もなしに集めるからにゃ、何かいい話なんだろうな」

「ええもちろん」

重三郎はにかりと笑い、額《ひたい》を恭《うやうや》しく畳にこすり付けた。

「最近の宴会で詠まれた狂歌で狂歌集を編みたいと考えています」

すると寝惚は、扇子を帯から引き抜いて何度も肩にゆっくり当て、重三郎の顔を覗き込んだ。笑ってはいたが、小兵衛は怖気を覚えた。文事に身を預けた人間特有の気難しさがその目に籠っていた。

「おいおい重三郎さん、あんた、忘れちゃいないだろう？　去年の正月、あんたのところで出した狂歌集、見事に滑ったじゃねえかい」

「去年、お出ししましたね。失敗しました。認めましょう」

それ見たことか、と言いたげな寝惚を前にしても、重三郎は退かなかった。

「いろいろ考えました。そのために日本橋の店を買いました。吉原から飛び出して、江戸の人々の手に届きやすくするためです。前回の狂歌集がうまく行かなかったのは、地の利が弱かったからです」

寝惚は腕を組み唸った。

「正論だな。――だが、まだ弱い。ここにいる皆の狂歌集だ。日本橋で売れば必ず売れる。掛かりが大変だろう」

「ご安心ください。耕書堂は『吉原細見』で儲けてます」

「他の心配もある。これだけ豪華な狂歌集だ、今は新奇の目で見てくれるだろ。だが、そのうち、この座組にも、客は飽きるぜ」

すると重三郎は、小兵衛から受け取った勇助の土イナゴの絵をかかげた。

「ゆくゆくはこれを使います」

「なんだそりゃあ」

「挿絵です。狂歌集に絵師の絵を入れて彩にするんです」

数ヶ月の間練り続けた腹案であるかのように、重三郎の言葉には確信が籠っていた。

唖然とする小兵衛をよそに、座を見回した重三郎は続ける。

「虫の絵っていうのがミソです。男ってェのは虫が好きだそうじゃないですか。その心をくすぐるんじゃないか、っていうのが、ここにいる小兵衛さんの言い分です」

「なるほど、重三郎の発想じゃなく、小兵衛さんの発案、か」

喜三二がしたり顔で小兵衛のことを見やる。小兵衛は気が気ではない。何せ相手はあの朋誠堂喜三二だった。小兵衛は喉の奥が乾く感覚にむせんだ。

「もちろん、勇助はまだまだ腕が足りません。もう少し、研鑽《けんさん》を重ねてからとはなりましょう」

重三郎の言葉に、ほう、と声を上げたのは、六樹、もとい宿屋飯盛だった。

「凝った趣向ですなあ。狂歌は元々季語が抜けやすいもんだから、なおのこと、季節を感じさせる風流があると映えるんじゃないかねえ」

喜三二も頷いた。

「絵もいい。まだ伸びしろはあるが、筆が一生懸命だ。――数寄の心をくすぐる絵だな」

扇子で肩を叩く寝惚の手は、いつの間にか止まりしばらく無言でいたが、やがて、座を見渡し、最後には不承不承を絵に描いたような顔をして首を縦に振った。

「いいだろう。じゃあ、この大田南畝、あんたにまた自作の狂歌を預けるとしようじゃねえか」

何事にも驚かないと自らに言い聞かせていても、さすがに寝惚の口から飛び出した名前には、小兵衛も腰を抜かした。いくつもの名を使い分け、『寝惚先生文集』などの狂歌本を世に問うて天明狂歌を大流行させた第一人者であり、紀行文にも優れた文人、大田南畝その人と、そうとは知らず知り合っていた。

小兵衛は重三郎の脇を突いた。

「なんで隠していたんだい」

「その方が面白かろうと思いまして」

重三郎は何が楽しいのか、口角を上げて笑う。

小兵衛は重三郎が連日のように吉原で遊ぶ理由を知った。吉原は大名から商人といった人士が己の立場を隠し、やってくる。すべては錚々《そうそう》たる人士と、吉原で伝手を作るため、仕事の内であったのだ。

呆然とする小兵衛をよそに、重三郎は何かを思い出したように手を叩くと、大田南畝に向き直った。

「そうだ、南畝先生。しばらく前の話ですが〝吉原を出て名を上げた奴はいない〟とおっしゃいましたね。反論をさせてください」

南畝は扇子の先を自分の顎につけ、頷いた。

「聞いてやる。もし愚にもつかない反論だったら、さっきの話はナシだ」

結構です、と述べた重三郎はすうと息を吸い、口を開いた。

「あたしァ、吉原を出るつもりはさらさらないんです。あたしァ、吉原を江戸の外に広げたい人間でして」

「江戸をまるごと、吉原にするつもりってことかい」

「少し違います。あたしァ、吉原にある鉄漿溝と大門――ようは埒《らち》を壊す不埒者になりたいんです。江戸を吉原にしたいのと同時に、吉原を江戸にしたいんです」

しばし、大田南畝は口をぽかんと開け、黙りこくった。が、やがて肩を震わせ始めた。その震えが大きくなるにつれ、体を揺らし、ついには声を上げて笑うに至った。

「こりゃ一本取られた。――それだけの大法螺《おおぼら》、俺にゃあ吹けねえ。いい外連《けれん》だ。よっしゃ、やるだけやってみな」

「ありがとうございます」

重三郎は頭を下げた。

その重三郎を横目に見ながら、小兵衛は息をついた。とんでもない人間の下に付いたのかもしれない、そんな予感と共に。

第二章

丸屋小兵衛は目を回していた。

表の店先では、職人風の男からお店《たな》の旦那、儒者や医者、二本差の侍たちが、店先に並べられた本棚の前で黒山の人だかりを作り、次々に本棚から本を取ると、隣の店まで伸びる長蛇の列をなした。列が店前に収まるよう客を誘導させたはいいものの、丁稚が列の対応に追われ、その穴を小兵衛が埋める羽目になった。腰に痛みを感じつつも、小兵衛は奥から運んだ包みを解き、本棚に本を補充した。

この日は、耕書堂日本橋店の開店日だった。

一年あまり店を閉めていたことに忸怩《じくじ》としたものを抱いた小兵衛だったが、重三郎の許しを得て方々を駆け回り、この日に漕ぎ着けた。本来、版元の店主は売り物を作るところまでやらねばならないが、それは重三郎の仕事、小兵衛は店にだけ注力すればよかった。雇った番頭や手代、丁稚に仕事を教え込み、この日に臨んだ。しかし、丁寧に育てたはずの店の者たちは、見事に客の波に翻弄《ほんろう》されていた。

そんな中、帳台の前に座るお春《はる》が、金切り声を上げた。

「小兵衛さん、助けてください」

お春は必死の形相で算盤を弾いていた。が、しっくり来ないのか、十本の指を折って計算を始めている。算盤は得意でないとお春がぼやいていたのを思い出した小兵衛は金の計算を受け持つことにし、帳台の前に座った。小兵衛の助け船を得た恰好のお春は、本棚の前に屯《たむろ》する客のあしらいに向かった。

お春は奥に置かれた虎の子の本を手早く並べ直すと、本棚の背を叩き、口上を披露した。

「さあさ、皆様お待たせいたしました。こちらが話題の逸品。四方赤良こと大田南畝、宿屋飯盛が共作している豪華版。新編狂歌集ですよ」

お春の売り口上は気っ風がいい。煽られ、客は気炎を上げた。その熱気が表通りにまで広がり、さらに客を呼び込む。本に興味のなさそうな手合いもちらほらと店先で足を止め、店の中に怪訝な目を向けた。

「今買わないと大損ですよ。さあさ、一度見てやって――」

「よっ、お内儀さん、日本一」

客の一人、儒者風の男から野次が飛んだ。殺気立つ客たちも、つられてどっと笑う。

するとお春ははにかみながら、

「混ぜっ返さないでくださいな。新編狂歌集、文字通り、売るほどありますよ」

お春の言葉が呼び水となり、店先は鉛玉の代わりに銭が飛び交う戦場《いくさば》と化した。小兵衛はお春と二人で客の怒濤をさばく。小兵衛も算盤を使う暇がなくなり、暗算で代金を求めた。そうして半刻ほど経った頃、新編狂歌集が売り切れ、嵐のような時間が過ぎ去った。あれほどいた客は影も形もない。本棚に差してあった本はもちろん、売り場の後ろに積んであった本もすべて捌けた。

帳台の前でへたり込むお春は、ふう、と額の汗を拭った。

「すごいねえ、お客さん」

「そうですねえ、お内儀さん」

「吉原の店の頃、こんなに忙しかったことなんてあるかしら」

「この売れ行きは尋常じゃありませんな」

大福帳に売り上げを書き入れつつ、小兵衛は内心、舌を巻いた。これが、蔦屋耕書堂の商いかと。

普通、本は一日に三冊売って、一年くらいかけて売り切る悠長な商い品である。この日の売り方はまるで、足の早い生ものを商う棒手振りのそれだった。

顔を上気させたまま、お春は言った。

「まるで、細見の新作を売ってるときみたい」

蔦屋版の『吉原細見』最新版の発売日には、吉原耕書堂の前には長蛇の列ができ、肝心の女郎屋に客がいない有様だという。

今回の狂歌集は、吉原細見並に注目されてもおかしくない品ではある。大田南畝と宿屋飯盛、朋誠堂喜三二が手を組んだ、新作狂歌集だった。しかし、世に問うまでどうなるかは版元にも分からない。

本は、客一人一人の審美眼や好みに売り上げが左右される、博打じみた商い品でもある。売り手が「いい」と思っても売れないこともざらで、「なんでこんなもんが」と思ったものが当たることもある。今回の狂歌本は、売り手側の審美眼と買い手側の欲しい物が一致した品だった。

お春が、ぽつりと口を開いた。

「これが、波に乗る、ってことなのかしら」

小兵衛が話を促すと、お春は呆けた顔のままで続けた。

「うちの旦那がよく言うんですけどね、世間の興味には波があるんですって。その波はいつやってくるかわからないし自分から作ることもできない。でも、その波に乗れば、自分の力以上のことができる、って」

奥で煙草をふかす蔦屋重三郎の姿を小兵衛は思い浮かべ、小兵衛は苦笑した。重三郎らしい言葉だった。

お春は店の奥を睨んで、もっとも、と言った。

「小兵衛さんとは違って、あの人は表の仕事を手伝ってくれないから、偉そうなことを言われるのも業腹ですけどね」

「違いない」

二人して顔を見合わせ、くすくすと笑った。

お春は、重三郎の内儀である。

通油町の店を開くと決まった際、小兵衛は引っ越しの算段を始めた。店を重三郎に譲る約定になっていたからである。しかし重三郎は、一緒に暮らせばいいと言った。あまりにあっけらかんとした口ぶりだったが、それでは筋が通らないと小兵衛は反発、言い争いになった。すったもんだの挙げ句、小さな仏壇のある奥座敷の六畳間は小兵衛の部屋、残りは重三郎の持ち分となった。そうして、小兵衛はお春と顔を合わせた。

重三郎の妻なら変わり者の難物だろうと覚悟した小兵衛だったが、あの重三郎がどうして斯様《かよう》な妻を貰えたのかといぶかしく思うほど、お春はしっかりした女性《にょしょう》だった。酒は飲まない、煙草も吸わない、夜が更ける頃には床に就き、夜が明ける前に竈の火を熾す。歳の離れた小兵衛には労《いたわ》りの言葉をかけ、店の者にも気遣いを欠かさない。さらには気難しいことで有名なご近所のお内儀ともすぐに打ち解け、瞬く間に井戸端の人気者となった。話を聞けば、元は日本橋に店を構えていた呉服屋の娘なのだという。納得だった。お春の立ち居振る舞いには、大店の娘特有の優雅さと暢気さ、商い気が同居していた。

猫に小判の諺《ことわざ》を脳裏に浮かべつつ小兵衛がお春の顔を眺めていると、屋敷の奥から店先に現れた吉蔵《きちぞう》が、おぼつかない足取りで小兵衛の前に現れた。

「じいじ、じいじ」

吉蔵は、今年で三つになる重三郎とお春の一人息子だった。言葉を覚えたばかりで歩き方もぎこちない。冷や冷やして見ていられないが、そのあどけなさが心をくすぐる。自然、小兵衛の頰は緩んだ。

「おーおー、吉蔵。危ないぞ」

子供嫌いの自覚があった。が、懐かれては邪険な態度も取れなくなる。小兵衛の声はうわずった。

吉蔵は危うげな足取りで小兵衛の足下に立つと、腿にすがりついた。

「じいじ、あそおー」

遊ぼう、と言われたものの、小兵衛は子供の喜ぶ遊びを知らない。仕方なく、いつものように吉蔵の脇を抱えて何度も高く揚げた。そのたびに、吉蔵はきゃっきゃと笑う。

小兵衛に子供ができた頃は、仕事が忙しかった。毎日のように職人と膝を突き合わせて喧嘩し、紅刷りを試し刷りしていた時期だった。疲れて家に帰れば妻も子も床の中で、息をついて冷たい寝床に潜り込んだ。子供をあやした記憶はない。

家族を放り出して版元の仕事に打ち込んだ挙げ句、廃業一歩手前の憂き目に遭ったのに、今になって、生業はおろか、とうの昔になくしたものまで得るに至った。この成り行きに、小兵衛は人生の妙を思わずにはいられなかった。

「あの、小兵衛さん?」

お春は小兵衛の顔を覗き込んだ。

「なんだか難しい顔をしているからどうしたのかと思って」

「ああ、いや」

お春は情の機微に聡い。どう答えようかと小兵衛が悩んでいると、男が暖簾を割って店に現れた。そのおかげで、小兵衛は言いつくろいをする必要がなくなった。内心でほっと息をつきつつ、

「いらっしゃい」

客に声をかけた。

店先に現れた男は、何かに怯えるように肩をびくりと震わせた。

年の頃は二十代前半ほど。ひょっとこに似た顔立ちで、顔色はよくない。何度も水をくぐらせて色褪せした藍色の着物に、藍色の羽織を合わせている。見た目に頓着しない

様子が窺えた。職人なのか商売人なのか、町人髷で、かろうじて武士ではないことが知れるくらいだった。

客だろうか。それにしては、本棚に目をやっていない。男は店の奥に続く襖と帳台をちらちら見比べている。

「あのう、何かお探しで」

見かねた小兵衛は、男の側に座って声をかけた。すると、男はびくりと肩を震わせながらも懐をまさぐり、まんじゅう程度の大きさの巾着《きんちゃく》を差し出した。

「なんです、それァ」

小兵衛が水を向けると、ようやく男は口を開いた。

「蔦重にお渡し頂きたい」

「重三郎さんなら奥に居ますよ。今呼んできましょう」

「いや……、忙しいだろうから構わない」

押し付けるように巾着を小兵衛に手渡すと、男はそそくさと店から飛び出していった。

「もし、お名前くらい……行っちまった」

お春もあっけにとられている。が、頭《かぶり》を振ってため息を一つついた。

「うちの人、変な人とばっかり知り合いなんですよね」

お春の言う処の『変な人』に自分も入っているのだろうか。そんなことを思いながら、小兵衛は小さな巾着を見下ろし、帳台の前に座り直した。

そんな頃になって、奥の土間から、下駄音がからころと聞こえた。蔦屋重三郎だった。いつも通り赤黒の青梅縞を身に纏う重三郎は、店に上がり込んで帳台の大福帳を眺め、にんまりと笑った。

「大盛況だったようで何よりですねえ。……完売ですか。さっそく追加の刷りを頼みましょうか」

「重三郎さん、今、あんたを訪ねてきた人があったんだが」

「あたしを？　呼んでくれればいいのに」

お春は声に険を込め、重三郎にぶつけた。

「呼ぼうとする前に帰っちゃったのよ。それに、お前さんが表の仕事を手伝ってくれていたら最初からこんなこともないんだから」

「あたしにゃあたしの仕事があるんですよ」

お春の小言をかわして、重三郎は小兵衛に向いた。

「どんな人でした？」

「落ち着かない人だったねえ。その人からの預かりもんだ」

小兵衛は巾着袋を掲げた。重三郎は手を叩く。

「ああ、今日でしたか。忙しくて忘れてました」

「なんなんですか。これぇ」

「開いてみればわかりますよ」

巾着の口を開いたその瞬間、苦くて甘い芳香が辺りに広がった。嫌いな香りではない。が、一緒に中を覗き込むお春はこれ以上なく不機嫌な顔をした。

中には、刻みたての煙草葉が入っていた。

重三郎は笑う。

「いえね、前にお話ししたと思うんですが、あたしァ違いの分かる男でしてね、煙草に詳しいお人から直接煙草葉を買ってるんですよ。あの人、煙草屋でもないのに詳しくて。お話を伺うだけでも楽しくって」

お春はあからさまに嫌な顔をした。

「煙草は嫌い」

「だからお前さんの前では吸わないじゃないか」

お春は口元を曲げた。

「お医者様の話だと、煙草は体に悪いそうですよ」

「はいはい、分かった分かった」

小兵衛は巾着の中にある刻み煙草を眺めた。あのおどおどした男が、細い指先で包丁を握り、煙草葉を切り刻んでいる姿を想像した。確かにしっくりくる。

重三郎は帳台に向かう小兵衛の肩に両手を乗せ、軽く揉んだ。

「ああ、そうだ。小兵衛さんにお頼みしたいことが」

肩の凝りが一揉みごとに緩んでいく。小兵衛の声はうわずった。

「へえ、なんなりと」

「さっき煙草を届けてくれた人――、京屋《きょうや》の伝蔵《でんぞう》さんって言うんですが、あの方に煙草の代金と、これを届けていただきたく」

重三郎は懐から小銭と文を取り出した。

お春は不服げに重三郎に食ってかかる。

「煙草の代金くらい自分で払ってきなさいな。小兵衛さんだって暇じゃあないんですから」

雇い主の命令だ。小兵衛は頷き、膝に手を当て立ち上がる。

「行きましょう」

「さすがは小兵衛さん、物分かりがよろしい。では、お願いしますね、諸々《もろもろ》」

小兵衛は銭と文を受け取った。

「むぅ、やっぱり分からんな」

ずらりと白木の材木が左右に並ぶ道の真ん中で、小兵衛は呟いた。

日本橋を南に下ったところにある京橋は昔から呉服屋、薬種問屋、材木問屋などが軒を連ね、商人や職人たちが闊歩する庶民の町である。身なりのいい旦那風の男から、ふんどし一丁の人足まで、皆道を急いでいる。粗野ですらある活気は、上品な日本橋ともまた違う気配だ。

前を歩く勇助――歌麿《うたまろ》は、おずおずと歩く小兵衛を振り向き、鼻で笑った。

ここのところ、新たにつけた喜多川《きたがわ》歌麿の筆名も少しは通るようになり、小兵衛も今では勇助を筆名で呼ぶようになった。勇助――歌麿もまんざらではないらしい。

「おいおい丸屋のおっさん、なんでそんなにおとなしくなってんだ」

「何を言うか」

「借りてきた猫みてえな顔してるぜ。そっか、おっさん、日本橋のお人だもんなあ。この雰囲気は駄目ってか」

この辺りは柄の悪い者も多い。取り澄ました日本橋の人々とは違い、この界隈の住人は『火事と喧嘩は江戸の華』を地で行く人々である。

「駄目ではないが、溶け込めないな」

「まあ、無理して溶け込む必要なんてないわけだしな」

けろけろと歌麿は笑った。

重三郎のお使いを仰せつかったまでは良かったが、小兵衛は伝蔵の家の所在を知らなかった。詳しいことは京橋で聞けばいいでしょう、あの人有名人だから、といい加減なことを重三郎は言ったが、小兵衛はその手の行き当たりばったりを好まない。誰か家を知る人はいないかと辺りを見渡すと、丁度、寝そべって腹の辺りを掻く歌麿の姿が奥の部屋にあった。

伝蔵について小兵衛が水を向けると、歌麿は、だらけきった顔のまま、おお、と声を上げた。

『あの煙草数寄の伝蔵かい？　知ってるぜ』

家も知っているという。お使いについてきてくれないかと頼むと、歌麿は『どうせ暇だから』と二つ返事で快諾した。もっとも、『おいらを使うからにァ蕎麦の一つもおごってくれるんだろうな』と条件を付けるのを忘れなかった。

普段はまるで頼りない歌麿だが、この日ばかりは心強い。歌麿の背に隠れるようにして小兵衛が道を行くと、

「おっさん、この長屋だよ」

歌麿が足を止めた。慌てて小兵衛も足を止め、歌麿の視線に自らの視線を沿わせた。

木造りの八百屋と土蔵造りの質屋の間に人二人がすれ違えるほどの大きさをした粗末な木の表門があり、その奥に古い井戸があった。その井戸を取り囲むようにして雨風がしのげれば十分と言わんばかりの牡蠣殻《かきがら》葺きの建物が並ぶ、ありふれた裏長屋の光景が広

がっていた。

門をくぐってからも最初に受けた印象は変わらない。道の真ん中にある溝板は半分ほど失われ、溜まったごみから水が溢れ、周囲はぬかるんでいた。どこからか鎚音がする。細工師が住んでいるのだろう。喧噪に気がついて奥に目をやれば、ぼろをまとった子供が追いかけっこに興じている。鼻をつく悪臭は厠《かわや》だろう。好奇の目を遠慮なく向ける女房衆の視線に気づかないふりをしつつその脇をすり抜けて、小兵衛たちは一番奥の障子戸の前に立った。

「ここだよ」

歌麿は戸を叩いた。

「おーい伝蔵、俺だ、歌麿だ。開けてくんな」

しばらくすると戸ががらりと開き、さっき店に現れた男――伝蔵がぬうと顔を出した。

「なんだ、歌麿さんかい」

さきのおどおどした態度はどこへやら、少し居丈高にすら見える態度を伝蔵は取った。が、小兵衛がいるのに気づいた途端、肩をすくめ、目を忙しなく泳がせた。

「おいおい伝蔵、おめえ、相変わらず人見知りのくせが直ってねえのか。江戸っ子らしくねえなぁ」

「……江戸っ子だって、みんながみんな喧嘩っ早いわけじゃあないし、気風《きっぷ》がいいわけでもない」

伝蔵は小兵衛たちを中に招き入れた。

部屋の中はもので溢れていた。天井に渡された紐から枯草がいくつもぶらさがり、奥まで見通すことが出来ない。上がり間にも大きな包丁やまな板、火鉢や文机、絵筆や紙が並べられ、座るところがなかった。部屋中に独特の香りが漂っている。

「煙草の香りだね」

小兵衛が言うと、大きな包丁とまな板の前にある小さな隙間に腰を下ろした伝蔵は、微かに頷いた。

伝蔵は小兵衛に対して壁を作っている。人見知りと歌麿は言うが、「商売の極意は潑剌《はつらつ》とした態度」が持論である小兵衛からすれば、商人の端くれとして心配になる。

伝蔵は怯えた目で、小兵衛の顔をじっと見据えていた。

「な、なんだい、俺の顔に何かついてるかい」

伝蔵は答えない。うーむ、と唸り、しばらく首をかしげていた。が、ようやく考えがまとまったのか、ゆっくりと口を開いた。

「……あんた、煙草は吸うのかい」

「吸いますよ」

吊るされた煙草葉の中からある束を選び取った伝蔵は、包丁を手に取り、煙草葉を刻み始めた。軽快な刃音に遅れ、甘い香りが辺りに広がる。しかし、ただ甘いだけではなく、ねっとりとした苦みが奥に香っている。

「あんた、運がいいよ」包丁を振るいながら伝蔵は言う。「この香りはそうは出ない。湿り気と葉の熟成の按配が釣り合ってる」

刻み煙草が出来上がった。伝蔵はそれを小さな皿に移して、小兵衛の鼻先に突き付ける。

「ちょいと、嗅いでみろ」

小兵衛は従った。確かに香りが高い。刻みたてというのもあるだろうが、それを差し引いても、様々な風味を宿す、複雑な香りがした。

「秦野《はだの》の煙草だ」

相模国《さがみのくに》秦野の煙草といえば、江戸の煙草吸いのほとんどが吸う、ありふれた産地のものだった。普段小兵衛も吸っている。

「吸ってみるかい」

「いいのかい」

「客に茶代わりの煙草を出すくらいの甲斐性はある」

むっとしながら伝蔵は頷いて、脇に置いてあった総銀の煙管に葉を詰めた。そして、その銀煙管を小兵衛に差し出した。

煙草盆から火をもらい、吸った。一口で違いがわかる。まろやかな苦みと突き抜けるような爽快感が喉にじわりと広がる。

伝蔵はぽつりと言った。

「すごいだろう」

「こうも味が違うか」

「通ぶる奴らはやれ何処其処《どこそこ》の産地がいいだの、あの店の品がいいだのと言う。だが、煙草は産地よりも店よりも、丁寧な扱いと細かい刻み、吸い方だ」

頷くと、伝蔵はうれしげに笑った。笑うと陰気な印象が和らぐ。

煙草が尽きた。

伝蔵は小兵衛の手から煙管を取り上げ、灰を始末しつつ言った。

「で、今日は何用で」

小兵衛は懐をまさぐって銭を出した。

「重三郎さんから、煙草の代金だそうで」

伝蔵は小首を傾げた。

「金は既に貰ってるはずだが。……他に託《ことづけ》はないのかい」

「託？　ああ、文を預かってる」

小兵衛は言われるがままに文を差し出した。と、伝蔵はその文をひったくるようにして取り、目を落とした。

仏頂面の伝蔵の顔が、まさに喜色満面、いい笑顔になった。

「ほう、相変わらずだ」

伝蔵は肩を震わせ、さっきまでの仏頂面からは想像できないような楽しげな笑みを浮かべた。

「あの人ァ、本当に痺れることをする」

伝蔵は独り合点し、低い声で言った。

「蔦重に伝えてくれ。伝蔵、確かに仕事を受けさせていただくとな」

江戸の町は朝靄の中にあった。いつもは人でごった返す大通りも、道を歩く人々を飲み込む大店の数々も、まどろみの中に沈んでいる。

小兵衛は重三郎、歌麿と一緒に道の真ん中を歩いていた。頭痛がひどい。こめかみの辺りを指で揉み、鈍痛を和らげた。ふと後ろを振り返ると、歌麿が真っ青な顔で歩いていた。横を歩く重三郎の様子を窺った。酒の色一つ、それどころか二日酔いの影すらなく、けろりとしている。酒に強いのか、それとも酒量を見計らって飲んでいるのか、未だに小兵衛は見極められずにいる。いずれにしても、重三郎は諸事につけ隙がない。

小兵衛の視線に気づいたのか、重三郎は声を上げた。

「どうしました小兵衛さん」
「いや、頭が痛くてな」
「二日酔いですか、昨日は飲まれてましたからねえ。駄目ですよ、小兵衛さん、もう若くないんですから」
「そういうことは、喜三二さんに言ってくれ」

昨日も吉原で遊んだ。狂歌本再刷の祝いに、立役者である南畝や飯盛、喜三二を呼び、真っ昼間から盛大な宴を張ったのである。もちろん掛かりは重三郎持ち、いつものように引手茶屋二階、二十畳敷きの大部屋が貸し切られた。

狂歌会名目だったこともあり、最初は皆それぞれに狂歌を詠んで盛り上がった。飯盛が得意の上方風雅と江戸風情を織り交ぜた狂歌を詠めば、南畝が江戸のはねっ返りを直截に詠う狂歌を披露した。そんな場の中で、突如喜三二が、『お前らも詠んだらどうだ』と小兵衛たちに水を向けた。著者の先生方に命じられたからにはやらねばならないのが版元の悲しさ、とりあえず詠んでみたものの、座があからさまに白けた。が、続く重三郎の狂歌に救われる恰好になった。あまりに下手だった。しかもそのくせ『吉原連の蔦唐丸《つたのからまる》』と一廉《ひとかど》の狂歌師のような名乗りをしたものだから、その日一番の笑いを重三郎が取る恰好になった。

その後、酒盛りに雪崩れ込んだ。最初こそは静かだったものの、幇間たちが騒ぎ立て、遊女が酌を始めたあたりから場が荒れ始めた。

『飲み比べをしようか』

喜三二が提案し、調子者の歌麿が乗った。が、歌麿の勢いは最初だけで、すぐに座敷の隅に寝転んだ。

次いで小兵衛が喜三二の相手をすることになった。決して弱い方ではないが、喜三二の酒量には敵わない。勘弁してもらって酔い潰れるまではいかなかったが、武士で門限のある南畝や喜三二が帰った後も飯盛と酒宴を続け、結局朝まで居続けたのだった。

「喜三二さんが酒に強すぎる」

「当たり前ですよ。あの方は年季が違います。昔、『安永《あんえい》随一の遊び人』ってうそぶいて、吉原中をうろつき歩いてましたからねえ。そりゃ酒も強くなるってもんです」

「南畝さん、飯盛さんも酒に強い」

「あの人たちは酒あしらいが上手いんですよ。今度盗み見てください。あの人ら、うまく酌をかわしながら人に大酒を飲ませて、本人はちびちびやるんです」

言われてみると、酌をしようと銚子を手に向かっても、

『おめえの飲みっぷりを見ねえことには飲めねえな』

『小兵衛さんが全然飲んでおられないんじゃないかって、さっきから心配してるんだよ』

と心配げに言い、手の銚子をひったくって小兵衛に猪口を勧めていた。

重三郎は、「まあ」と前置きした。

「二人とも、お酒の飲み方を覚えたほうがいいですよ。その飲み方じゃあ、いつか体を壊します」

小兵衛はぐうの音も出なかった。後ろで青い顔を浮かべふらふら歩く歌麿に至っては、話を聞いているのかさえも分からない。

朝霞の中を進むうち、ようやく日本橋の店がうっすらと見えてきた。土蔵造りの店屋敷は戸がすべて閉め切られ、耕書堂と大書された看板の横にかかる提灯の火も落ちている。

店の前に立った重三郎は、戸の一つに手を掛けた。用心棒がかかっているのか全く開かない。が、

「よっ、と」

戸の両端を持って、ふん、と力むと、店の中から乾いた音がした。用心棒はそもそもが簡易な施錠法である。外側で戸を持ち上げてやって何度か揺さぶれば簡単に外れる。

「さあさ、入りましょうか。……げ」

変な声を上げ、重三郎は足を止める。そればかりか、戸の前で及び腰になった。

いぶかしく思いつつ、小兵衛が重三郎の背中越しに中を見やると、上がり框に赤鬼が

座っていた。

小兵衛は目を擦った。

赤鬼と小兵衛の目に映じていたのは、お春だった。桃色の小袖に身を包み、両手を恭しく膝の上に置いている。一輪の花のように可憐な座り姿だった。だが、小兵衛の目には、抜き身の刀がそこにあるようにしか見えなかった。

「あ、よう、お春……」

重三郎が声を震わせつつ声をかける。が、お春は答えない。

「おーい、お春、聞こえてるのか、今、帰ったぞ……」

筋骨を鍛え心を磨いた武芸者には、相手の殺気を目の当たりにできるという。武芸など身につけた記憶のない小兵衛だが、今、陽炎《かげろう》にも似た何かが、お春の両肩に揺らめくのが確かに見えた。

お春は静かに言った。

「毎日毎日、朝帰りとはいい度胸ですね」

重三郎が短く悲鳴を上げる。重三郎が狼狽《ろうばい》する図は物珍しくもあったが、お春の放つ殺気が尋常でなかった。小兵衛は笑いを嚙み殺す。笑ったが最後、火の粉が飛んできかねない。

なおもお春は穏やかに、嚙んで含めるように言葉を重ねる。

「煙草は体に毒だから吸うなって言っても毎日のように吸う、家のことを放り出して毎日のように吉原に遊びに行く。人の言うことを聞きもしないなら、あなたの好きにしたらいいじゃありませんか」

呆然とする小兵衛の前で、重三郎はあれこれと言葉を重ねた。

「いや、謝る、謝るから！　……でもなぁお春、こういう修羅場を描きたいってお人はたくさんいるんだ。歌麿にも描かせたいな。喜三二先生にも。あ、そういえば大田南畝先生はお春が怒っているところをぜひ見てえ、今度うちに来ていいか、って仰っているんだ」

途中から、重三郎は謝っていなかった。

お春はふるふると肩を震わせた。

「この馬鹿亭主、さてはあたしとの夫婦喧嘩を言い触らして回ってるね」

「待て待てお春、——ああもう、お前は毎日のようにふくれるなあ」

お春はぴしゃりと床を叩くと、

「もう知りません」

ぷいと立ち上がり、台所へと続く戸を開いた。

あのう、朝飯は……。そう控えめに重三郎が訊くと、お春はゆっくりと振り返り、これ以上なく冷たい目をしながら土間に立つ重三郎を見下した。

「台所のくず入れに野菜くずがあります」

「鬼嫁」

重三郎がそう呟いたものの、お春は振り返りもせず、大きな足音を立てて台所の奥へ消えていった。

重三郎は腕を組んだ。

「また怒らせてしまいましたねえ。女心は本を売るより難しくありゃしませんか、小兵衛さん」

「知らんよ」

重三郎が悪い。綺麗な嫁とかわいい子を残して連日のように吉原で遊ぶなど、仕事でも褒められたものではなかった。

後ろの歌麿がからからと笑った。

「夫婦喧嘩は犬も食わねえな」

「言いたいことがありそうだな、歌麿」

額を手で押さえながら、歌麿は続けた。

「もとい、喧嘩するほど仲がいい、ってか」

「茶化すな、馬鹿」

が、ふいに歌麿は真顔を浮かべた。

「重三郎、でもよ、真面目な話、もっとお春さんを大事にしてもいいと思うぞ」

「ああ?」

「恋女房だろうが」

そっぽを向いた重三郎は、何も答えなかった。

二日酔いは昼になっても消えなかった。

仕事は溜まっている。客あしらいをお春に任せつつ、小兵衛は店の帳台で前日の売り上げ分の帳簿をつけていた。頭痛はひどかったが、お春の手前、弱音を吐くことは出来ない。湯飲みからちびちびと白湯《さゆ》を飲み、作業に当たった。

帳簿をつけると、店の銭金の動きが分かる。小兵衛はここのところ、重三郎の商法の特異さを、帳簿を通じて思い知らされていた。

本という商い品は、売れ筋でも出足は悪い。潮の満ちるように売れ行きが伸び、数ヶ月から数年売れ続け、やがて潮の引くように売れ行きが落ちついていく。概ね、そうした悠長な流れを持っている。

しかし、耕書堂の売り方は、地本問屋の常識を無視していた。

発売初日で初刷をすべて売り切り、すぐに増刷をかける。そうして刷り上がったものを店に出すと、客がまた大挙して買い漁り、数日で売り切れとなる。そしてまた増刷をかけ……その繰り返しだった。売り日は周知していない。なのに、その日を狙い澄まして客が店にやってくる。

どういうからくりなのか。帳簿を前に小兵衛が唸っていると、

「小兵衛さん、すみません」

ふいに、大福帳に影が差した。

顔を上げると、お春が立っている。店に客の姿はなかった。売れ筋の狂歌集は在庫を切らし、増刷の手配を取ったところだった。店先には古本や再販本が置いてあるばかりで、客足は遠のいている。

お春は、眉をひそめて憂いの目をこちらに向けている。

「何かありましたか」

「小兵衛さんにこんなお願いをするのもどうかと思うんですけど」

五十年も生きると、この手の前置きから始まる頼みの多くが厄介事だと知れるようになる。が、店の内儀を邪険にもできず、小兵衛は話を先に促した。お春はしばらく言い淀んでいたが、ようやくお春はおずおずと切り出した。

「うちの旦那のことなんです」

「重三郎さんの。なんでしょう」

「心配なんです。うちの人が浮気をしてるんじゃないかって」

「浮気ぃ？」

小兵衛は頓狂な声を上げたが、お春はあくまで深刻な表情を顔に貼り付けていた。

「あの人、毎日のように吉原通いをしてるじゃないですか。吉原の女郎さんにでも入れ上げてるんじゃないかって心配で心配で……。あたしが聞いてもまともに答えてくれないでしょうし」

「半可通《はんかつう》じゃあないとは思うがねえ、重三郎さんは」

吉原は嘘と仮初《かりそめ》の場だ。嘘と粋《いき》をこねくり合わせて作られた不夜城の色恋は一から十まで嘘であり、そうと知りつつ女の下に通うのが通人の張りである。重三郎にその分別がないとは、小兵衛には思えない。

お春は肩を抱いた。その手は小刻みに震えている。

「あの人、吉原の人じゃないですか。廓《くるわ》の外の人とはものの考え方が違うのかも知れませんし」

廓の人々の心の綾は、吉原育ちの人間でないとわからないことだった。肯定もできない代わり、否む材料も小兵衛の手元にはない。

ちょっとした証もあるんです。唸る小兵衛の前でそうお春は言った。

「最近、着ているものに白粉《おしろい》の匂いが強くついてるな、って思って」

小兵衛の見ている限り、重三郎は遊女に酌すらさせない。だというのに、白粉の匂いがつくとはどうしたことだろう。

「もちろん、本を書いてもらってる先生方と親しくなるために吉原を使ってるのは承知してます。でも、それだけじゃあないとしたら……」

お春は目を泳がせた。

「一応、好きあって夫婦になったってことにはなってますけど、あたしには、あの人のことが分からないんです」

ふと小兵衛は死んだ息子の面影が頭を掠めた。もし生きていれば、今頃妻と子がいる年按配だった。お春のような嫁がいて、こうやって吉原通いを心配されるような主人になっただろうか。

仕方ない。心中でそう呟いた小兵衛は、自分の胸を叩いた。

「分かりました。では、お春さん、重三郎さんのことをこの小兵衛が見張りましょう。で、何かあったらお春さんにお知らせします」

が、お春は納得しなかった。

「それじゃあ駄目です。隠れて、うちの人が吉原で何をしているのか、調べてほしいんです」

お春の剣幕に小兵衛が押されかけていたその頃、奥から、吉蔵が現れた。昼寝から目覚めたところなのか、目の辺りを幾度となく腕で擦っている。よたつく吉蔵を抱き上げたお春は、小兵衛に頭を下げた。

「なんなりと協力しますから」

結局、小兵衛は請けた。

見ることのなかった嫁と孫の姿を、小兵衛はお春と吉蔵に見た。その時、小兵衛は己の思いを理解した。亡くしたものへのせめてもの罪滅ぼしとして、重三郎一家の間を取り持とうとしていたのだった。


「うーむ」

重三郎は昼下がりの江戸の町を歩いている。赤黒縞の袖を揺らし歩く様は惚れ惚れするほどに鯔背で、道を行く男たちは重三郎とすれ違った後、振り返ってその背を見送った。道を行く人々の視線を浴びる重三郎の姿を、小兵衛は後ろ五丈ほど（約十五メートル）の物陰で窺う。

さらに後ろに続く歌麿は、小兵衛の背越しに重三郎の背中を眺め、声を弾ませた。

「なんかどきどきするよな。人の秘密を垣間見るのってのァ」

歌麿は明らかにこの仕事を楽しんでいる。

「あのなァ歌麿、そういうのを助平っていうんだよ」

「いいじゃねえか。楽しいんだからよ」

小兵衛は口を結んだ。付き合いも長くなり始めたというのに、蔦屋重三郎について知ることは少ない。重三郎は、沼のような男だった。その水面を覗き込んでも濁っていて何も見えず、そもそも底があるのかも判然としない。だからこそ、覗いてみたい。小兵衛もまた、人の秘密に分け入る快楽に囚われていた。

お春の話を聞きつけて尾行に加わった歌麿も、腹では同じことを考えているに違いなかった。

歌麿はしみじみと声を上げた。

「それにしても、よく、今日の誘いを断れたな。おっさん、いつも吉原に連れて行かれるじゃねえか、問答無用で」

「ああ、ちょいとね」

小兵衛は笑ってごまかした。

尾行をこなすためには、重三郎と別行動を取る必要がある。そこで小兵衛は仮病を使った。だが、ただの仮病では通用しない。『風邪なら酒を飲めば治りますよ』という一言で連れ出されてしまう。

そこでお春の登場である。『病人を吉原に連れて行くなんて阿呆な真似はさせません』と鶴の一声を放つ。すると重三郎は『じゃあ、お大事に』と、布団に突っ伏す小兵衛を労わり、一人、吉原へと向かっていった。

「はは、なるほどね」

ありありと想像できたのか曰くありげに笑った歌麿は、何かに気づいたのか目を大きく開き、笑顔をひっこめた。

「おい、入ってくぞ」

歌麿が顎をしゃくった。

見れば、重三郎が見返り柳から衣紋坂を降り、吉原の大門をくぐろうとしているところだった。その大門の先には、吉原の町が煌々と光を放っていた。

「行かなくていいのか」

「大丈夫だ」

見返り柳から大門まで、身を隠すところはない。重三郎の赤黒の青梅縞は遠くからでも目立つ。張り付かなくとも見失いはすまいと踏んだ。

重三郎が大門をくぐった。

「よし、行こうか」

二人は見返り柳から身を躍らせて衣紋坂を駆け下り、大門の前に立った。

大門から入ってすぐの待合の辻には引手茶屋が軒を連ね、人でごった返している。少し前までは遊女たちが毛氈《もうせん》を敷いて客を待つ一角だったが、今はその習慣は廃れ、男たちの待ち合わせの場になっていた。人の波を縫いつつ、小兵衛たちは奥に向かっていった。ふと脇道に目をやると、見世の表格子《おもてごうし》から遊女たちが煙草の吸い口を差し出し、男の来訪を待ち構えている。そのすぐ側には、格子を境に男と睦まじげに話をする遊女の姿があった。身請けの約束でもしあっているのかもしれない。

しかし、そんな吉原の風景に気を取られるうちに、

「しまった。見失った」

重三郎は消えた。

「本当かよ」

「嘘ついてどうする」

吉原は洒落者ばかりが闊歩していて、日本橋とはあべこべに、浅葱裏《あさぎうら》の田舎者のほうが目立つ。赤黒の青梅縞姿の重三郎の姿は、吉原の雑踏の中に溶け切っていた。

歌麿は辺りに目をやりながらも、

「仕方ねえな、分かった。じゃあ手分けで探そうか。俺ァ裏通りを回る。俺の方が吉原は詳しいからな。おっさんは表通りを探してくれ。一刻たったら見つかっても見つからなくてもここで落ち合うぞ」

てきぱきと言った歌麿は、揚屋町の通りへ駆けていった。その背はすぐに人の波間に消えた。

「あ、おい！」

一人残された小兵衛は、ぽつねんと一人、吉原の真ん中に立っていた。

小兵衛は吉原に関しては素人だった。歌麿という水先案内人のいなくなった小兵衛は、しばらくその場を見回したが埒が明かず、腕を組み、吉原の仲の町通りを人の流れに従って歩き始めた。

仲の町通りは吉原の華だった。老舗の引手茶屋が軒を連ね、お大尽《だいじん》の三代目といった風の若旦那が煙管片手に闊歩している。その横で、悪人面の老人が同じく悪い顔をした腰ぎんちゃくを引き連れ歩いていた。かと思えば、三度笠を被った旅人風の男が脇の辻にある大見世の格子に張り付いて、おすまし顔で座る遊女たちを見てにやけた顔をしている。通も半可通も、遊女の位の高低も、善人も悪人も、幇間や芸人さえも全部ない交ぜにして、仲の町通りはまばゆく輝く。

そんな折、辺りにしゃらりしゃらりと甲高い音が響き渡り、目抜き通りの人々の波が、二つに割れた。

人垣の割れた先には鳴り物のついた杖を手にした露払いの姿があり、その後ろには、幾つもの簪《かんざし》や櫛《くし》を横兵庫の髪に挿した花魁《おいらん》の姿があった。禿《かむろ》や振袖新造《ふりそでしんぞ》、小者を引き連れ、背の高い下駄を履き足を外から回す歩法、八文字を切りながら練り歩く花魁に、人々は立ち止まって熱のこもった視線を投げる。つぶてのような視線を一身に浴びながらも、花魁は涼しげな顔で吉原の町を歩いていく。凜とした顔立ち、口を一文字に結ぶさまは、この苦界《くがい》で頂点に上り詰めた女の張りに満ちていた。

花魁道中だった。

「見事なもんだ」

小兵衛がそう一人ごちていると、

「花魁道中とは言うが、当世の道中はどうにもいかんね」

不意に、肩を叩かれた。振り返ると、一人の男が立っていた。

年の頃は四十くらいだろうか。武家髷を結うその男には、笑い皺がいくつもある。よほど愉快な人生を歩いてきたものと見えた。が、それと同じくらい、眉間《みけん》の皺も深い。茶色の着流しをさらりとまとうその男は、月代《さかやき》の辺りを撫でながらもう片方の手で団子を口に運んだ。その団子を飲み込んでから、苦々しげに続ける。

「かつては、江戸にも太夫って呼ばれるそりゃ凄い花魁がおられたそうな。詩歌《しいか》管絃《かんげん》の遊びから三味線、唄までなんでもござれ。並の侍じゃ相手に出来ない、この世に現れた菩薩《ぼさつ》様かと見間違うほどだったと謳われてる」

だが、今を見ろ。男は言う。

「当世は太夫なんて位もなく、その下の格子すらもない。気づけば散茶《さんちゃ》が極めの位。どこその大名様が派手に遊んでた頃の吉原は、もうどこにもありゃしない。――あの花魁道中だって、ありゃあ茶屋が揚屋の真似をしているだけのことだ」

おっと。小兵衛の顔を覗き込んだ男は頭を下げた。

「気分を悪くしたんだったら謝る」

「ああいえ」

頭を振ると、男は団子の最後の一つを歯で引きちぎった。

「ときにあんた、俺のこと、覚えてるかい」

「ええもちろん」

「そもさん、俺はいったい誰だい？」

おどけた口調で男は問う。

小兵衛は答えた。

「説破《せっぱ》、酒上不埒《さけのうえのふらち》先生でしょう」

「ご名答」酒上不埒はうれしげに笑った。「あんまりあんたとは顔を合わせていないはずなんだが」

「一度見た顔は忘れないようにしているもんで」

重三郎からきつく言われている。吉原で会った人の顔は、何が何でも覚えておいてくださいと。

酒上不埒は、いつぞや重三郎の開いた酒宴に、喜三二が連れてきた人だった。喜三二の横に座って『酒上不埒と言います。すべては酒の上のことなんで、何があっても許してておくんなさい』と相好を崩して洒落た自己紹介をぶち、大田南畝が面白がってしばらく手放さなかった。その筋では有名な狂歌師とのことだった。

よくあたしの顔を覚えていますね、と小兵衛が言うと、不埒は頓狂な声を上げた。

「てめえの立場がよく分かってねえらしいなあ」

小兵衛が口を結んだ一方、不埒は楽しげに口角を上げた。

「あの蔦重さんが日本橋に店を買った。そこまでは驚きはしなかった。いつかやるだろうと思ってたからな。が、買い入れた先の店主をそのまま雇い入れるたあ、信じられなかった。あのお人は、なんだかんだでてめえしか信じてない」

小兵衛が小さく頷く中、不埒は続ける。

「その蔦重さんが配下に迎えた男がどんな奴か。……ってのは、この界隈では話題になってるんだぞ」

「どうでしょうかね、実物を見た感じは」

小兵衛は両袖を広げて見せた。すると、不埒はへっと笑った。

「とんだお調子者、ってところだな」

慌てて腕を組み直した小兵衛を見やりながら、不埒は口の端を吊り上げた。

「あのお人があんたを迎えた理由が分からんでもないよ。きっと、ああいう七を通り越して八面倒な人間には、あんたみたいな人が救いなんだろうよ。そういえば、噂の蔦重さんはどうしたんだい」

そう問われ、小兵衛は元の目的を思い出した。

「そうだ、不埒さん、重三郎さんを見ませんでしたかい」

「は？　知らないねえ。――ただ、思い当たる節はあるぜ」

「本当ですかい」

「今日、喜三二さんは表の仕事で忙しいって言ってたし、蔦重さんの会はないって聞いてるからな。行くとすりゃあ、あそこかね」

「どこですかい」

不埒は手を大きく広げて小兵衛の行く手を遮った。先ほどまでの愉快そうな顔は消え失せ、何かを企む悪辣な顔に変じている。

「その前に。なんであんた、蔦重さんの後ろを追っかけてるんだい」

値踏みするように、不埒は小兵衛の顔を見やる。

「よく考えてみりゃ、変だねえ。いつもだったら、あんた、蔦重さんにくっついて歩いているのに。――なるほど、蔦重さんについて調べてる。――違うかい」

「その質問には答えられない、と逃げを打っても」

「構わんが、俺の心当たりは口が裂けても教えない」

事情を話していいものか、小兵衛は悩んだ。今回のように、仮病が何度も通じるとは思えなかった。肚の天秤で損得を勘定した小兵衛は、仕方なしにこの尾行劇のいきさつを説明した。

話を聞き終えた不埒は、へえ、と声を上げた。

「さすが蔦重の女房。すごいお人だね。ま、そうでもないとあの人の女房なんて勤まりゃしねえか。分かった。あの鬼嫁さんのために、一肌脱ぐとしようかね」

袖をまくり上げて啖呵を切った不埒が案内した先は、小兵衛を驚かせ、重三郎への疑惑を深めるには十分な場所だった。

次の日、店の売り場にいた小兵衛は、帳台に向かい、帳簿の整理に勤しんでいた。急ぎの仕事ではないが、手を動かすうちは碌でもないことを考えずに済む。売り子のお春もあくびを嚙み殺しつつ、本棚にはたきをかけていた。

ここのところ、連日のように忙しかった。ひっきりなしにやってくる客に、本や錦絵を売り、次々に本棚に補充した。本当にここは本屋なのだろうかとぼやく日々が続いたが、昨日からふいに暇な日がやってきたのだった。

「あの、小兵衛さん」

掃除を終えたお春に声を掛けられ、小兵衛は肩をびくつかせた。

「なんでしょうかね」

「昨日はどうでしたか」

心配げな顔をして、お春は小兵衛の顔を覗き込んだ。

小兵衛は腹の底でどう答えるべきか悩んでいたものの、結局嘘を選んだ。

「別になんということはなかったよ。重三郎さん、昨日は茶屋で酒を飲んで煙草を吹かすばかりだったみたいだ」

不承不承ながら、お春は頷いた。

「だったら、いいんですけど」

お春の目から疑いの色は消えない。いたたまれなくなって、小兵衛は水を向けた。

「なあ、お春さん。なんでそんなにも心配しているんだい」

お春は、曖昧な笑みを浮かべ、俯いた。

「変ですよね、私。『吉原での遊びは玄人の遊び、素人に手を出さないだけいいと思わないと』っていうのが、江戸の女房ですもんね。でも、そんなことが言えるのは、本当に好き合って夫婦になった人だけです。――わたしはあの人に惚れて嫁にしてもらいましたけど、あの人は、どうなんでしょう」

お恥ずかしい話ですけど、とお春は切り出した。お春の声音に湿り気が混じる。

「わたしの父は、汚い遊びをして店を潰した道楽者だったんです。うちの人に助けてもらっても、その金も全部遊里に溶かしてしまう。うちの母は、そんな父に何も言えず、一人きりの夜、めそめそ泣いているような人でした。母は好きです。でも、母のようにはなりたくないんです」

何を言っても正解ではない。お春の心中に巣食う不安は白や黒で割り切れるものでもないし、そもそも重三郎の問題だけとも言い切れないものだった。小兵衛は言葉を継ぎ損ねた。

店先に剣呑《けんのん》な気配が漂う、よりにもよってそんな時機に、店の奥から重三郎が現れた。首の辺りをこきこきと鳴らし、うーんと一つ伸びをしてあくびをした。

「ようやく一つ仕事が終わりました。あとは、絵が上がるのを待つばかり……。あ、小兵衛さん、丁度いいところに。申し訳ないんですが、伝蔵さんのところにお遣いを頼まれてくれませんか」

小兵衛は帳簿を細筆の先で指した。

「今、それどころじゃない」

暇潰しで先回りしてつけている帳簿だったが、お遣いを断る口実には充分だった。取りつくしまがないのに気づいたのだろう、今度はお春に頼みをぶつけた。しかし、お春も断った。

重三郎はその辺で本を枕に高いびきをかいている歌麿を捕まえた。

「おい歌麿、起きろ」

「むにゃむにゃ、あなたにお会いしとうございました……。って、ぶはぁ、なんだ、夢か。ああ、あんな女には一生会えねえよ」

言いたいことを言ってぽりぽりと後ろ頭を掻く歌麿の頭を、重三郎は軽く叩いた。

「なんでもいいから、伝蔵さんのところにお使いに行ってください」

「えー、いやだよ、面倒だ」

「今行ってくれたら、何か飯でもおごってもいいなあと思ってるんだが、それでも？」

「行きます」

瞬く間に、土間の履き物の鼻緒を足の指に通した歌麿は、立ち上がると碌に子細も聞かずに町へと飛び出していった。

「なんだかなあ……」

重三郎は頭を掻いた。そしてまた一つ伸びをすると、今度は小兵衛の顔を遠慮がちに覗き込んだ。

「小兵衛さん、体のお加減はいかがです」

「おかげさんで治ったよ」

小兵衛がつっけんどんに言葉をぶつけると、重三郎は笑みを綻ばせた。

「では、今日はもう吉原に……」

「遠慮しておく」

ぴしゃりと小兵衛が言うと、重三郎は苦い顔を浮かべて頰を掻いた。が、それ以上こちらに踏み込むことはせず、店の奥に消えた。

息をついた小兵衛は、目の前の帳簿に目を落とした。金の流れを頭の中で思い浮かべながら、帳簿にその結果を書き入れる。この作業は、頭を使うばかりで心はお留守になる。だからだろうか。昨日の光景が頭を駆け巡った。

昨日、酒上不埒に連れられ足を向けたのは、仲の町通りから一本曲がった辻にある置屋だった。一階部分の入り口脇に格子窓の張られた張り見世があり、女郎が控えている。格子窓は店の格を示すものだ。重三郎の入っていった置屋は店先の格子の一部が開いたいわゆる半籬《はんまがき》、中ぐらいの格式を持った見世だった。小商人の重三郎が遊ぶには一番現実味のある処といえる。

『どういうことかは知らねえが、あいつ、ここに最近足繁く通ってるらしいぜ』

向かいの料理茶屋の縁台に座った不埒は、茶に口をつけつつそう言った。

二人で張り込むことしばらく、見世先から、重三郎が現れた。

赤黒の青梅縞を揺らし、堂々と暖簾をくぐって出てきた重三郎は、足早に表通りに出て、喧騒の中に消えていった。

『おしげりなんし、ってところかね』

不埒は下卑た笑みを浮かべた。小兵衛にその言葉の意味は分からなかったが、不埒の表情とこの場のことを思えば、何を言ったのかはだいたいわかる。茶屋で遊ぶのとはわけが違う。女郎屋ですることなど一つしかない。

昨日の出来事を思い出し、怒りを肚に溜める小兵衛だったが、

「あ、あの」

顔を上げると、心配そうに顔を覗き込むお春がいた。

「どうしました」

「やけに怖い顔をしているから、差し込みでもあったのかって」

小兵衛は慌てて手を振った。怪訝な顔をしながらもそれで納得したのか、お春はまたそっぽを向いた。けれど、その表情はいつまで経っても暗かった。

重三郎はお春を裏切っている。

ぎくしゃくとした空気が店の中にも垂れ込めている。

小兵衛は、手をこまねき続けていた。

数日後のこと、耕書堂の箱看板をしまい、店の戸を閉める小兵衛は、闇夜にぽっかりと浮かぶ月を見上げた。ひどく明るい。江戸市中の夜で、月に勝る明かりなどない。しかし、吉原では満月さえも霞む。

小兵衛は最後の戸を閉めた。

重三郎は、今日も吉原に逗留している。

上がり間に戻った小兵衛は、火鉢の横に置いていた煙草盆を引き寄せ、いつものように煙管をふかした。煙草の煙が不規則な螺旋《らせん》を描いて暗い天井に吸い込まれ、混沌とした思いが紫煙と一緒に辺りの空気に溶けていった。

暗い天井を見上げていると、後ろから小兵衛を呼ぶ声がした。

「おっさん」

振り返ると、店の奥に続く戸の前に歌麿の姿があった。小兵衛は小首をかしげた。いつもしまりのない歌麿が、この時ばかりは顔を引き締めていた。

向き合った小兵衛が、どうした、と声をかけると、歌麿はしばらくの無言の後、ぽつりと言った。

「もう一度、重三郎を調べてみねえか」

耳を疑う提案だった。

歌麿は首の辺りを掻いた。

「たぶん、おっさんは重三郎のことを疑ってるんだろ？　それが嫌なんだ」

小兵衛は煙管を吸った。煙草は燃え尽きていた。雁首を火鉢の縁に打ち付けて灰を捨て、小兵衛は歌麿に向いた。

「聞こうじゃないか」

歌麿は小兵衛の前にどかりと座った。

「俺も重三郎も吉原の出だ。吉原に生まれた男は、生まれたときからずっと『吉原の女郎に手を出すな、ましてや惚れるなんて以《もっ》ての外《ほか》だ』って教わるんだ。吉原者の徳目だ」

「何かの間違いで、女郎と情を交わすことだってあるだろう」

「不文律を破って簀巻《すま》きにされた吉原の男なんて沢山いるさ。でもようおっさん、そういう連中はどうしようもねえクズだよ。世の中にァ吉原自体をクズ扱いする連中もいるけど、吉原者だって、いい奴もいりゃ悪い奴もいる。日本橋だって一緒だろ」

歌麿の話は、重三郎の浮気の話から離れ、もっと大きな話をしているようにも思えた。

それだけに、小兵衛は口を挟むことができずにいた。

「俺ァ、あいつがそんな野郎だとはどうしても思えねえ。なあ、おっさん。あんたは、あいつがそんなクズだって本当に思うのかい」

しばらくして、小兵衛は答えた。

「思えない、な」

「だったら、白黒はっきりさせに行こうぜ」

歌麿は言い切った。

置屋の張見世には白粉を塗った女郎が居並び、「おあんない、おあんない」と道を歩く男に声を掛け、煙管の吸い口を格子の隙間から差し出している。重三郎行きつけの置屋だった。その店の前に、小兵衛たちはいた。

どうやって入るかと心の内で算段する小兵衛を尻目に、歌麿はすたすたと入り口に向かった。慌てて後を追うと、歌麿が玄関先にいた見世の主人を捕まえたところだった。

「あれぇ、おめえ、北川んところの放蕩息子じゃないか。どうしたんだい」

「ご無沙汰してんな、忘八《ぼうはち》さん」

見世の主人の肩を叩き、歌麿は懐かしげに笑った。すると主人は白髪交じりの横鬢を後ろに撫でつけた後、無遠慮に歌麿の肩を叩き返した。

「なんでぇ、お前さん、数年前ふらっと吉原からいなくなったと思ったら、吉原で遊ぶお大尽になったのかい」

見世の主人は笑い皺をため、歌麿の後ろに控える小兵衛に目を向けた。

「このお人は?」

「世話になってるお人なんだ。たまには親孝行ならぬ雇い主孝行をしようと思い立ってね、吉原案内をしてるんだよ」

見世の主人は小兵衛に恭しく頭を下げた。

「こんな悪たれの面倒を見て頂いているなんて。この忘八、僭越《せんえつ》ながら吉原を代表してお礼申し上げます」

そうやって何度も頭を下げる主人に、歌麿は声をかけた。

「今、部屋は空いてるかい」

「いくらでも空いてるよ。大座敷も用意できる。なんだったら、お安くしておくから何人かつけようかい？」

「金がねえんだ。俺ァ床入りするつもりはねえから、一人だけつけてくんな」

「へえ」感心したように主人は声を上げた。「おめえ、偉いねえ。吉原から出ても吉原の女郎と恋はしねえ、か」

小兵衛と歌麿が通されたのは、一階の八畳一間だった。男二人で使うには少し広い。畳も綺麗に拭き改められており、調度も整っている。

部屋に入ってすぐ酒と煙草盆を運んできた振袖新造に「ちょいと話がしてえから、おめえはもう下がっていいぞ」と歌麿が人払いをすると、新造は嫌味なく微笑み三つ指ついて頭を下げて見世の奥へ消えていった。

「なあ」二人きりになったところで小兵衛は歌麿に向く。「なんでおめえ、あの主人に聞かなかったんだよ。重三郎さんがここに来てないか、って」

歌麿は盃を差し出した。小兵衛が受け取ると、歌麿はその盃に酒を注いだ。

「分かってねえなあ。答えやしねえよ。女郎屋の忘八だって仁義は忘れねえ。だってそうだろ？『あそこの店で遊んでます』なんてのがバレたら困るお人は沢山いる。話を聞こうとしても無駄だろうな。客のことを話さねえのが女郎さん方の仁義だ」

「じゃあ、どうやって調べろってんだ」

「簡単だよ。足で調べる。これに尽きる」

不意に障子が開いた。思わず歌麿と小兵衛は肩をびくつかせた。開いた障子の向こうには、一人の遊女が座り、艶然と微笑んでいた。

「何か悪だくみでもなさってたんでありんすか。――失礼いたしやす。銀蝶《ぎんちょう》でありんす」

三つ指をついて現れた女は、年の頃二十半ばくらいだった。あまり飾り物の類は多くないが、紅の錦の打ち掛けが、しゃんとした鼻筋や切れ長の目といった派手な顔立ちに映える。

「旦那方、今日はお楽しみなんし……って、あ」

顔を上げた瞬間、女の言葉からありんす言葉が消えた。銀蝶を名乗った女郎は、顔を見るなり袖で歌麿の頭を叩いた。市中の娘のような仕草だった。

「勇坊じゃない。何年振り？」

「もうかれこれ五年ぶりくらいじゃねえか？　おめえは、まだ年季が明けねえのかよ」

苦笑で応じる歌麿に、銀蝶は、ひどーい、と間延びした声を上げた。

「あと三年くらいかな。あ、でもちょっとここでの暮らしで証文が増えちまったから、もう少し長引きそうだね」

「おめえだったらどうにかなるんじゃねえか。器量もまあまあだし」

「まあまあ？　この顔を見て言うかねえ」

銀蝶はあからさまに表情を崩し、腰に手をやった。子供が胸を張るような仕草だった。よそ者には立ち入ることの出来ない強い絆を二人のやりとりに感じた。が、今は時がなかった。小兵衛は二人の軽口に口を挟んだ。

「二人はどういう間柄なんだい」

銀蝶はばつ悪げな顔をして、三つ指をついた。困ったような顔を浮かべ口ごもる銀蝶の代わりに、歌麿が答えた。

「ああ、古い知り合いだよ」

銀蝶は、歌麿が十五の頃に売られて吉原にやってきたのだという。まだ、八つの子供だった。顔貌《かおかたち》が評価され、禿時分には一流の女郎になるべく諸芸を仕込まれたが、三味線が上達せず上流女郎への道が絶たれ、中級の女郎として日々を過ごしている、とのことだった。

「八つだろ？　その頃だとまだまだ遊びたい盛りじゃねえか。だからよ、吉原のがきが遊び相手をすることも多いんだ」

「よう、高鬼をしてもらいました」

銀蝶は歌麿に合いの手を入れ、頰に手をやった。

吉原の町の片隅で遊び回る禿と男の子の姿が、小兵衛の脳裏に浮かんだ。その姿はきっと、長屋で見るそれとあまり変わらない。

「そういやお前、怖いことがあるとよく小便を漏らして大変だったな」

「もう、そういうことは言いなんすな」

銀蝶は廓言葉で言うと、音がするほど強く歌麿の肩を叩いた。

銀蝶は銚子を掲げて小兵衛に口を向けた。

「飲みなんし」

「こりゃすまん」

盃を空にして銀蝶に差し向けた。銀蝶はゆっくりと酒を盃に注いでいった。少し黄味がかった酒を見つめ、小兵衛はまた酒をあおった。

「いい飲みっぷりで」

酒を注ごうとする銀蝶の手を、歌麿が止《とど》めた。

「おい銀蝶、あんまり飲ますんじゃねえよ。あ、そうだ、三味線を弾いてくんな」

「三味線」

「何か問題でもあっか」

にたりと歌麿は笑った。さっき、銀蝶について三味線が下手で上流女郎になれなかったと紹介したのは、他ならぬ歌麿だった。

銀蝶は頬を膨らませながらも、ふん、と鼻を鳴らした。

「ご所望とあらば仕方ありんせん。ちいと待っておくんなんし」

三つ指をついた銀蝶は戸を開き、悠然と部屋を後にした。そうして銀蝶の気配が完全に消えたところで、歌麿が顔を小兵衛に寄せた。

「おいおいおっさん、いつまで酒飲んでるつもりだ」

廊下に目を向けつつ、歌麿は続けた。

「おっさんが探せ。おいらがあんまり長く席を外してると向こうも怪しむ。がんばってこい」

歌麿に追い立てられるようにして、小兵衛は部屋を抜け出し、遠くに三味線の音が響く廊下へと飛び出した。

見世の中は入り組んでいる。案内という案内もなく、行灯《あんどん》が所々に置いてあってもなお暗い廊下を歩くうち、どこにいるのかも分からなくなる。元の部屋への帰り道すら怪しい。

三味線の音や唄の声に、男と女の嬌声《きょうせい》が混じる。酒と煙草、白粉に汗がないまぜになった匂いも小兵衛の鼻先を掠めていく。吉原は、見るもの、聞くもの、嗅ぐものすべてがいちいち濃い。

一人、廊下の真ん中で小兵衛が立ち往生していると、廊下の突き当たりに、見慣れた人影を見つけた。赤と黒の青梅縞をまとい、手に大きな風呂敷包みを持つ重三郎だった。

怒りで頭を茹《ゆ》だたせながら、小兵衛は重三郎の後を追った。

重三郎はこの見世の造りを把握しているらしく、確かな足取りで入り組んだ廊下を右に左にと進んでいく。そんな重三郎の後を追ううち、客の雑音が遠くに追いやられ、ついには絶えた。見世の者のための空間に入ったらしい。遠くに三味線の音が聞こえるほかは、衣擦れの音一つしなかった。

前を歩く重三郎が、ある部屋の前で足を止めた。

客を通す部屋にはきらびやかな襖戸《ふすまど》が張ってある。が、その部屋の戸は何の変哲もない、黒々とした板戸だった。

「入りますよ」

重三郎は声を掛け、戸の奥に消えた。

小兵衛は重三郎の消えた板戸の前に立った。

この奥に重三郎の秘密がある。が、戸を開く決心がつかなかった。しかし、ここで悩んでいても仕方がない。もしも、自分の気に食わないことが起こっていたなら、重三郎の頬を殴りつけてやればいい。そう肚を決めて、小兵衛は戸に手をかけ、開いた。

「わ、なんです、って、あれ、小兵衛さん」

「え？　この方が小兵衛さん？」

はたして部屋の中には頓狂な声を上げた重三郎と、女が一人座っていた。だが、部屋の有様も女の姿も、小兵衛の想像からかけ離れていた。

部屋には何の飾り気もなかった。明かりも安い行灯一つで、窓も採光用が一つあるばかり、物入れや納戸《なんど》に近い造りをしている。

そんな侘しい部屋にいた女は四十がらみ、頬がこけ、浴衣一枚の姿で布団の上に座っていた。目に力はあるが、浴衣の袖から覗《のぞ》く指は随分と骨ばって、首は細く、胸から肩は紙切れのように薄かった。結ってしばらく経つのか、髪も形が崩れている。右の口元にある黒子《ほくろ》は、真っ白な肌の上で浮いていた。

「小兵衛さん、なんでここに」

「それァこっちの科白《せりふ》だ。なんであんたが茶屋じゃなく女郎屋に？」

「それを説明するためには、このお人を紹介しなくては。――前からしようしようと思っていたんですが、小兵衛さんにかわされ続けて引き合わすことができずにいたんです」

重三郎は少し不機嫌そうに布団の上に座る女を指した。

「この方は、このお店の元遣手で、お雅《まさ》さんって言います」

「お雅と申します」

指をついて挨拶したお雅は、ごほごほと空咳を繰り返した。

小兵衛は疑問の声を上げた。

「ええと、遣手？」

「ああ、そっか、小兵衛さんはご存じじゃありませんね。遣手っていうのは、見世の役の一つで、女郎さんたちに芸を仕込んだり、客を配分したり、はたまた普段の行ないを指導したりします。女郎さんを見張る特殊なお仕事ゆえ、女の人、特に年季明けの女郎さんの就く場合の多い役目です」

「帰る田舎のない元女郎、田舎に帰りたくもない元女郎が就くお役目でもありますね」

青い顔のまま、お雅は事もなげに言った。

「お雅さんは子供の時分からお世話になっていた方なんですよ。だから、たまにこの店に顔を出していたんですけど、最近体調を崩したって聞いて。それからは見舞いに来るようにしてるんです」

「三日にあげずに来るんですよ、この人。そんなに来なくていいっていうのに、聞かなくて」

重三郎は頬を膨らませた。子供のような仕草だった。

「姐さん、そういうことを言うと、ご所望のお菓子を持ってこないからね」

「それは困るよ。最近、お菓子しか喉を通らなくって困ってるんだから」

お雅の枕元には菓子の白木箱が山をなしていた。箱の蓋には、菓子や料理を拵《こしら》える吉原の店、料理茶屋の焼き印が押してある。

重三郎とお雅の顔を見比べて、小兵衛は胸を撫で下ろした。その表情には男と女の細やかさなど微塵《みじん》もない。あるのは、家族にも似た遠慮のなさだった。

重三郎は、懐から一枚の紙を取り出し、お雅に差し出した。

「姐さん、実は今、こういう仕事をしているんです。姐さんの好きな作家、京伝《きょうでん》さんに描いてもらった絵です」

「え？　まあ、きれい」

小兵衛も覗き込む。大田南畝、宿屋飯盛、朋誠堂喜三二。三人の立ち姿が三色刷りで描かれ、その前に『新狂歌集、増刷出来　蔦屋重三郎　耕書堂』と大書された錦絵だった。

「これを沢山刷りました。吉原で撒こうと思ってます」

「へえ、これを？　こんなきれいなものを無料で撒いちゃうの？　もったいない」

「今回、この狂歌集で随分儲けてるんで、この引札でさらに客を呼び込もうかって。面白いでしょう」

「面白いねえ」不意に、お雅さんは寂しげな顔を浮かべた。「——あんたが羨ましいよ。鳥みたいに気儘《きまま》で。わたしは、同じ鳥でも籠の鳥なのに」

引札を眺めながら、お雅さんはため息をついた。

「見ていてくださいよ、姐さん」重三郎は言った。「いつかあたしァ、江戸中を吉原と同じ色に染めてやりますよ。そうすりゃ、姐さんたちだって籠の鳥じゃあない。少なくとも、江戸市中は飛び回れる鳥になれますよ」

お雅の目からほろりと涙が落ち、瘦せて骨の浮いた手の甲に落ちた。

「あんたの言葉は、なんて心に響くんだろうね」

重三郎と小兵衛は二階の楼席から見世の屋根に上がった。小兵衛の手には急遽《きゅうきょ》刷った という例の引札が五十枚。重三郎のそれと合わせて百枚ある。

眼下に吉原の風景が広がっている。表通りと比べれば人通りは少ないものの、目の前の通りにも往来はある。道を行く人々は、見世の格子から漏れる灯りに照らされ、長い影を引いていた。

「やりましょうか。小兵衛さん」

「合点」

重三郎と小兵衛二人の手で、引札は真っ暗な空に舞う。あるものは風に吹き誘われて遠くへと運ばれていく。かと思えば、風に拾われずに地面に落ちる札もある。

最初、往来の人々は宙を舞う色華やかな紙に気づかなかったが、花びらのように舞うそれに気づいて拾い上げると、やんやの声が上がった。重三郎たちを指さす者、引札を読む者が人だかりとなったことで、仲の町通りの人々もこちらの通りに雪崩《なだ》れ込む。

小兵衛は引札を一枚つまみ上げ、言った。

「これ、五色刷だろう？　こんな豪勢な刷り物を宣伝なんぞに使っていいのか」

重三郎は頷いた。辺りは暗く、重三郎の表情は小兵衛から窺えなかった。

「今は、名を上げる時です」

重三郎は遠くを見ていた。その視線の先に何があるのか、小兵衛には分からない。

それでも、理解できたことはある。

重三郎が吉原に足繁く通うのは、書き手の確保だけではなく。宣伝の意味合いもあるのだと。吉原は、様々な身分の人の集まる制外の地だった。ここで宣伝を行なえば、広く、江戸全体に商い品を広めることが出来る。小兵衛は耕書堂の商法の秘密に気づいた。ただ作り、店先に並べるだけではない。売るための方策をも重三郎は企み、実行していたのだ。

わあわあと声を上げる往来の人々に手を振りながら、重三郎はぽつりと言った。

「お雅の姐さんは、もう駄目なんでしょうね」

小兵衛から顔を背け、重三郎は続ける。

「あたしァ吉原で生きてきました。女郎さんの死に方は嫌というほど見てきましたよ。だから、分かるんです。姐さんはもう、死神に目をつけられてる」

お雅の目には力があった。だが、体の節々や指先は——白粉でごまかされてはいたものの、もう、取り返しのつかない色に変じていた。

「だから、毎日のように見舞いを？」

「……ええ」

重三郎の顔は、温かな色の光に照らされながらも真っ青だった。

「ねえ、小兵衛さん。ここにいる人たちは、何か悪いことをしたんですか」

「む？」

「女郎さんたちは、身売りされてここまで流れてきた方ばっかりです。幇間さんや芸者さんは、手に得た芸を生かす場がここにしかなかった。あの人たちの多くはこの不夜城で一生を終えるんです」

傾城、粋の場と格好つけたところで、吉原の昏《くら》がりは隠せない。病で死ぬ女郎は数知れず、脚気《かっけ》や滋養の不足で死ぬ者も数知れず。最期は寺に投げ込まれ無縁仏となる。華やかな吉原の裏手には、数知れぬ骸《むくろ》が眠り、生者の営みを見上げている。

「でもね、体に枷がついてるのはしょうがない。お武家だって、お武家の肩書が枷になることもあるでしょうし。でも、ここに住んでる人達は、心に枷がついている」

「心の枷？」

「だからあたしァ、皆の枷を外して、吉原の埒をぶっ壊すんです」

一通り、引札を撒き終えた。

小兵衛の手には、もう何もない。引札は吉原の夜空を彩り、ひらひらと舞う。

「帰りましょうか」

「ああ。と、その前に」

「はい？」

重三郎の頬を、小兵衛は握った拳骨で軽く殴りつけた。

「嫁さん子供を泣かせるな。あんたの野望がどんなもんかは知らねえが、あんたのことを心配してる人のことくらい、もう少し考えてやんな」

ぼけっとしていた重三郎は、あ、と声を上げた。

「お春」

「家に帰ったら、今日のことを洗いざらい話してやんな」

「——ええ」

重三郎は大きく、ゆっくりと頷いた。

面映ゆげにする重三郎に、小兵衛は笑顔を振り向けた。

小兵衛は、朝を待たずに吉原を出た。

見返り柳のところで、小兵衛は振り返った。衣紋坂の下にある吉原の明かりが、空に向かって伸びている。その光はさながら巨大な卒塔婆のようだった。

それからしばらく経った陰鬱な雨の日、小兵衛のところに知らせが舞い込んだ。

お雅が死んだ、とのことだった。

重三郎は素早かった。店の奥からあの引札の版木を持ち出し、小塚原で開かれたお雅の葬式に持参、身の回りの品と一緒に棺桶の中に納めた。あんまり入れてやるものがなかったんだ、ありがとうな、重三郎。涙ながらに見世の主人は頭を下げた。

「さよなら、姐さん」

棺桶を墓穴に下ろす人足を見下ろしつつ、重三郎は言った。

「あたしァ、前に進むから。姐さんの分も」

土の下に埋められゆくお雅の棺桶の蓋を眺めながら、続けて、確かに重三郎はそう言った。

しとしとと降る雨が、参列者の肩を等しく濡らしていた。

第三章

小さいなりに手の入った庭から午後の柔らかな日差しが差し込み、耕書堂店奥の座敷は火を入れずとも温かかった。しかし、その八畳間の座敷に漂う気配は重苦しい。蔦屋重三郎は腕を組み、喜多川歌麿は顔をひきつらせ、お春は小首を傾げ、丸屋小兵衛は畳の目を数えて円居《まどい》していた。

次に仕掛ける商い品を考える寄り合いだった。いつもは重三郎の腹案に小兵衛が追《つい》従《しょう》して終わりなのだが、この日に限って重三郎は何も案を持ってこず、「どうしたらいいでしょうね」と小兵衛たちに意見を求めたのだった。

座の反応がないのを見て取り、重三郎は息をついた。

「困ったもんですね、何にも思い浮かばないなんて」

ここにいる皆が悪いと言いたげだった。歌麿が嚙みつく。

「おい重三郎、こういうのは、おめえとおっさんで決めなくちゃならねえことなんじゃないのかよ。なんで絵師の俺が案を出さなきゃいけねえんだ」

「何を言う」重三郎はぴしゃりと言った。「歌麿、お前さんは小兵衛さんの雇われ人でしょうに」

「言われてみりゃそうだった」

歌麿が意気をしぼめる横で、重三郎はお春に目を向けた。

「お春、何かいい案はないか」

「うーん、と言われても……」お春は眉に皺を寄せた。「役者絵でもない限り、地本問屋の商い品を買うのは男の人でしょう。男の人の気持ちは男の人が一番わかるんじゃないの？」

版元の主要客は、貸本屋を除けば大人の男である。そのため、地本問屋の品揃えは男を意識したものが多く、主力は江戸吉原での女郎とのやり取りを小粋に描いた草双紙の洒落本や面白おかしい筋を楽しませる滑稽本、男と女のまぐわいを描いた春画で、その後にようやく女性向けの商い品である役者絵が続く。

「裏を返せば」重三郎は言った。「女人向けの本を出して当たれば一人勝ちか」

お春は首を横に振った。

「あのねえ、あんただって、日本橋に店を持つご身分になったのに、あたしにあんまりお金を持たせてくれないでしょう。うちでさえそうなんだから、江戸に住んでるほとんどのお内儀さんはお金なんて持ってないよ。……そもそも、表で本なんか読んでたら、『女だてらに』って笑われちゃうし」

「それもそうか」

重三郎の頭の中で、女性向け書籍の選択肢は消えたらしかった。唸りながら、今度は小兵衛に向いた。

「何かいい案はありませんか」

小首をひねりながら、苦し紛れに小兵衛は続けた。

「役者絵と狂歌本をくっつけたらどうだい」

が、重三郎は首を横に振った。

「そういう狂歌本を出す手はありでしょう。でも、それァ、うちでやってきた狂歌本の上に乗っかった本です。あたしが小兵衛さんに訊いてるのは、狂歌本から離れた、全く新しい本なんです」

重三郎が矢継ぎ早に狂歌本を世に放ち、流行を煽った結果、他の版元も後追いを始めた。それを見て、小兵衛は狂歌本からの引き際を見定め始めた。追随が続いて客の食い合いが起こる苦い経験は版元人生の中で幾度となく味わった。

しかし、重三郎は小兵衛の判断に反し、狂歌本の展開に力を入れ続けた。重三郎は南畝の山手連、飯盛の伯楽連のほか、めぼしい狂歌連を自らの陣営に引き入れた。さらに、南畝と対立して狂歌の筆を折った大物、唐衣橘洲を耕書堂に招き入れることに成功し、単独でとはいえ、狂歌集を出す話がまとまった。耕書堂は、狂歌本で他を圧倒したのである。

重三郎の元には、吉原耕書堂の『吉原細見』と、日本橋耕書堂の『狂歌本』、二つの大看板がある。わざわざ新機軸を繰り出さずとも安泰なはずだった。三つ目の柱を作ろうという重三郎の動きは性急にも思える。小首をかしげる小兵衛に、重三郎は鋭い目を向けた。

「あのですねえ小兵衛さん。あたしァ金儲けがしたいわけじゃあない。新しいものを作りたい。吉原から江戸を驚かせたい。金は、その結果としてついてくるものなんですよ」

この男にかかれば、今を保つことすらも後退を意味する。空恐ろしい反面、小兵衛の心は躍る。が、寄り合いの居心地悪さはいかんともしがたかった。小兵衛は口寂しさに煙管に手を伸ばしたものの、お春がいることに気づいて止め、代わりに、湯飲みの水をちびちびと飲んだ。

うーん、と唸り、歌麿が天井を見上げた。

「新しいもの、とは言う。でもよお重三郎、新しすぎるものは奇抜に通じる。逆に売れねえんじゃねえかい」

重三郎は、当たり前だ、と言わんばかりに頷く。

「その通りだ。新しいものは、頭の固い向きには塵芥だ。そういうものを先物買いするお客さんもいるにはいるけども、それじゃあ大売れとはいかない。十歩先に行ったものじゃあ新しすぎる。かといって、一歩二歩先じゃあ誰も驚かない。五歩くらい先を走るものを作りたいもんだね」

世の進歩は、一歩一歩、着実な積み重ねの上に成り立っている。浮草稼業の本屋や絵師や戯作者の界隈とて同じである。五歩先など、そうそう出せるものではなかった。

技術に飛躍はない。しかし、人の頭の中にあるものは、時として驚くべき跳躍を見せる。重三郎はその跳躍を武器に、成功を摑んできた。今、小兵衛のやるべきは、重三郎の頭の中にある発条《ばね》に負荷をかけ、力をためてやることだ。そのために、この男の言葉に耳を傾け、この男の奥底にあるものを掬い取らねばならない。

「うーむ、新しいもの、か」

自分で言い出した言葉に自家中毒を起こしている様子で、重三郎は腕を組んだまま難しい顔をしている。

「どうしたら、新しいものを作れるのかなあ」

天井を睨み続ける重三郎の姿に、小兵衛は同じ宿痾《しゅくあ》に苛《さいな》まれる、同業者の影を見た。

ふと小兵衛は、重三郎がかつて述べた言葉を思い出した。

遣手のお雅にかけた言葉だった。

『いつかあたしァ、江戸中を吉原と同じ色に染めてやりますよ』

その言葉に、小兵衛は大仰《おおぎょう》で遠大な重三郎の志を感じ取った。重三郎は、本屋でありながら本を売ることを目的にしていない。本を売ることを通じ、何か途轍《とてつ》もないことをしようとしている。

異存はない。重三郎が初めてこの店に来た、その日から。

小兵衛は強く拳を握った。

しかし、この日の打ち合わせではいい案が浮かばず、結局、何も決まらないまま、お開きになったのだった。


「はは、そりゃあ難儀でしたな、小兵衛のおやじさん」

端が霞むほどに広い大部屋の真ん中で、朋誠堂喜三二は肩を揺らして笑った。そのすぐ横にはひねた笑みを浮かべて目の前の膳のものに箸をつける酒上不埒の姿もある。不埒が喜三二に酒を勧めると、喜三二は猪口をあおってその酒を受け、楽しげに口をつけた。

「難儀も何もない。本当に大変なんだからねえ」

小兵衛が愚痴を垂れると、横の不埒が酒をちびちびと飲みながら手を横に振った。

「だったらよ、おやじさんが一人で本屋をやりゃあいいじゃねえか。そうすりゃ、難儀も何もなくなるぜ」

「そんなこと、出来るはずはありませんよ」

「へえ、どうして」

「商人の仁義ですよ」

「武士みたいなことを言うねえ」

顔をしかめた不埒の肩を軽く叩き、喜三二は薄く笑った。

「こらこら不埒さん、あんまり版元をいじめると、仕事をもらえなくなっちまうよ」

「おっといけねえ、そりゃ困る。くわばらくわばら」

不埒は何度も頭を下げて手をこすり合わせた。その視線の先には、大部屋の遠くの方で他の戯作者たちに酌をして話に花を咲かせる重三郎の姿があった。

この日も重三郎は吉原仲の町にある引手茶屋の二階を貸し切りにして、酒宴を張った。耕書堂にとって酒宴は著者の繋ぎ止めや新たな著者の発掘、本の宣伝を担う、大事な商い場だった。小兵衛はもう、重三郎の行ないに憤慨することはない。

喜三二は酌をして回っている重三郎を眺め、目を細めた。

「それにしても、あいつは昔から変わらないねえ」

「重三郎さんかい？ 付き合いは長いんですかい」

「古い付き合いだ。それこそ、駆け出しの頃からのな」

小兵衛は二人の顔を見比べて、ふと、小さな疑問に駆られた。

この二人には生業《なりわい》がある。

喜三二はさる家中の江戸留守居役で、御城に登れば官名で呼ばれかねない顕職《けんしょく》にある。その横に座る不埒も、また別の家中で重職に就いている。拝領した屋敷地で畑を耕す武士の暮らしが耳に入って久しい昨今だが、この二人に限っては困窮と無縁のところに身を置いている。家には絹の染め着物に身を包む綺麗な奥方がおり、女中を顎で使い、中間に『殿様、殿様』と敬われるご身分である。

ここにいる面々皆がそうだった。大田南畝は無役とはいえ御家人の当主で、宿屋飯盛は家業である公事宿が繁盛しているという。誰も彼も、出版に身を置かずとも食っていける人々だった。

なぜ、戯作者などやっているのだろう。

小兵衛が猪口の酒と共に小さな疑問を腹に流し込むと、喜三二が、そういえば、とある話を切り出してきた。

「小兵衛のおやじさん、知ってるかい。ご老中が一人、替わったんだ」

「ご老中？」

「少し前、公方様がお亡くなりになったのは知ってるだろう」

「そりゃもちろん」

前年の天明六年に前将軍徳川家治が薨去《こうきょ》した。一町人であるところの小兵衛からすれば、人となりはおろか功績すら知らない、雲の上の人の死だった。感慨はない。

話の続きを不埒が引き継いだ。

「前の公方様にべったりだった老中に、田沼意次《たぬまおきつぐ》って人がいたんだがね。元を正せば高い身分じゃなかったし、公方様の御威光で老中に上った人だからな、公方様がお隠れになった途端、これだよ」

指二本を立てて横に引き、不埒は続けた。

「で、空いた田沼さんの席に、面倒なお人が就いちまった。白河《しらかわ》のお殿様で、松平定信《まつだいらさだのぶ》ってお方だ」

「松平？　ってことは、将軍家の御係累《ごけいるい》ですかい」

小兵衛の問いに、意味ありげに不埒は口角を上げた。

「半分正解だ。将軍家の御係累だが、御譜代の大名だ」

喜三二の説明するところだと、松平定信は、元々御三卿《ごさんきょう》の田安《たやす》家の出身で、名君・徳川吉宗《よしむね》公の孫にあたる人物だという。その経歴だけならば徳川家の御係累ということになる。しかし、譜代大名家である白河の松平家に養子に出されたことで、徳川家御係累の血筋と譜代大名家の家柄の両刀を手に、譜代大名が務める決まりの老中に就任したのだった。

「で、そのお人が何か」

不埒は煙草盆を引き寄せて煙草を吸い始めた。そして、肺腑のものをすべて吐き出すような細い息を吐き、しばらくしてからまた口を開いた。

「堅物《かたぶつ》なんだと。老中になって開口一番、他のご老中に『これからは吉宗公に倣い、質素倹約の風を吹かせましょう』とぶったらしいぜ」

「そりゃあ、なかなかですな」

「それだけじゃあないぜ。あのご老中、袖の下を受け取りやがらねえんだ」

袖の下。賄賂《わいろ》である。小兵衛は、へえ、と声を上げた。

「そりゃあ、堅物ですな」

町人からすれば、袖の下は必要な掛かりだ。

たとえば、商売上のことで同業者に言いがかりをつけられたら、小兵衛は知り合いの町奉行所の与力に目通りして教えを乞うだろう。奉行所には公事《くじ》のための手引き、公事方御定書《かたおさだめがき》があるが、秘法のため町人は閲覧ができず、自分の行ないが公事に照らして正当か否かの判断がつかない。そこでその道に通じた与力に、法的な問題があるかどうかを照会するのである。もちろん、与力に余計な手間をかけることになるから、それなりの礼は用意しなければならない。これが袖の下である。……もちろん、お役人も人間だから、普段から往来のある者への覚えはめでたくなるものだ。仮に苦境に落ちた時には手助けしてくれるだろう、そんな期待もあって、町人は町役人と深く付き合うようになる。

町人とお役人の間にそうしたやり取りがあるのなら、役人同士、武士同士にだってそういうやり取りはあってしかるべきだった。

喜三二は猪口を乾かし、苦々しげに顔を歪めた。

「袖の下とは言うが、実際は慣例の老中就任祝いだ。各家中の江戸留守居役は頭を悩ませるところだよ。一応表向きには相場はあるが、少し多めに渡すと先方も喜ぶからな。だが、定信公は相場以上の贈り物を受け取らなかった」

「そりゃあ」

「我ら留守居役からしたら困った話だ。殿からは『お主、何か定信公の御機嫌を損ねるようなことをしでかしたのではあるまいな』とお叱りを食らう」

「それだけじゃねえぜ」不埒は顔をしかめた。「こりゃあ、あくまで噂だから分からねえが。さる家中で、贈り物を老中様に届けるお役目を負った武士がいたんだと。が、定信公がそんな調子だから、『全て受け取って頂かないと拙者の体面が立ち申さん』と涙ながらにすがっても、だめだった。で、進退窮まって、家で腹を掻《か》っ捌《さば》いたんだとよ」

小兵衛が絶句する中、不埒は肩をすぼめた。

「馬鹿馬鹿しいよなあ。おやじさんから見りゃあ滑稽《こっけい》に映るだろう。だが、それが武士ってもんなんだ」

もっとも、と前置きし、喜三二は続けた。

「あくまで噂だ。本当のところは分からない。不埒の言うようなことが起こったとしても不思議はないが、そもそも、そんな話を表沙汰にもできるはずもない。『ご老中様のせいでうちの家臣が腹を切った』と言うに等しいからな」

喜三二は楼席の外を見やった。昼の吉原の大通りは、いつもと同じく男たちでごった返していた。

「本屋稼業にも障りが出るかもしれないな」

「俺たちの仕事に？」

「堅物を相手にするのが一等怖い。遊び人なら堅物の気持ちは分からないでもないが、堅物は遊び人の気持ちを理解しようともせん」

「そういうこった」不埒も頷いた。「精々気を付けるんだな」

窓からふわりと流れ込む風は、早くも冬の色を纏う。正月の大売り出しに向けて、新しい本の企画を考えなくてはならない時期に差し掛かっていた。

風が大部屋の熱気を冷ましていった。小兵衛はぶるりと肩を震わせた。

客のいない耕書堂の店先に、重三郎はいた。目を幾度となくすがめ、手に持っている絵を凝視している。いつもは穏やかな表情でいる重三郎も、この時ばかりは真顔だった。小兵衛は固唾《かたず》を呑み、重三郎の様子を窺っていた。土壇場に座っているかのような心地の中に放り込まれ、背に冷たいものが流れた。

吉原を用いた宣伝や人気作家の一本釣りといった奇策ばかりが注目されるきらいがあって見逃されがちだが、重三郎は絵や戯作への鑑識眼に優れている。

数年前、ある版元の店先で、小兵衛はある戯作と出会った。なかなか筋がいいし、読ませる。新人らしい。早めに唾をつけておきたいと考え、重三郎にその旨を述べた。だが、重三郎は戯作をぱらぱら眺めるなり渋い顔をし、小兵衛に突き返した。

「これはいけませんよ」

何がですかい、と問うと、重三郎ははっきりと言った。

「この人の戯作には魅力こそありますが、伸びしろがまったくない。すぐに駄目になりますよ。しばらく見ていてください」

その戯作者は一年と少しで消えた。

重三郎が一代で江戸随一の版元の主となった秘訣は、奇策とこの眼にあったのだ――小兵衛が舌を巻いたのは言うまでもない。

近くにいて凄みに触れているからこそ、小兵衛は重三郎の目を誰よりも恐れている。

重三郎は、絵を畳の上に置いた。そして、小兵衛に向き合うと、先ほどまでの表情を崩さず、深々と頭を下げた。

「小兵衛さん、よくぞ、勇助——歌麿をここまで育ててくださいました」

重三郎の膝前に置かれた絵は、土イナゴの姿を描いた彩色画——歌麿の絵だった。天明四年時分にも土イナゴの絵を描かせたが、あの頃よりも数段腕を上げていた。繊細さを誇っていた筆先はさらに研ぎ澄まされ、飛び立つ直前の土イナゴをより鮮明に浮かび上がらせている。

「俺の力じゃない。褒めるなら、歌麿だ」

小兵衛はそう言ったが、重三郎は幾度となく首を横に振った。

「あいつの頑張りは言うまでもありません。でも、あたしは、あいつの力を上手く形に出来なかった。あいつの力をここまでにしたのは、小兵衛さん、あなたです。大変だったでしょう、あいつの世話は」

小兵衛は言葉を濁したが、大変などという言葉には収まらない労苦があった。人の言うことを聞かず、独りよがりに筆を動かし、少し叱っただけでしょげ返る。時に厳しく当たり、時になだめすかすように絵筆を握らせた。歌麿とのやりとりは、いつだって激情と激情のぶつかり合いだった。

そんな一切合切を飲み込み、小兵衛は口角を上げた。

「版元の醍醐味だよ。随分楽しくやらせてもらった」

本音だった。

版元は自ら戯作をものするわけでも絵を描くわけでもない。だが、実作を挟んで戯作者や絵師と議論をし、よりよいものを目指す時ばかりは、ものを作る仕事に就いている実感を得ることができる。ただの思い上がりであることは重々承知の上だった。勘違いかもしれない。それでも、誰も見たことのないものが生まれる一瞬に立ち会うたび、自分も少しは役に立っている、そう思えた。

小兵衛の言葉に、重三郎はどこか寂しげな笑みで返した。

「ですね。いいところを取られちゃいました」

「本当にな」

小兵衛と重三郎は顔を見合わせ、くつくつと笑った。

重三郎は歌麿の絵を小兵衛の前に戻し、言った。

「この絵、以前も言いましたが、狂歌本の挿絵にしましょう。ここのところ、狂歌本になにか新しい売り出しが欲しいと思っていたところでした。どうでしょう」

「ああ、いいと思う」

「これで、狂歌本は盤石ですね。しかし、さしあたっての問題は」

「三つ目の柱、か」

小兵衛と重三郎は同時に息をついた。

そんなとき、天秤《てんびん》を担いだ小商人、棒手振りが店先に姿を現した。年の頃は二十くらいで頭に手ぬぐいを巻き、ふんどしの上に半纏を纏うだけの軽装で、引き締まった体は日焼けし、いかにも精悍な男ぶりだった。

「魚〜、魚。おおっと耕書堂の御主人、今日獲れた江戸前だよ。どうだいこの活きの良さは」

棒手振りの商い口上を聞きつけたか、奥からお春が満面の笑みで飛び出してきた。

「いつもありがとうねえ」

「おかみさん、今日もお綺麗で」

「いやあねえ、お世辞がうまいんだから」

お春は照れている。お春は笑うとえくぼが浮かんで可愛らしいところがあるし、娘さんでも十分通るほど若々しい。重いものを担いで回る行商人からすれば、お春の笑顔は一服の井戸水のようなものだろう。魚売りの棒手振りもまんざらではなさそうに顔を上気させている。

小兵衛は重三郎にちらと目を向けた。重三郎は気にも留めていない様子だった。

一方、盥《たらい》の中で尾をくねらせ泳ぐ色とりどりの魚に目を輝かせるお春は、あれこれと指を差しながら商人に魚の名前を聞いていた。しばらく名前を復唱していたものの、そのうちわからなくなってきたのか、これとあれとこれをちょうだい、と、棒手振りにいい加減な指示を与えた。

「はいはい、こいつと、こいつ、っと。いやあ奥様、お目が高いなあ！　美人はまたお目が高い」

「もう、本当に口が上手いんだから、助八さんったら」

重三郎は膝を打ってのそりと立ち上がり、袖をぶんぶん振るお春の後ろに立つと、背越しに棒手振りを見下ろした。笑みを浮かべているが、口の端の皺はいつもより深い。

「ええと、助平さんと申しましたか」

棒手振りは、しまった、やりすぎた、と言わんばかりに顔をしかめた。もっとも、「助八ですけど」と自分の名前を訂正するのを忘れなかった辺り、なかなか肝の太い男だった。

助平でも助八でも関係ないです。ぴしゃりと重三郎は言い放った。

「お聞きしたいんですけど、助平さんは、本を読まれますか？」

棒手振りは首を横に振った。

「うんにゃ、本なんて読む暇がねえや」

「字は読めますよね。商人ですもんね」

「馬鹿にすんなぃ。こちとら、家に帰れば大帳をまとめてらあ」

棒手振りは鼻の下を指でこすりながら胸を張る。

「講談とか落語はお聞きになりますか」

「あんまり贅沢はできねえけどよ、正月とか藪入りの時にァ聞きに行くぜ。俺ァ落語のほうが好きだが、かかあは講談のほうが好きなんだよなあ」

「そうですか。どうもありがとう、助平さん」

「いや、だから助八だって」

お春から魚の代金を受け取ると、棒手振りは天秤棒を担ぎ「さかな〜、魚っ」と節を回し、町へと飛び出していった。

重三郎は楽しげに口角を上げつつ、唸っている。

どうしたんです、小兵衛がそう聞くと、顎のあたりを撫で回し、重三郎は続けた。

「今の聞きました？　二人とも」

小兵衛とお春は顔を見合わせる。

「あの人は、字は読めるのに本は読まないって言っていました。読書は娯楽でもなんでもない、自分にとって関わり合いのない物事なんですよ」

「それはなんとなく分かった」お春は手を叩いた。「でも、それが何？」

「講談や落語は聞くって言ってただろう。あの人だって、作り話が嫌いなわけじゃない。それどころか結構好きなはずなんだ。ああいう、本は読まないけれども作り話が好き、っていう人たちを戯作の世界に引きずり込めれば、相当の売り上げが期待できるんじゃないかって思ってね」

「なるほど」お春が手を打った。「でも、どうやって？」

「まだ分からないんだよなあ」

「駄目じゃないの」

重三郎の肩を袖で叩くお春を眺めていた小兵衛は、大きく息をついた。版元の主だった頃、幾度となくこの感覚を小兵衛は味わった。戯作者の上げた原稿に目を通した後、内容に食い足りなさを覚えつつも理由が見つからず棚上げしていて、あるときその答えが心に浮かんだ瞬間の、目の前が開けるような感覚だった。

小兵衛はおもむろに口を開いた。

「扉は見つけたんじゃないですかい」

「どういうことです」

「今さっきまで、どこにあるのかわからない錠前のついた扉を鍵もなく探しているところだった。が、扉が見つかった。あとは、その錠前に合う鍵を見つければいい」

ようやく重三郎は得心気味に頷いた。

「そうか。『本は読まないけれども、作り話は好きな人達』のための本を作るという方向は間違いがないと」

「ああ。あとは、その中身だけだ」

小兵衛ははっきりと述べた。長年版元として過ごす中で培った勘が、慎重居士の小兵衛をして、根拠のない自信へ導いた。

重三郎は自らの華奢な手をぎゅっと握った。まるで、手の中に納めた大事な宝物を逃すまいとするかのように。

その姿を楽しげに眺めていたお春は、足もとに転がる盥を見て、あ、と叫んだ。買ったばかりの魚が盥の上で跳ね回っている。その盥を抱え持ち、台所へと向かおうとするお春の後ろ姿に、重三郎は声をかけた。

「可愛いだの綺麗だのなんていうおべっかに乗るのは感心しないな」

「ふんだ」お春は鼻を鳴らし、べろを出した。「あんたが言ってくれないのが悪いんだから」

「……明日から頑張る」

そっぽを向きつつ、重三郎は言った。

お春はしばしあっけにとられていた。が、顔を真っ赤にしながら、ぶんぶん頭を振った。

「馬鹿なこと言ってないで仕事仕事」

まるでその場から逃げるようにして、お春は奥へ引っ込んだ。

男二人が残る店先で、小兵衛は重三郎の肩を叩いた。

「なあ、重三郎さん」

「なんでしょう、小兵衛さん」

「あんた、もっと粋を勉強したほうがいいと思うぞ。俺が言うのはなんだが」

「かも、しれないですね」

重三郎、否定はしなかった。

「確かに、見えてきましたよ。あたしが今度売るべきものの形が」


京橋の裏長屋は、この日も鑿《のみ》音、槌音がやかましい。

煙草道具が所狭しと置かれた部屋の真ん中で煙草を吸いながら、伝蔵は「馬鹿なことが起ころうとしている」と声を上げた。

「どういうことですかい」

思わず、小兵衛はそう問いかけた。

雁首を灰吹に打ちつけた伝蔵は、分厚い身幅をした煙草切包丁を取り出し、目の前の葉を細かく裁断し始めた。ざくざく、と包丁の音が高らかに響く。

「定信公は、倹約馬鹿みたいだよ」

最近、江戸では、新老中の噂で持ちきりだった。

前に陸奥《むつ》で起こった大飢饉《ききん》の際には自ら指揮を執り、白河では一人の餓死者も出なかった。白河に藩校を設立し武士たちの教育制度をまとめ、村にも学校を建て、庶民にも教育の門戸を開いた。松平定信は、絵に描いたような善政を白河に敷いていた。その一方、領民に倹約を説いて回り、本人も木綿の召し物を着て喜ぶ逸話も漏れ聞こえてくる。

「呉服屋の気持ちを考えたことがあるのか」

短く伝蔵は吐き捨てた。

お上が『絹は上等な品だから使わないように。木綿を着ろ』と命じればどうなるか。まずは呉服屋に閑古鳥が鳴く。着物の縫い職人や染め物師、絹織物を織る職人が食いはぐれる。生糸商人の生計の道が絶たれる。巡り巡って生糸を売って生計《たつき》を立てる蚕農家が困窮するのだ。だが、そうした人々の苦しみに、倹約馬鹿は向き合おうとしない。それどころか、「これまで儲けていた報いなのだ」とでも言いたげに小鼻を膨らませる。

煙草の規制には踏み出してはいないが、風向き如何によってはどうなることか、いち商人である小兵衛には見当も付かない。伝蔵の抱く危機感は、小兵衛の持つそれとも通底していた。

「して、今日はいったい何用で」

伝蔵は煙草葉切包丁を脇に置いて、小兵衛に向いた。

相変わらず、伝蔵に小兵衛と目を合わせようとしないが、これがただの人見知りであることは小兵衛も弁《わきま》えている。切り出した。

「ああ。重三郎さんからの託だ」

「聞こうか」

「そろそろ、新しいことをやりましょう、とのこと」

すると、伝蔵の目が光った。

「また重三郎さんは仕掛けるのか」

「そのために、伝蔵さんのお力が必要なんだと。――この場では、別のお名前でお呼びしたほうがいいでしょうな。山東《さんとう》京伝先生」

伝蔵――山東京伝の目が昏く光った。

「重三郎さんから聞いたのかい」

「うんにゃ、調べた」

前々から気になっていた。重三郎は雇われ人を意味なく使い走りにしない。何か狙いがあるはず――そう読み、小兵衛なりに聞いて回った。伝蔵の正体に至るのは、そう難しいことではなかった。山東京伝。他の版元で洒落本を描き、最近、とみにその名前を聞くようになった売出し中の戯作者だった。

「不思議なもんだ」京伝は頭を掻いた。「昔、重三郎さんとは戯作の仕事をしていたけれど、最近は声がかかっていなかった」

「京伝さんの絵描きとしての才に一目置いていたと重三郎さんは言っていたよ」

京伝は絵も描く。いくつもの変名を使い分け、挿絵や浮世絵にも手を出していた。聞けば、今までの蔦屋版の中にも京伝が書いた絵があるという。どうして黙っていたんだ、と詰め寄ると、重三郎は『以前吉原で撒いたあの引札だって、京伝さんの筆によるものですよ』と軽い調子で言った。

京伝は口の端を曲げた。

「他の版元で売れ始めたら、手のひらを返すようにまた戯作を書いてくれ、か」

京伝は包丁に手を伸ばし、梁から吊るしてある煙草を取り上げた。虫が良すぎやしないか。京伝は、座り姿で小兵衛に問うている。

小兵衛は首を横に振った。

「きっと、そういうこっちゃない。ただ、あんたを吉原にお連れしろと重三郎さんに言われてるだけだ。だが」

小兵衛は京伝を見据えた。

「きっと、あの人ァ、あんたのために、一等見晴らしのいい席を用意したいだけだったんじゃないか」

煙草葉を刻もうという京伝の手が、止まった。

「どういう、意味だ」

京伝はねめつけるように小兵衛を見上げる。不信と好奇心が表情の上でせめぎ合っている。

「耕書堂は元々吉原細見で売り出して名を上げて、日本橋に出てからは狂歌本で名を売った版元だろう。吉原ではある程度は売れていたらしいけど、日本橋の方じゃあまだ戯作の大当たりはない。だから、戯作者としてのあんたにァ仕事を頼みにくかった。そういうことじゃないかなあ」

「ようやく、耕書堂でも戯作を正面切って売り出す、と」

言質《げんち》は重三郎から取ってある。今度の正月の目玉は戯作です、と。

京伝は口を噤んだ。身じろき一つせず、ずっと小兵衛の目を見据えている。が、金縛りが解けたかのように目を何度もしばたたかせ、煙草葉切包丁を手に取った。そして、一吸い分の煙草葉を拵え、脇に置いてあった銀煙管に詰めると、炭で火をつけた。

口から紫煙を吐き出した京伝は、なおもくすぶったままの煙草の葉を灰吹に捨てた。

ふ、と、肺腑に残った最後の煙を吐き出し、京伝は口を開いた。

「――今まで、重三郎さんの大法螺《ぼら》話には驚かされてきた。だが、あの人の大法螺はいつか本当の出来事になっている。あの人の法螺は、そういう法螺だ」

「ってことぉ」

「話だけは聞きにいこう」

「じゃあ、京伝さん、今日の夕方、吉原に来て下さい。約束ですからね」

京伝は目を伏せ、答えに代えた。


その日の午後、吉原大門前に現れた京伝は、いつも通りの服装に身を包んでいた。粋とは言い難い服装だが、唯一、腰に差している赤塗の曲がり羅宇《らう》は洒脱な逸品だった。さすがは煙草通、煙草に関するものなら粋を通すことができるのだろう。

「待たせたか」

「いや。吉原くんだりまで悪いな」

「別に、待たなくてもよかったんだ。茶屋さえ教えてもらったらそこに向かったのに」

「へ、京伝先生、もしかして、吉原は常連かい」

「よく来る」

ふうん、と小兵衛が声を上げると、京伝は咎めるような声を上げた。

「店はどこだ」

小兵衛は吉原の大通りを先導してきらびやかな仲の町通りを抜け、一辻曲がったところにある引手茶屋に至った。その玄関から、二階の奥の間へ上がった。いつもの大部屋ではなく、こぢんまりとした八畳間だった。

「小さいな」

悪態をつきながら京伝が部屋を見渡すと、そこには既に、重三郎や喜三二、不埒の姿があった。入り口に近いところに重三郎は座を占め、喜三二、不埒の二人は重三郎の向かいに座っている。部屋の中には全部で五つの膳が置かれていた。

「おお、すいません京伝さん、御足労頂いて」

「いや」

首を横に振った京伝は、しばらく部屋の入り口で目を泳がせていた。が、喜三二、不埒の横の空席に気づいたか、どかりと座った。膳の脇には朱塗りの煙草盆が置いてある。

小兵衛が残った席に座ると、ようやく重三郎は頭を下げた。

「お忙しい中、お集まりいただきありがとうございます」

錚々たる三人が部屋の中に並んでいた。喜三二の満ち足りた笑顔とはあべこべに、不埒は今にも膳をひっくり返しそうなほど不機嫌な面をしていた。

「ただでさえ忙しいこの時期に俺たちを集めるたあどういう了見だ。酒も出ねえのか」

表情そのままの科白を不埒が放った。

「おいおい」

不埒の不平をたしなめながらも、喜三二は重三郎に向いた。

「こいつの言うことにも一理ある。今、色々あって忙しい。そんな中、無理して我々を集めることに何か意味でもあるのかな」

この光景に小兵衛は見覚えがあった。吉原での集会なのに、女郎はおろか酒すら出さない宴会。普段は二階の望楼を貸し切るのに、この日は一階の狭い部屋を取っている。これは――。重三郎が大仕事を頼むときの作法だった。

はたして重三郎は頭を下げた。

「ええ、今日は皆さんにお仕事の話をさせて頂きたく、まずは、これを見てください」

重三郎は背後に置いてあった本を手に取り、三人の前にそれぞれ置いた。

各人が、その本を手に取った。いや、本というにはいささか薄い冊子だった。全部で十程度しか丁がない。粗雑な紙の上に印刷されているのは人物や江戸の名所、廓の風景で、その端っこに説明程度に字が躍《おど》っている。

「もちろん、何かご存知ですよね」

重三郎の問いに、不埒が答えた。

「知ってるも何も、おめえのところでもやってるだろ。草双紙だ。しかも、当世流行の黄表紙だろ」

草双紙とは、粗雑な紙に刷られた十丁ほどの戯作である。紙面のほとんどは絵で占められ、申し訳程度に物語や台詞が書き込まれている。昔は子供向け絵本に用いる判型だったが、絵師と戯作者を囲い込めば片手間に拵えられることもあり、やがて大人向けの内容へと変質していった。昨今では、絵入りで吉原の光景を描いた草双紙、洒落本や、江戸で起こった事件や世相を茶化す草双紙、黄表紙が人気となり、大手版元から弱小版元までが売り出す地本問屋の主力の商い品となった。

黄表紙が認知されたのは、ある作品の当たりが大きかった。

小兵衛が口を挟む。

「恋川春町《こいかわはるまち》自画自作の『金々先生栄花夢《きんきんせんせいえいがのゆめ》』から先、黄表紙なんて珍しくもなんともないじゃないか」

酒上不埒が音を立てた。身じろぎして膳を引っかけたらしい。

小兵衛は重三郎の顔を見やった。が、意外にも、重三郎は小兵衛の言葉をすべて飲み込んだ。

「仰る通りです」

「じゃあ、何も新しいことなんて」

「草双紙は新しい切り口を見出せば売れる。そうあたしァ考えます」

「新しい、切り口？」

ええ、と頷いた重三郎は立ち上がると、この場に座る全員の顔を見回した。そして、口角を上げて、薄く笑った。

「ここからのお話は、あくまで耕書堂主人・蔦屋重三郎の提案です。皆さんに強制するものじゃありません。あたしの話を聞いて気が乗らないということであれば、乗って頂かなくても結構です。ただし、ここで話されたことはすべて墓の下まで持って行ってください」

「大仰なことだ。だが、面白そうな話だな」

喜三二が笑う横で、さっきまでの不機嫌顔はどこへやら、不埒は口角を上げる。

「言ってみろ、重三郎さん」

顔色一つ変えず、京伝は重三郎を見据える。

その三人の視線に圧されるようにして、重三郎は口を開いた。

「では……。さっそく」

そうして重三郎は、驚天動地の提案を口にした。

喜三二たちとの会談から数日経ったある日、重三郎は摺師の仕事が見たいと言い出した。そこで、小兵衛は職人に頼み込み、日本橋通油町から目と鼻の先にある摺師の工房を訪ねることになった。

重三郎たちが工房に入っても、職人たちは一瞥もくれずに己の仕事に精を出している。大きなバレンと小さなたんぽを握り、一枚一枚、刷り物を作っている。この日は一色刷の草双紙だったが、目にも留まらぬ早さで紙の上に墨が乗っていく。その早業に、小兵衛は職人仕事の凄みを再確認した。

「本当にすごいですねえ」

縁側から身を乗り出そうとする重三郎を小兵衛は制止した。

「これ以上入ったら駄目だって」

この工房の主である摺師の伍作《ごさく》にも散々釘を刺された。刷り物は程よい湿気と埃一つない風が命だ、少なくとも邪魔はしてくれるな、と。小兵衛に抱き留められた重三郎は、目を輝かせながら一枚一枚刷り上がっていく様を見守っていた。

「本屋のくせに、こういうところってあんまり見たことがありませんでした。小兵衛さんと出会うまで、自前の摺師さんなんていなかったんです。昔は鱗形屋さんの下請けでしたから、鱗形屋さんが全部肩代わりしてくれていましたし」

もぐりのそしりは免れ得ない。本屋は自前で本を彫って刷って売り出し、初めて一人前だった。

重三郎は、目を細めて摺師の仕事を眺めつつ、口を開いた。

「それにしても、良かった。もしも小兵衛さんと出会えていなかったら、今、こうして日本橋で商売はできなかった。あの時、小兵衛さんとお話が出来たのは、神仏のお導きなのかもしれません」

「大袈裟な」

鼻で笑う小兵衛の横で、重三郎は首を横に振った。

「──あたしァ、吉原が江戸の全てだと思ってた」

「む？」

真面目な顔をしたまま、重三郎は続ける。

「あたしが今商売をしているのは、吉原で出会った戯作者さんとか絵師さんのおかげです。だから、若い頃のあたしァ、『本で江戸を牛耳るなんて簡単にできる』って思い上がってました。でも、実際には摺師さんの仕事さえ見たことない世間知らずでした」

小兵衛は、あえて斜に構えた。

「勢いだけじゃ仕事はできねえ、ってことなんだろうね」

「人の縁だけが本屋の全てかもしれません」

重三郎の言葉に、小兵衛は相槌を打った。

本は自分一人でできるものではない。戯作を書き、絵を描く職人たち、文字や絵を版木に彫る彫師、その彫を元に紙に絵を写し取る摺師、紙を作る漉き師。色んな職人の仕事を縒り集めて本が生まれ、客の手に届く商い品となる。はたして版元は、本のために何が出来るのだろうか。本のために、何をしなくちゃならないのだろうか。

考えているうちに気が遠くなってきた。小兵衛は話を変えた。

「しかし、よく、あんな綱渡りを受けてくれたね、喜三二さんたちは」

「ええ、びっくりです」

当の重三郎が目を丸くしていた。

「他人事か、あんたは」

「他人事じゃいけないとは思うんですけどね。でも、今回の一件は、あたしが仕掛けたようにはどうしても思えなくって」

「やらされてる、ってか？」

「違いますよ。世間の皆さんが作った流れがあって、その流れに乗ってる。そんな感じがしています。今回の本は大当たりしますよ」

重三郎は目をすがめつつ、刷り上がっていく草双紙の丁を見やっていた。

「なんでそう思う」

「ご存知ですか？　最近、矢場が大流行してるんですって」

揚弓《ようきゅう》という短い弓を遣い、的に中《あた》れば景品が手に入る遊技場が矢場である。昨今、賞品が豪華になる一方で、客に弓を教える矢場女が目当ての者もかなりおり、人気に火がついている。

小兵衛は、ああ、と声を上げた。

「文武文武とうるさいご老中のおかげか」

老中松平定信は、就任早々旗本や御家人に文武奨励の命令を下したらしい。おかげで、閑古鳥の鳴いていた刀屋の軒先が途端に騒がしくなった。また、かつては博徒たちに場所を貸し出して生計を立てていたと噂の剣術道場にも入門希望者が殺到、さらにはどこで学んだのかはっきりしない貧乏儒者に付いて学ぶようになった者も数知れず、という。

だが、生来、人間という生き物は遊び人の性を持っている。「弓の修練に行ってくる」と妻や親に騙り、弓場に足しげく通ううつけ者も一人や二人ではないのだろう。

「阿呆な世の中になりましたよ」重三郎は言った。「ぶんぶと言って夜も眠れず、ですか」

「蚊なら手で叩けばイチコロだろうにな」

重三郎は笑った。

「せいぜい、江戸の蚊退治としゃれ込もうじゃありませんか」

天明八年正月。

重三郎の放つたった十丁の本に、江戸は狂乱する。

正月二日の初売りから、日本橋耕書堂の前は黒山の人だかりになっていた。

正月は書き入れ時である。人々の財布の紐が緩《ゆる》く、縁起物として買われることも多いため、草双紙は正月に新刊を出すのが恒例となっている。よって、正月の版元は芋を洗うような混雑になる。

だが——今年は、全く状況《ありさま》が違う。

帳台に座り売り場を見回す小兵衛は、確かな手応えを感じた。人の数が半端ではない。例年の二倍や三倍どころの騒ぎではなかった。客の様子を見れば、引札を手にしている。その引札を見れば『正月、日本橋耕書堂ニテ大騒アリ　耕書堂主人』などと大書《たいしょ》してある。吉原で配られたものらしい。重三郎の仕業だろう。

歌麿が挿絵に虫を描いた狂歌絵本『画本虫撰《えほんむしえらみ》』も正月売りの柱だった。こちらも順調に売れ、幾度となく荷ほどきし、本棚に並べた。しかし、多くの客は狂歌絵本ではなく、草双紙の本棚の前に並んだ。

飛ぶように売れる、という言い回しがある。が、この日の草双紙の売れ方は、本当に本が鳥に化けて飛んで行ってしまったのではないかと疑いたくなるほどだった。産み落とした卵、もとい銭を残して。

本を買う人々の風体もてんでばらばらだった。中には普段本には手を出さないと決めてかかっていた女の姿もぽつぽつある。

草双紙は千部刷った。かなり強気の数字である。だが、その日の昼には売り切れた。

「こりゃすごい」

小兵衛はあっけにとられた。だが、はたと正気を取り戻して、奥の部屋で酒を引っかけてうつらうつらしていた歌麿を呼びつけた。

「おい歌麿、ちょいとお使いを頼む」

「お使い？　なにかおごってくれる──」

「なんでもおごってやる」

歌麿は目を擦り、顔を上気させた。

「鰻でも酒でもいいのかよ」

「上物の鰻でも上方の酒でも買ってやるから早く行け！　摺師の伍作さんの処へ走って『今すぐ例の草双紙をありったけ刷ってくれ』って頼んで来い」

「なんでもいいのかよ！　とりあえず合点！」

客の波をかき分けて表に走る歌麿の背を見送りながら、小兵衛はその場にへたり込んだ。

こんな絵に描いたような成功があっていいのか、そう呟きながら。

初売りから数日後に吉原で持たれた酒宴は、それは豪勢なものだった。いつも使っている店よりも格式の高い引手茶屋の二階を借り切った。芸者や幇間、遊女の数も多く、運び込まれる酒の量も数段多い。半刻もしない内から、しらふな者のいない会となった。

「はは、首尾よく行ったな」

喜三二は女郎を二人侍らせ、上座の屏風前に座っていた。満面の笑みを浮かべながら酒を呷り、景気づけのように腹を叩く。小兵衛が銚子の先を向けると喜三二は目を細めて盃を受け、またぐいと飲み干した。

横に侍る女郎の肩を抱いて、喜三二は酒臭いゲップを吐いた。

「愉快だね、それにしても。さすがだよ重三郎、あんたの案がなかったらこんなに痛快な思いはできなかった」

「何をおっしゃいますか」重三郎は手を横に振った。「間違いなく、今回の成功は喜三二さんのものです」

「いーや、あんたのおかげだよ」

体を揺らしながら、大仰に喜三二は笑った。普段折り目正しく小粋に振舞う喜三二にしては珍しく酔っているようで、女郎の首筋や胸元をしきりにつついている。女郎のあげる嬌声に、喜三二は口角を上げる。

「それにしても」注がれた酒を呷り、喜三二は言った。「あんた、あんなに面白い腹案、いつから温めてたんだ？」

「もしかしたら、生まれてこの方、ずっと温めて続けていたものかもしれません」

「ふーん？」

不承不承といった様子で頷いた喜三二の興味の先は、もう横の女郎に移っていた。

「そろそろ床入りですか」

重三郎が水を向けると、鼻息荒げに喜三二が頷いた。重三郎は手を叩いて人を呼び、喜三二を奥の部屋へ運ばせた。

重三郎は一息ついて、手元の銚子に直接口をつけて呷る。そして、口元をぬぐいながら苦々しい顔をした。

「正直、大虎になった喜三二さんは苦手なんですよね。ああいうのが一番扱いづらい」

重三郎とこの手の話をしたことがなかった。小兵衛の頭にちょっとした悪戯心が生まれる。

「そういえば、重三郎さんよ。二人目のご予定はねえのかい」

重三郎はこともなげに言った。

「それこそ、神仏の御縁の取り結び次第でしょうね。とはいえ、あたしもそんなに若くありませんしねえ」

「何言ってるんだ。あんた、今年でいくつになる？　充分若かろうに——」

「今年で三十九ですね」

予想外の答えに、小兵衛は固まった。

「ちなみに、初めてお会いした時は、三十四だったかと」

小兵衛は勘違いを悟った。はじめて会った頃は二十代の中ごろ、今ようやく三十路に入るところだとばかり思っていたのだった。付き合いを初めて早五年になるが、そんな当たり前のところで勘違いがあったとは考えの埒外だった。

酔いがすっかり覚めた小兵衛は、思わず、真面目な話に話柄《わへい》を向けた。

「こんなにうまくいくとは思わなかったな」

何がです、と重三郎は言わなかった。薄く微笑み、

「当然の結果ですよ」

酒を呷った。

「でもよかったな、喜三二さんが受けてくれて。もし断られたらどうするつもりだったんだ。あんな途方もない依頼を受けてくれる人はほとんどいないはずだぜ」

「喜三二さん、不埒さん、京伝さんのうち、誰か一人は引き受けてくれる算《さん》は立ってましたよ」

にたりと重三郎は笑った。

「あんたにゃあ、敵わねえな」

小兵衛は、重三郎が計画を口にしたあの日のことを思い起こした。

○

重三郎は懐から半紙を取り出し広げ、狂歌を読み上げた。

「白河の　清きに魚も　すみかねて　元の濁りの　田沼恋しき」

きれいな歌じゃねえか。不埒はそう言い放った。

「うまいことまとまってる。もしかすると、どこかの連の名のある奴が詠んだもんかもしれねえな」

喜三二も顎に手をやり頷いた。

「沼に住む泥鰌《どじよう》や鯰《なまず》を詠った歌のように見せかけて、今の世相を揶揄《やゆ》した内容なわけか」

白河が松平定信の領知であると踏まえれば、田沼意次の放漫な政治に慣らされた江戸の人々が定信公の仕法に苦しめられている、そんな皮肉になる。

重三郎はその半紙を掲げながらつづけた。

「今、吉原で流行している狂歌です。詠み人知らずですが、皆さん吉原で覚えて持って帰っているみたいです」

京伝は怪訝な顔をして口を開いた。

「で、これがなんだというのだ？」

「京伝さん、分かりませんか。この狂歌は、今、江戸の人々の波に乗った言葉なんです」

「ふむ？」

煙管の吸い口をかじる京伝を尻目に、重三郎はまくしたてる。

「もしも、この狂歌の言わんとすることが的外れなら、こうしてあたしの目に留まることもなく、すぐに消えていったはずです。この狂歌が今も人の口の端に上っているということは、つまり」

「この歌に、人の心を捉える何かがあると」

「そういうことです」

重三郎は頷いた。

「この歌がなぜ人の心を捉えるのか。そう考えていけば、見えてくるものがあります。江戸の人々は、特に武士の皆さんは、松平定信公の政なんてまっぴらだと思っているのではありませんか。上から文武と煩いばっかりの定信公の政治に、不満があるんじゃないですか」

喜三二が、うん、と頷いた。

「うちの連中も、〝ぶんぶといって夜も眠れず〟と苦笑いしているところだ」

「そこで、思いっきり定信公の政を馬鹿にしてやればいいんじゃないかと思ったんです」

おいおい、と声を上げたのは京伝だった。

「そんなこと、正面切ってやれば大変なことになるぞ」

「真っ向からやらなければいいんです。それがための草双紙です。定信公の政を真っ正直にあげつらえばお上からのお叱りは必定《ひつじょう》です。が、草双紙はあくまで物語ですから、躱す方法はいくらでもあります。たとえば時代を過去《むかし》に移すんです。そうすれば、定信公のことを書いたわけじゃないと言い訳ができる。もし文句を言ってきたら『図星でもおありですか』と皮肉で返せます」

不埒は顎に手をやった。

「二段構え、ってことかい。が、危ない橋にァ変わりがないね」

「これはあくまで提案です。この話に乗るかどうかは皆さん次第。乗らなくても結構です。この話を断ったからといって、今後の仕事に影響することはありません。蔦屋の名に懸けてもそのお約束は守ります」

しばしの沈黙が辺りに垂れ込める中、最初に口を開いたのは、煙管の吸い口を噛む京伝だった。

「俺は降りる。今ひとつ乗り切れんし、そもそも武家のことは分からん」

難しい顔をして首を横に振った京伝に、重三郎は微笑みかけた。

「ええ、結構です」

不埒は腹を据えかねているのか、しきりに鼻を鳴らしている。

喜三二はその中でも無言を貫き続けた。様子を窺《うかが》うでもない。ただただ一人、心の奥底にいるもう一人の自分と対話しているように小兵衛には見えた。

しばらくの沈黙の後、喜三二は口を開いた。

「悪くない。――やろうじゃないか」

踏ん切りがついたのか、不埒も頷いた。

「分かった。おいらもやろう。――しかし、変なもんだね。気づけばお武家が商人職人に笑われる立場になっちまってらあ」

「笑われる、とも違うか。もしかすると、もう武家は、与えられた位に踏《ふ》ん反《ぞ》り返って威張っていられる身分ではないのかもしれぬ」

喜三二の横顔は、どこか淋しげだった。

まあ、と重三郎がつまらなそうに声を上げ、銚子を呷った。

「本当は、京伝さんが絵を描いてくれると思ったんですけどねえ。彼が嚙んでくれなかったのは少し意外でした」

「そうだな」

京伝の不参加が重三郎にとって予想外だったのは、その後の慌てぶりにも表われている。急遽挿絵の描ける作者を探す運びになり、普段美人画や虫の絵、貝や魚や女の絵、つまりは好きなものしか描かない歌麿に「描いてみないか」と打診し、一も二もなく断られたことからも明らかだった。そうして江戸中を探し回り、挿絵に当たることになったのは、歌麿の弟分を名乗る若手絵師だった。

「なんだかんだで上手いこと行ってよかったですね。すったもんだが報われます」

「すごい売れ行きだよ、特に、喜三二さんの作は」

喜三二の『文武二道万石通《ぶんぶにどうまんごくどおし》』は、今回の仕掛けを体現する作と言ってよかっただけに、この成功は小兵衛にとっても喜ばしいものだった。

話の筋書きはこうだ。平和な世になり文武の衰微を憂う源頼朝《みなもとのよりとも》のために、忠臣の畠《はたけ》山重忠《やましげただ》が一計を案じる。その進言のままに、武士を箱根に集め、文に優れる武士、武に秀でた武士を選別し、どちらにも秀でない『のらくら武士』たちに『文とも武ッとも言ってみろ』と頼朝が叱りつける。

この筋書きは現実の鏡そのものだった。

松平定信は文武に優れた武士を顕彰し、過去に不届きのあった武士にお叱りを下している。定信を、ある場面では畠山重忠になぞらえ、ある場面では源頼朝に仮託して、万石通しで米の実りを選り分けるように武士を査定する、昨今の文武奨励策をあげつらったのが『文武二道万石通』だった。

重三郎は小さく頷いた。

「それにつけても、喜三二さんの書くのらくら武士は味があっていいですよね」

この戯作の影の主役は、文武に秀でないのらくら武士である。世の中、優れた人間よりも、普通の人間のほうがはるかに多い。この戯作が人気を得た秘密は、普通の人たちを意地悪に、けれど愛着を持ちつつ描いた筆致にある、そう小兵衛は見ている。

そういえば、と重三郎は言い、話柄を変えた。

「摺師さんにもう追加の依頼を出しているんですよね」

「追加で二千。すげえ売れ行きだからね」

「そりゃあいけない。もっと刷らないと」

「ほ、本気か？」

追加二千部を合わせれば、既に三千部刷っている。江戸の頭数が百万と言われる昨今、三千部もかなりの当たりである。

「元手は取り戻したんでしょう？　だったら、これからはじゃんじゃん刷ってください。もちろん、売上げでこれまでの費《つい》えを賄《まかな》える程度、っていう条件は付きますが」

重三郎のあり方に、小兵衛は商人として危ういものを覚えた。

堅実に稼ぐ。それが商いの極意である。しかし重三郎は、その常道を無視し、元手を稼いだ後には強気の商売に転じる。小兵衛の目には博打のように見えてならなかった。

重三郎が本に向ける思いは祈りに似ている、そう小兵衛が気づいたのは、いつのことだったろうか。商人の是である「金を稼ぐこと」に恬淡で、世間に向かって挑発を続ける重三郎の姿を小兵衛の語彙で表現しようとすると、「祈っている」となる。だが――

重三郎は、いったい何を祈っているのだろう。いったい、何と戦っているのだろう。身近にいながらにして、小兵衛にはどうしてもその何かがわからない。

重三郎は物思いに沈む小兵衛に不満げな声を投げやった。

「何見てるんですか」

小兵衛は小さく首を振った。

「いやいや、なんでも」

そっぽを向いた重三郎は、とん、と銚子を床に置いた。

「あたしァ、前に進まないといけません。何があっても、ね」

こりゃ、続編を喜三二さんにお願いしないといけませんね、次に向けて。そうひとりごつ重三郎の目は、早くも来年の正月に向いていた。


六月、営業終わりの日本橋耕書堂に客があった。喜三二だった。

「あれ、喜三二さん、お店にお越しなんて珍しい」

出迎えた小兵衛は顔をしかめた。喜三二の変化に気づいたのだった。

喜三二は憔悴《しょうすい》していた。顔はやつれ、目は赤く充血している。あまり寝ていないのだろう。肌に張りがなく、十歳以上老け込んだように見える。発売から半年、喜三二の草双紙は一万部近く捌いたというのに、売れ行きの衰える気配はない。戯作者としてこの世の春のはずだった。それだけに小兵衛は、喜三二の変化に戸惑った。

「どうしたんですかい」

小兵衛が促すと、ようやく喜三二は口を開いた。

「重三郎はいるか。話がある」

奥の客間には、不埒と重三郎がいた。二人は部屋の真ん中で将棋に興じている。景気のよい不埒の顔ぶりから見るに、どちらが勝っているのか一目瞭然だった。だが、なおも飄然とした重三郎は、喜三二の来訪に気づいたのか、顔を上げた。幽鬼のように真っ白な喜三二の顔を目の当たりにしても、重三郎は眉一つ動かさなかった。

「ようこそ、喜三二さん。ついに、来ましたか」

「『覚悟した　ほどには濡れぬ　時雨かな』とはいかぬな」

八十年ほど前、忠臣蔵の大石内蔵助が詠んだとかいう川柳を引きつつ、喜三二は重三郎の前に座った。そうして不埒との盤面を覗き込むと、重三郎、下手くそな将棋にも程があるよ、と力なく笑う。盤面には、味方の助けもない中、不埒の陣の真ん中で立ち往生する飛車の姿があった。

不埒は、喜三二の顔を見据え黙っていた。いつもの軽口はなりを潜めている。

「何があったんだい」

小兵衛の問いかけを聞いて初めて、不埒は頭を掻いた。

「想像の付くところだ。どうせ、殿様に叱られたとかそういうことだろ」

力なく、喜三二は呻いた。

町人である小兵衛には、お叱りとやらがどれほど重大なことなのか、今ひとつ理解が出来ていなかった。だが、不埒は釘を刺すように鋭い口調で言う。

「主君のお叱りは武家末代の恥だ。内容によっちゃ、最悪、腹を切らなくちゃならねえ事になる。——喜三二さん、お叱りの内容はどうだった」

「……これまでのお前の文業については目を瞑《つむ》ってきたが、こればかりはいかん。今回発刊したものに関して特段当家中は指弾せぬ。しかし、もし斯様なものを書き続けるのならば、留守居役のお前といえど守りようがなくなる、とのことだ」

「どういうことなんだい」

小兵衛が疑問の声を上げる。すると、仕方ねえなあ、と言いたげに、不埒は顔をしかめた。

「分からねえかい、喜三二さんのところのお殿様は喜三二さんを守ろうとしているんだ。むしろその口っぷりからわかるのは、もっと上の誰かがお殿様に圧力をかけているってことだ」

「お殿様よりも、もっと上？」

「御公儀だろ。もっと言えば、喜三二さんの草双紙の内容を笑えねえお人だ。ま、そんなお人、この広い江戸を眺め回しても一人しかいねえわけだが」

『文武二道万石通』は、穿《うが》ちの矛を向けられた武士たちも苦笑できるはずだ。この内容を楽しむことができない者がいるとすれば、文武奨励策をぶち上げた本人だけだろう。

喜三二は困惑を顔に貼り付けていた。

「にわかには信じられん。まさかご老中がそこまで」

「ただの老中と思うな」不埒はぴしゃりと言った。「あれは、鵺《ぬえ》だ」

「鵺?」

「譜代大名の顔をすることもあれば、吉宗公の孫でござい、と大きな顔をすることもある。堅物ですぞ、と取り澄まして見せることもありゃ、他の家中のいち侍の動向にまで文句をつける僭越もやってのける。時と場に応じて形を変える、ありゃまさに鵺みたいな奴だ。ああいうのが真の〝のらくら武士〟だね」

不埒も『万石通』を読んでいるようだった。

あのう、と重三郎が話に割って入った。

「喜三二さんに続編を頼もうと思っていたんですが」

「すまない」喜三二は頭を下げた。「もう、書けない。書けば、殿にまで火の粉が降りかかりかねない」

不埒が、つまらねえなあ、と殊更に大きな声を上げる。

「これだから、お武家暮らしは面倒なんだよな。――いい加減、やめるかね」

「やめる?」

重三郎に向かい、不埒は不敵に笑った。

「おう。うちには跡取りがいるから、いつでも跡目を譲って隠居できる。……なら、俺が適任かね」

頓狂声を上げる重三郎を尻目に、不埒は続けた。

「――いいだろ、喜三二さん、あんたの『万石通』を引き継いでも」

しばらくあっけに取られた様子の喜三二だったが、いいのか、と声を上げた。不埒は不敵に口角を上げて続ける。

「いいともよ。こちとら、あのご老中のやり方が気に食わなかったんだ。あとはあんたが切り拓いた道を歩くだけだ。楽な仕事だよ」

小兵衛が口を挟んだ。

「不埒さん、あんた、そもそも戯作なんて書けるのかい?　狂歌と絵が描けるのは知ってるが」

不埒はヘッと笑った。

「おいら相手にそれを言うのは、少々身の程知らずじゃねえかい?」

ああ。重三郎は思い出したかのように手を叩いた。

「小兵衛さんには言ってませんでしたか。不埒さん、戯作もやってるんですよ」

初耳だった。目を何度もしばたたく小兵衛をよそに、重三郎は続けた。

「ご存じでしょ。恋川春町さんって。不埒さんの戯作者としての名前です」

知らないわけはなかった。草双紙の世界では喜三二と並ぶ人気作者で、今日《こんにち》の草双紙人気を作った男だった。

「不満は？」

不埒、もとい恋川春町が悪戯っぽく口角を上げる。

「ない……、だが一つだけ」

小兵衛は机を叩いた。

「なんであんたら、大事なことをいつも俺に隠すんだ」

そっちの方がおもしろいからに決まっているでしょう？　と重三郎は言い放った。そして、喜三二も不埒もその場で笑い転げた。まるで、先ほどまでの重苦しい会話を笑い飛ばそうとしているかのようだった。

喜三二の草双紙の続編は春町が引き継ぎ、次の年頭の目玉商品に据えられることになった。気鋭の戯作者・春町による新作、しかも前年に一万部以上を売り上げた喜三二の『文武二道万石通』の続編となれば前評判の高さたるや相当のもので、年が明ける前からその戯作の話で持ちきりだった。松平定信の文武奨励政策への不満が昂じるにつれ、新作への世間の期待が膨らんでいくのを小兵衛は肌で感じていた。

天明九年正月、春町による黄表紙『鸚鵡返文武二道《おうむがえしぶんぶのふたみち》』が発売と相成った。

前年の成功を受けて五千部刷った。それでも即完売し、すぐに追加を頼むこととなったが焼け石に水、刷ったそばから捌け、忙しすぎて正月が休めねえ、そんな摺師の愚痴を小兵衛は毎日聞く羽目になった。

喜三二の『万石通』には、のらくら武士たちの滑稽さを包み込む優しい眼差しがあった。だが、『鸚鵡返文武二道』は少し色合いが違った。

文武の奨励を受け、町に出て辻斬りならぬ木刀での辻打ちを始めたり、女郎を馬に見立て馬術の稽古に勤しみ、女郎で馬の稽古ができないと知るや「これがお上の命令ぞ」と言い放ち、市中の男女を引き倒して馬の稽古に精を出す武士の狂瀾が描かれている。定信の文武奨励策の行き着く先を穿ち、あげつらい続けている。そして、この軽佻浮薄の世に右往左往する武士を辛辣に難じていた。

江戸中の人間が、文武奨励策に怒っていた。春町は、その怒りを戯作で代弁してみせたのだ。

この本は一万五千部を売り切る、空前の流行を見た。

第四章

表店の屋根に陽炎《かげろう》が立っている。

五月の太陽に、小兵衛は目を細めた。初夏の日差しが堀の水面を真っ白に染め、道をからからに乾かしている。辺りには、赤い顔をして道を急ぐ行商人や、舌を出して伏せる野良犬の姿があった。

小兵衛の後ろには、手で顔をあおぐお春が続いている。顔は上気し、鬢から汗が流れ落ちた。ふうふうと声を上げるお春に、小兵衛は労りの声をかける。

「こんな暑い中、すまんことで」

お春は手ぬぐいで頰を拭いつつ首を横に振った。

「いいんです。本当はうちの人がやらなくちゃならないんでしょう？　だったら妻が代わりに務めるのは当たり前ですから」

気が遠くなりそうな暑さの中をしばらく行くと、眼前に京橋の景色が立ち現れた。この町は暑くとも何も変わらない。様々な問屋や商家が並び、裏長屋の方からは蟬の声に混じって絶えず槌音や鑿音が聞こえる。棒手振りや職人が仕事道具を担ぎ、商人が道の隅を歩き、ぼろを着た子供たちが追いかけっこに興じている。そんな風景を横目に、木造りの八百屋と土蔵造りの質屋の間にある門から牡蠣殼葺きの裏長屋へと入ると奥へ向かい、戸を叩いた。

暫く待つと、戸が勢いよく開いた。はたして山東京伝が顔を出した。

「小兵衛さんか。よく来たな。――あと、重三郎の奥方か。むさ苦しいところで悪いが上がってくれ」

以前と比べると柔らかな物腰になった。人見知り特有の固さ、ぎこちなさが消えると、京伝も生意気で素直な、今時分の若者らしい男だった。

京伝に言われるがまま、小兵衛たちは煙草臭い長屋に上がった。と、その瞬間、お春はこれ見よがしに顔をしかめた。

「煙草の匂い」

お春は鼻をつまむ。京伝は苦笑した。

「煙草数寄が嵩《こう》じて煙草屋の真似事をしている。臭いと思うが我慢してくれ。あんたがいる間は吸わないし、葉を刻むこともしない」

部屋中に煙草葉が干され、部屋の奥が見えない。足下にも煙草の道具類が処狭しと並べられ、その脇に、物の本や戯作が積んである。煙草道具を片付け、京伝は二人の座る場所を作った。小兵衛たちがそこに腰を下ろすと、京伝も部屋の真ん中に置かれた座布団の上に音もなく座った。

「相変わらず、すごい煙草ですな」

以前よりも煙草道具が増えている。小兵衛が部屋を見渡しながら話題を振ると、京伝は言葉を濁した。

「少し、思うところがあってな。――こちらの話だ。今日は一体何用で」

小兵衛の一瞥を受け、お春は懐から包みを取り出した。

「この五月に描いてもらった絵の代金、確かにお納めいたします」

包みを京伝に差し出した。神妙な顔で包みを受け取った京伝は、重さを改めるように握り、懐にそのまま放り込んだ。

「景気がいいな、耕書堂さんは」

「ぼちぼちでしょうな」

「謙遜せんでもいい。鶴喜《つるき》さんだってこんなに大判振舞はしてくれない」

鶴喜――鶴屋喜右衛門――は、江戸の地本問屋である。かつてあった大版元・鱗形屋と覇を競い合った老舗で、鱗形屋が店を畳んだ今は、江戸の地本問屋の顔役となった。京伝は鶴喜とも取引をしている。向こうの内情にも詳しいのだろう。

小兵衛は軽い口調で訊いた。

「鶴喜さんも苦しいみたいだね」

「詳しいことは、仁義があるから言えない」

小兵衛は深追いしなかった。同業者の動向などどうでもいい。耕書堂がどれほどいい物を作り、どう売るかが大事だった。小兵衛はふと不思議な感慨に襲われた。少し前まで、小兵衛は同業の動きが気になって仕方がなかった。吹っ切れた考え方が出来るようになったのは、ごくごく最近のことだった。江戸随一の地本問屋主人と働いているからだろう。

小兵衛の無言を受け、京伝は口を開いた。

「そういえば、蔦重さんはどうしたんだ」

小兵衛の横に立つお春が頭を下げた。

「すいません、調子を崩してしまって」

数日前の昼過ぎ、『今日はもう休みます』と言い、重三郎は床に入った。その日は大して気にも留めていなかったが、何日経っても重三郎は病みついたままだった。夏ばてだろうと重三郎は笑うが、大事を取って休ませている。

京伝は顔を曇らせた。

「そうか。困ったな。重三郎さんにお話ししておきたいことがあったんだが」

「うちの人に？　わたしじゃあ駄目ですか」

すると、京伝は首を横に振った。

「伝えておいてくれればいい」

「なら、なんなりと」

「実は――」

最近、京伝の後をつけ回す影があるという。黒い羽織をまとい、菅笠《すげがさ》で顔を隠す大小二本差のその影は、耕書堂に顔を出して家に帰るまで、ずっと京伝に張り付き続けた。

「気持ち悪いですね」

顔をしかめるお春に京伝は頷きを返す。そんな二人の顔を眺めつつ、小兵衛は沈思した。

尾行は、相手に悟られないよう行なうものである。京伝の口ぶりでは、菅笠姿のその男は、まるで京伝に見せつけているかのようだった。

「きな臭いですな」小兵衛は言った。「分かりました。話しておきましょう」

「ああ、助かる」

京伝は憮然とした表情で、辺りに転がっていた煙草包丁を壁に吊るした。

「そうですか、京伝さんのところにも」

店に戻った小兵衛は、奥の間で休む重三郎に京伝の話を伝えた。重三郎は、部屋の真ん中に敷かれた真っ白な布団の上に身を横たえ、天井の木目を見つめていた。しばらく、重三郎は無言でいたが、ややあって口にしたのが、先の言葉だった。

察するものが小兵衛にもあった。もしや重三郎さんのところにも？　そう水を向けると、ええ、と重三郎は頷いた。

「今年の三月くらいからだったと思います。菅笠に黒ずくめの二本差が、付かず離れずあたしの後ろをつけて来るんですよ。しかも、尾行が下手なんです」

ふう、と嘆息した重三郎は、布団の中で乱れた髪をかき上げた。

「あたし一人がそういう目に遭っているんだったら、気のせいとも思えたんですがね。京伝さんのところにも出てきているってことは、まあ、そういうことなんでしょうね」

「そういうこと、とは」

「どの筋かは分かりませんが、御公儀の手の者が、あたしたちを見張っているんでしょう」

「御公儀が？　どうして」

「版元の口を塞ぎたいのでしょう」

重三郎は力なく、からからと笑った。

「御公儀は、今になって驚いているんですよ。江戸で本が出始めたのはここ百年。出版が産声を上げた時分には大したものでもなかった。でも、この二十年で、地本問屋は江戸に住む百人に一人が買うものを作る、大きな商いになったんです。今頃になって、御公儀は版元の首に鈴をつけたくなったんです」

要は、と前置きして、重三郎は言った。

「目障りなんですよ」

重三郎の言葉には、負の感情が滲んでいた。

「単に目障りだから。単に訳が分からないから。あたしたちの後をつけている連中は、てめえの理解の及ばないものはなくてもいいって了見なんでしょう」

普段になく、重三郎の口吻は荒かった。どう言葉を継いだらよいものか小兵衛が唸っていると、表からお春の声が届いた。

「お前さん、春町先生がお越しです」

重三郎は布団から身を起こし、衿をかき集めて応じた。

「上がってもらってくれ」

しばらくして、小兵衛の後ろの戸が開いた。紺の着流しに大小を差し、右手に土産をぶら下げた恋川春町が立っていた。

「おう、蔦重さん。夏風邪だって？」

はいこれ見舞、とぶっきらぼうに春町は言い、白木の小箱を差し出した。重三郎が贔屓にしている吉原の菓子屋の箱だった。春町は白い歯を見せ、重三郎の前に腰かけた。

さっきまでの鬼気迫る表情はどこへやら、いつもの飄々とした重三郎の表情に戻った。

「いやあ、すみません。わざわざお越し頂いちゃって」

「いいってことよ。今日は暇なんでな」

「またまた」

重三郎は苦笑した。

天明七年、恋川春町は小島藩の江戸詰年寄本役に登った。小藩とはいえ家老格、藩政を担う立場だった。隠居を匂わせたこともあったが、心変わりしたのかその素振りはない。今も吉原を飛び回る春町が暇なわけはなかった。

春町はうそぶく。

「うちは小藩だが、人が揃ってる。俺はそうせい、そうせい、と指図するだけだ。気楽なもんさ」

「そんなことが言えるのは、江戸御府内でも春町先生だけですよ」

「違《ちげ》えねえ」

膝を叩いてけらけらと笑う春町だったが、何かを思い出したのか、途端に顔を曇らせた。

「そういや、知ってるかい。南畝さんの話」

「南畝さんがどうしたんです」

「今、針の筵《むしろ》らしい。あんたが以前取り上げた狂歌があっただろう。『白河の　清きに魚も　すみかねて　元の濁りの　田沼恋しき』ってやつ。あれが南畝さんの作と噂になってる」

よく出来た読み人知らずの狂歌で、有名な狂歌師の作だろうとは囁かれていた。作者が大田南畝なら納得がいく。

重三郎は片眉を吊り上げた。解せぬ、と言わんばかりの顔だった。

「あの人が詠んだんだったら、自作の歌集にお入れになるでしょう。自作に関してはどんな内容であっても矜持をお持ちですから」

「それはあの人の人となりを知る俺たちの感想だ。あれが南畝作だ、となれば、信じる奴も相当数いるんじゃねえか」

「そしたら、なんだっていうんです」

春町は不機嫌そうに顎を指でなぞった。

「きっとあの人、今後、狂歌を詠めなくなるぞ」

「なぜ」

「それが武家だ」ぴしゃりと春町は言った。「前例を守れ、家中からはみ出たことはするな、上への口答えなんてもってのほか、分限《ぶんげん》を知れ。それが武家の在《あ》り方なんだよ。

新しいものを目指せ、はみ出て上等、上への諧謔が得意技、分限なんざぶっ壊せ、そんな狂歌とは真逆の精神《こころ》だ。そもそも、南畝さんが狂歌をやってたことにだって快く思っていない奴もあったろう。これを機に、南畝さんを追い落とそうと目論む馬鹿がいないとも限らねえ」

春町はため息をついた。

「あの人は御家人だ。当家と違って家計が楽ってわけでもないだろう。召し放ちに遭えば生きていけねえ。――武士ってェのは、色んな枷を負ってるのさ。家名を継がなくちゃならない、武士としての体面を守らなくちゃならない、上からの命令はどうしたって断りようがない」

「な、なんてこと」

「武家渡世は、一度入ったら死ぬまで抜け出せない蟻地獄なのさ」

諦めたように頭を振った春町は、さて、と声を上げた。

「なあ、重三郎さん」

「はい？」

「次の戯作、いつ書いたらいい？」

重三郎が絶句する中、事もなげに春町は言った。

「何呆けてるんだよ。この前の『鸚鵡返文武二道』、結構売れたんだろ？　だったら続きを書かせてくれよ」

しばらく、重三郎は何も言わず天井を見上げた。が、小さく息をつくと、顔を春町へと向けた。

「春町さん、最近、誰かに尾行《つけ》られていませんか」

「なんだい藪から棒に。――んなことぁないが」

重三郎は、静かな声で言った。

「ねえ、春町さん。そろそろ、次に行きませんか。『鸚鵡返文武二道』は大当たりしました。でも、流行りは水物です。来年には誰にも見向きされなくなるかもしれない。新しいものを考え始める時機です」

小兵衛は、いつもは歯切れのいい重三郎の言葉に逡巡が混じっていることに気づいていた。当代の人気戯作者、恋川春町がその気配を見逃すはずもなかった。

「なあ、蔦重さんよ。俺ァ、戯作者として、喜三二の続編が書きてえんだ」

重三郎は何も言わなかった。

「これまで俺ァ、いろんな戯作を書いてきた。どれも本気でな。でも、今が一番面白え。俺ァ、武家なんていうがんじがらめの場から飛び出して、ただ一人の俺として何かを世に出したいんだ」

ようやく、分かった。そう春町は言った。

「俺ァ、いろんな巡り合わせを経て、『文武二道』を書いた。事の起こりはあんただったけど、気づけば俺の仕事になってた。俺ァ神仏なんざ信じねえが、今はそのお導きを信じてもいい気分だぜ」

春町は深々と頭を下げた。武家髷の月代を前に、小兵衛は狼狽えた。武士が人前で頭を下げることの重みが理解できないほど、小兵衛は野暮ではない。

「重三郎さん、書かせてくれ。こりゃあ、俺がやらなきゃならねえんだ」

そしてそのまま、春町は木石のように口を閉ざした。

重三郎も春町も、その場で固まった。小兵衛も口を挟むことは出来ないまま、時が動き始めるのを、息を潜めて待っていた。この場の空気に負けるようにして、やっと重三郎は口を開いた。

「――分かりました。出来るだけ早く、どういうお話を書きたいのかまとめておいてください」

「おう、恩に着るぜ、蔦重さん」

春町は立ち上がると、

「じゃあ善は急げだ、さっそく作ってくるからよ、待っててくれ」

足音荒く部屋を後にした。

大作者の次回作の話がまとまったとは思えないほど、部屋の気配は淀んでいた。重苦しい沈黙の中、重三郎は掛け布団を被り、身を横たえた。

先に口を開いたのは、小兵衛だった。

「いいのか」

「なにがです」

「あんた、続編を書かせたくなかったんだろ」

「そりゃもう。でも」

重三郎はその瞳を小兵衛に向けた。逡巡を隠さずに。

「戯作者さんが、ああまで言うんです。頼まない理由はありません」

重三郎はふと目をそらした。縁側から小さな庭が見える。

「楽しみだなあ、新しい、春町さんの戯作」

遠い目をしつつ、重三郎は呟いた。まるで、自分に言い聞かせるかのような口ぶりだった。

ほどなくして、小兵衛の元に次作の構想書きが届いた。次作も政を揶揄する内容にするらしい。布団の上で構想書きを読み進める重三郎の背は、小兵衛の目にはいつもより小さく見えた。

それからというもの、春町の文が矢のように届いた。『早く書かせてくれ』『発刊を急いでくれないか』、そうあった。春町の草双紙ならば、正月の目玉として刊行したかった。時はあるので中身をたっぷり練っておいてください、そう返した。だが、それでも文が止む気配はない。

春町は絵師、狂歌師、戯作者として長く版元と付き合っている。草双紙の売り方を知っているはずと怪訝に思いながらも、小兵衛は春町の心の内を慮りはしなかった。

寛政元年（一七八九年）の七月七日。

残暑の日差しで真っ白に染め上げられた表通りから目を離し、小兵衛は薄暗い店先を見渡した。職人連中も仕事を休むほどのカンカン照りのせいか、客足は鈍い。店先に立てた七夕飾りは誰に見上げられることもないまま、時折風に揺れ、かさかさと乾いた音を立てていた。

店じまいの刻限が近づいている。箱看板を片付けようと小兵衛が立ち上がった丁度その時、外から怒気を孕んだ声が投げかけられた。

「おい、重三郎はいるか」

暖簾を割って店先に現れたのは、青色の羽織に鼠色の袴を身にまとう二本差しだった。知り合いと気づくのに、少し時がかかった。

「……あれ、お久しぶりで」

その侍は、朋誠堂喜三二だった。かつての小粋な風体は見る影もなく、着物に袴を合わせ大小を手挟む、絵に描いたような武士の姿に押し込められていた。

「小兵衛さん、重三郎はどこだ」

喜三二は旧交を懐かしむ風が微塵もなかった。血の色が失せ、歯の根も合っていない。何かあったと察しつつも、小兵衛は早口に答えた。

「京伝さんと吉原遊びをしているはずですが」

復調してすぐ〃仕事〃に出るのが重三郎の凄みだ。

「今すぐ呼び戻せ」

歌麿の姿を探す。だが、姿がない。

「だったら、今から俺が呼びに行くが」

「いや、駄目だ。店を教えろ、俺の手の者に呼びに行かせる」

喜三二の横鬢から汗がしたたっている。

「なにかあったのかい」

察するものがあって小兵衛が聞くと、喜三二は歯嚙みして目を伏せた。

「春町さんが大変なんだ。最近知ったんだが、今日、定信公から二度目の召還《しょうかん》があったらしい」

「召還？　目通りということですかい？　それの何が」

「問題なんだ、武士にとっては」

時が惜しい！　そう怒鳴り立てた喜三二は小兵衛の手を引いて表に出た。そして、外に待たせていた奉公人に小兵衛から聞いた重三郎の居場所を伝えて走らせると、本人も北を差して駆け出した。

夕暮れ迫る町を駆けながら、喜三二は口から泡を飛ばした。

「武士にとって、召還は、最後の慈悲なんだ。罪を犯した武士に『お前がかくかくしかじかの罪を犯したと届けがあった、もし間違いであるなら申し開きをせよ』と迫るのが召還だ」

横について走る小兵衛は、脇腹の痛みをこらえながら口を開く。

「それの、どこが、問題なんだい」

喜三二は足を止め、道の端に寄った。小兵衛がそれに従うと、息を整えた後、喜三二は口を開いた。

「申し開きができるのは、その内容が間違っている場合だ。召還の場で言い訳が出来ねば、罰が下される。最悪、本人は切腹、家は断絶だ」

冷たいものが背を走り、小兵衛は強く口を結んだ。その横で、喜三二は青い顔のまま続けた。

「召還には、もう一つ意味がある。大抵、召還は呼び出される者の罪状が明らかな場合にしか使われない」

「じゃあ、何のために召還なんて」

小兵衛の困惑をよそに、喜三二はまた歯嚙みした。

「詰め腹を切らせるためだ。武士が罪を負った場合、当人が死ねば家に累は及ばない。罪を被らずに済むのだ。仮に、家名断絶の沙汰が下りるはずだった重罪人でもだ」

つまり、それは。

小兵衛は喜三二の顔を覗き込んだ。

「家名断絶か切腹かを選ばせるってことかい」

「家名断絶の目を選ぶ奴はいない。事実上、切腹を迫っているのだ。しかも、己の主君筋でもなんでもない人間がな」

「そんな」

「春町さんは今年の四月にも召還されたらしい。病気を理由に隠居してその際は躱したが、それでも定信公は追及の手を緩めるつもりはなかろう。たまたま、さる家中の筋から、今日春町さんのところに御公儀の連中が押しかける手筈《てはず》になっていると耳に入った。——何事もなければいいが」

春町が隠居していたことすら、小兵衛は知らなかった。

江戸の町を右に左に歩き回り、喜三二は日本橋の北、小石川の一角にある屋敷の前で足を止めた。狭い区画に立つ板葺きの小さな建物は、町人の隠居宅のような風情があった。

枝折り戸を押し、小さな庭を抜けて玄関に上がり込み、二人で春町の姿を探した。呼んでも春町は出てこない。女中の姿もない。屋敷はもぬけの殻だった。

「春町さん」

震えた声を放ちつつ、喜三二が障子戸を開いた。

部屋の中には春町がいた。小兵衛たちに背を向け、文机に向かって座っていた。

そこは、南向きの仏間だった。八畳間の隅に置いてある大きな黒檀の仏壇と書見台が、目に留まった。畳の上には戯作のものと思しき原稿束や挿絵が並べ置かれていた。春町の戯作者としての作業場でもあるのだろう。

喜三二は息をついた。

「おい春町さん、いるんだったら返事くらいしてくれ」

春町は文机に向かったまま、振り返りもしなかった。ただ、端然とそこに座っていた。

喜三二が肩をつかむ。が、それでも春町は応じない。

「おい、どうした」

肩をゆすった。それでも動かない。

「春町さん、なんとか言ったらどうなんだ」

喜三二はさらに強くゆすった。

春町の体が横に傾げ、音を立てて倒れた。

喜三二は短く声を上げた。ああ、と。

小兵衛はようやく気づいた。畳の上に転がった春町は、右手に筆を持ち、口から夥《おびただ》しい血を流していた。口から零れた血は文机に血だまりを作っていた。その赤は紅一色刷りの絵のように平板だった。現のこととは到底信じられなかった。だが、鼻に届いた錆鉄じみた血の臭いが、小兵衛の意識をかろうじて現実の側に繋ぎ止めた。

喜三二は頽れた春町の胸に耳をあてた。だが、すぐに耳を離して首を横に振った。

「――覚悟の上、か」

喜三二は下唇を嚙んだ。

小兵衛は、ぽつりと言った。

「なんで、このお方は死ななくちゃならなかった」

喜三二は抑揚なく、言った。

「それが武士だからだ。主君筋から死ねと命じられれば死ぬ。自分の命よりも家名のほうが大事。結局のところ春町さんもまた、のらくら武士の一人だったのだ」

喜三二は春町の遺体を改めた。腹に傷はない。口から血を吐いているが、舌に傷はない。遺体の脇には、緑がかった墨の入った絵皿が置かれていた。それを見やりながら喜三二は言った。

ろうか。


「墨に毒を混ぜて筆に吸わせて、それを舐めたのだろう」

腹を切らず、墨で死んだ。武士という枷にずっと縛られてきた春町の最後の抵抗だったのだろうか。これまで、筆で武家の〝埒〟に挑み続けた男の、最後の矜持だったのだろうか。

小兵衛は春町の死相を覗き込んだ。その表情は痛みのゆえか、それとも己の文業を全うできなかった後悔のゆえか、ひどく歪んでいた。

血で文机が染まっていた。文机だけではない。彼の書きつけた自筆の原稿や挿絵も真っ赤だった。その一つを取り上げた。そこには、武士の姿があった。殿様の飼う質素倹約の言葉一つしか知らない鸚鵡に右往左往する侍の姿だった。

小兵衛は原稿を一枚一枚拾い集めた。中には血で汚れて読めないところもあった。だが、埋めることは出来る。

「何をしている」

「知れたこと」小兵衛は言った。「春町さんの最期の原稿を頂く」

「やめろ、そんなことをすれば、耕書堂が」

「戯作者の先生が書きたいと言った。そして、うちも出版に異存がない。だったら、取りやめる理由がどこにあるんだ」

ふいに表が騒がしくなった。行け、行け、という掛け声、やかましい足音が近づいてくる。やがて、部屋の中に、三人の侍が雪崩れを打って現れた。黒の羽織に黒の長着、さらに黒の袴と黒一色で揃えられたその姿はまるで、軒先に止まって喧《やかま》しく鳴く烏《からす》のようだった。

「そのまま動くな」

黒ずくめの頭目らしき男が小兵衛たちの動きを冷たい声で掣肘《せいちゅう》すると、部屋のありさまを見渡して舌打ちをした。

「最期まで食えぬ男よ」

春町の遺骸を冷たい目で見下した黒ずくめの頭目は顎をしゃくる。すると他の二人が部屋の中を物色し始めた。

「何をしている」

青筋を立てた喜三二は男の一人ににじり寄り、そのまま襟をつかんで引き倒した。何をする！　怒号が飛び、男たちが刀の柄に手を掛けた。

喜三二は怯まなかった。鬼気迫る表情で叫ぶ。

「心得違いをしておらぬか。もう、そなたらが追いつめたお人は死んだ。なれば罪人死亡で罪には問えぬ」

柄から手を離した頭目は、鼻を鳴らした。

「何かおかしなことがおありか」

男を引き倒したまま放たれた喜三二の問いに、頭目は口角を上げた。

「世の中には、その方が黒と言えば白いものでも黒になるお方がいる。そのお方の命にござる」

「そのお方とは、都合のよい時には御譜代を名乗り、はたまた時にはご親藩の顔をなさるお方のことでござるか」

「それ以上は言わぬ方がよろしいかと」頭目は喜三二にいやらしく笑いかけた。「その言一つで、あなたの首が飛ぶ。口は災いの元にございますぞ、平沢殿」

喜三二は口をつぐみ、引き倒していた男から手を離した。衿を整えた黒ずくめの男は、何も言わず、部屋の物色に戻った。

小兵衛は初めて、喜三二の表の名前を知った。

春町の書き溜めた原稿はすべて没収された。そうして黒ずくめの男たちが去った後には、畳の上で横たわったままの春町だけが残された。

黒ずくめの男たちと入れ違いに、ようやく重三郎が現れた。

重三郎は額に汗を浮かべ、息を弾ませていた。戸を乱暴に開いて部屋に現れるなり、起こったことをすべて理解したのだろう、ああ、と声を上げてその場にしゃがみ込んだ。

「は、春町さん」

春町は答えない。

「冗談ですよね、春町さん。あなたが死ぬことはない。そうでしょう」

春町は応じない。

重三郎は春町ににじり寄った。顔も手も腹も足も血に染まる。だが、重三郎は構いもせず、春町の肩を抱いた。

「なんでだ、なんでだ。あなたは何も悪いことはしていない」

春町の遺骸に覆い被さりながら、重三郎は哭《な》いた。

「重三郎」

喜三二の呼びかけに、重三郎は答えない。

「お前も春町さんも間違ってなんかいない。だが、正しいことが必ずしも通るとは限らない。——重三郎、どいてくれ」

重三郎は下を向いたまま、首を横に振った。

「手伝ってくれ」喜三二は肩を震わせ、小兵衛に言った。「いつまでもこのままじゃあ、春町さんが可哀そうだ」

春町にすがる重三郎を引き剝がした小兵衛は、喜三二と二人で春町と部屋を清めた。どんなに拭いても、文机の血はどうしようもなかった。真っ赤な血は時間が経つにつれて黒く色が変わり、天板の木目に染みついた。

小兵衛は開いたままだった春町の双眸《そうぼう》を閉じた。そうしてはじめて、春町の死相から苦悶の表情が消えた。

しばらくして、老中松平定信の名において、ある覚《おぼえ》が各家中に回覧された。留守居役など重職にある各家中の家臣たちの奢侈《しゃし》を禁じ、交流を自粛すべしとあった。表向きは質素倹約の流れに乗ったものだが、各家中の意見交換や、春町や喜三二たちのように戯作を書いて幕府を批判する武士の取り締まりを狙ったのは明白だった。

悲しいもんですね、と重三郎は煙管の端を嚙みながら呟いた。

「たとえばこれが米を作る農家だったらどうでしょう。作ったことで罰されるなんてことはない。それどころかたくさん作れば褒められる。でも、戯作者に限っては、お上の意に沿わぬものを作れば罰されても泣き寝入りするしかない世の中になってしまった」

重三郎は煙管に葉を詰め込んで火をつけた。一筋だけ上がった紫煙は、耕書堂の奥の間の天井に吸い込まれ、消えていく。今日はやけに苦いな、そう自分に言い聞かせるように口にした重三郎は、忙しげに煙草を吸い切ると、灰を灰吹に落とした。

恋川春町の自死以来、重三郎は白の長襦袢《じゅばん》の上に黒の着物を着るようになった。白の襦袢といえば、喪服だ。重三郎の気宇を示す赤黒の青梅縞の着流しは、簞笥の奥底に仕舞い込まれている。

重三郎は煙管を指先で回した。

「あのご老中は、気に食わぬものはこの世になくてもいい、それどころか、なかったことにしても痛痒《つうよう》もない。そういうお人なのでしょうね」

小兵衛が口を挟んだ。

「戯作だからなのかもしれないな。戯作などなくとも誰も困りはしない。戯作を読んだとて誰の腹が膨れるでもない。だったらこの世になくても構わない。そう考えているんじゃないのか」

「かもしれません。でも、もう、戯作はこの世の中に存在しています。それを否むことなんて誰にもできないはずです」

「が、それをあのご老中はやってきなすった」

重三郎は黙りこくった。いつもあけすけにものを語るだけに、重三郎が黙りこくると不気味だった。

小兵衛は探りを入れることにした。

「どうする。戯作から手を引くか。きっとあのご老中は、これからも戯作を狙って何かしてくるはずだ。だったら、今まで通り狂歌本で稼げばいいじゃないか」

重三郎は首を横に振った。

「そうはいきません。あたしァ、偏狭な人生しか生きられない人たちの側に立つって決めてるんです」

言葉の意味が取れなかった。小兵衛が問うと、重三郎は続けた。

「世の中には色んな人がいます。時代の流れに器用に乗れる人もいます。一方で、自分の生き方を自分では変えられない人もいます。生まれついた瞬間から、道を選ぶことすら出来ない人もいます。それを、あたしァ吉原で知りました。だから、あたしァ決めたんです。そういう人たちの側に立つ、って」

小兵衛は何も言えなかった。

「あたしァ、ここで止まるわけにはいきません。——小兵衛さんはどうですか。あなたとあたしの約定は生きています。が、この事態は約定の埒外《らちがい》です。小兵衛さんだってご承知おきでしょうが、あたしにァもうこの店を買い取るだけの金子は用意できます。もし、これ以上あたしと関わり合いになりたくないのなら——」

いつになく、重三郎の言葉は固かった。その裏に、重三郎の本音が覗いている気がしてならず、小兵衛はあえておどけて見せた。

「なめんなよ。あと俺は二十年生きるつもりなんだ。だったらその間、あんたに毎年二十両をもらったほうがいいに決まってる」

これ以上の言葉は要らなかった。

今にも泣きそうな表情を浮かべた重三郎は、ぐっと口を結び、頷いた。

所用で小兵衛が京伝の長屋に向かうと、先客があった。歌麿だった。上がり框で煙草をふかし、京伝と話に興じていた。

「おう、おっさん」

こちらを向いた歌麿の目には、力がなかった。

「歌麿、どうしたんだ。最近耕書堂に寄りつかないじゃないか」

「耕書堂に行くと春町さんのことを思い出しちまう。おいらにとっちゃあ兄弟子だからね」

春町は歌麿と同じく鳥山石燕に学んだ人だった。兄弟子の死に思うところがあるのだろうと察した。

小兵衛は煙草を刻む京伝に向いた。

「京伝さん、最近はどうだい」

「ぼちぼちだな。煙草葉の様子はいい」

「戯作のほうさ」

「てんで駄目だ」

京伝が言うには、春町の件の噂が江戸中を駆け巡り、どこの地本問屋も戦々恐々だという。お武家の戯作者や絵師が受けた衝撃は凄まじいものがあるらしく、筆を折ったのも一人や二人ではない。

った。


「鶴喜も相当悩んでいるみたいだな」

「だろうね」

松平定信は、法にないことすらやってのけた。ただ目障りであるというだけで。滅茶苦茶な相手とは戦いようがないし勝ち目もない。鶴喜が二の足を踏むのは当然のことだった。

小兵衛は本題を切り出した。

「京伝さんにお願いがある」

煙草葉を刻む京伝の手が止まった。

「あんたに、戯作をお願いしたいんだが」

「それは重三郎さんのご意向か？」

「俺ァあくまで重三郎さんの雇われ人だ。あの人の指図を超えることはない。だから、これから俺が言うことは全部重三郎さんの言葉だと思ってくんな」

「分かった」

京伝が居ずまいを直したのを見計らい、小兵衛は続けた。

「世の人は戯作を求めている。喜三二さんや春町さんがおらぬ今、あんただけが戯作を継ぐ唯一の人だ」

「だから、戯作を書けと」

「ああ。書いてくんな」

しばし、京伝は瞑目《めいもく》した。

が、場の沈黙を破ったのは、京伝ではなかった。

「おっさん」

歌麿だった。その言葉に怒気が混じっていた。煙管の吸い口に歯を突き立て、がりがりと音を立てつつ、歌麿は小兵衛を睨んだ。

「おっさんたちは、京伝も春町さんみたいにするつもりか」

「御公儀が京伝さんを罰する理由がないしその力もない。春町さんは武士だった。だから武士っていう枠の中であの人を追い詰めたんだ。だが、京伝さんは――」

「何言ってやがる。本気で言ってんのか？　ご老中は無理筋を簡単に通しちまうお人だぞ。町人への罰だって無理筋でやってのけるに違いねえ。この前、京伝も罪をひっかぶったじゃねえか」

京伝はこの前、『不埒な』戯作の挿絵を描いた咎で、罰金刑を食らった。

一方で、見通しもあった。

山東京伝が処分を受けるきっかけになった戯作の作者は、御城の出入りを許された商家の主だった。この戯作が問題になったのは、御公儀に近い立場の著者が幕府の内実を茶化したところにあったのだろう。京伝への罰は、連座の色合いが濃かった。

あのご老中は阿呆だ。しかし、町人を締め上げるほど阿呆ではあるまい。一度も顔を見たことのない松平定信の腹の内に、小兵衛は期待をかけていた。

歌麿は突っかかった。

「甘いな、おっさん。それは通らねえ」

「だが歌麿。おめえはようやく、絵がおめえなりの境地に至り始めた。そんなときに、怖くてもう絵は描けねえ、って尻尾を巻くのかい」

嘘でも言い繕いでもない。

『画本虫撰』で当たりを取り新進絵師の仲間入りをした歌麿の絵は、鳥居派の画風から大きくはみ出そうとしていた。歌麿の描く線によって紙上に写し取られた女はどこか親しみやすく、蠱惑に満ちていた。その上、歌麿は素人女を好んで題材にするところに新しさがあった。歌麿の絵を買った客が材を取った女のいる茶店見物に赴き、金を落とす動きが起こっている。歌麿は、時代を創る絵師の座に手をかけ始めている。

「京伝さんだってそうだ」小兵衛は言った。「あんたも、もう別の境地にあるんじゃねえかい」

「俺が？」

「少なくとも俺にはそう見える」

それに気づいたのは、重三郎の一言がきっかけだった。『最近の京伝さんの戯作は、どこかすっきりしている気がする』。酒落本にある男と女のねっとりした風情や、草双紙にある、いい意味での騒々しさとは違う何かが文章から湧き上がり始めている。それが何なのか、小兵衛には分からない。言い出しっぺの重三郎自身、判然としていないのかもしれない。

版元は時折、作り手の新たな息吹に身震いするときがある。今の歌麿と京伝はそういう時期にある。だからこそ、仕事を出したい。何かを作ってもらいたい。重三郎も同じ思いなのだろう。それが証拠に――

「重三郎さんからこれを預かっている」

小兵衛は懐から小包みを差し出した。小判の包みだった。

「なんだ、これは」

「原稿料だそうだ」

横にいる歌麿が声を上げた。

これまで戯作者への原稿の返礼は、吉原で飲み食いさせる程度の接待で済ましていた。これは版元全体の慣習だったが、重三郎はどの版元にも先んじて、戯作者、山東京伝のために原稿料を用意した。

「これが重三郎さんの誠だ」

「覚悟、とも言えるか」

「あんたをここで終わらせたくない。そういう思いなんだろう。一緒に、作らねえかい」

京伝は、赤い羅宇の煙管を手に取って、煙草を吸い始めた。歯の隙間から煙を吐き出し、煙の向こうの何かを見ていた。ややあってかぶりを振った京伝は、無感動に言った。

「やろう」

「そうかい、やってくれるか」

苦渋の決断だろうが、京伝は呑んでくれた。

だが、歌麿は顔をしかめてそっぽを向いた。

勝手にしやがれ。そう、言いたげに。


春町の死んだ寛政元年は、小兵衛たちにとっては怒濤の一年だった。

売れっ子作家だった喜三二や春町、南畝の離脱が痛く、草双紙や狂歌集に大きな穴が生じた。翌年の正月の売り出しは、新刊の冊数を減らして挑むことになった。売れっ子の戯作が一斉に消えた店先には、かつての活気はなかった。そんな中でも、京伝の草双紙はきちんと売れた。この年の一番の売れっ子は京伝、歌麿は二位につけた。新進気鋭の粘りもあって、初売りの結果は上々だった。

だが、真の激動は、寛政二年、さらに続く寛政三年にこそあった。寛政二年の折り返しも近い五月、ついに、ご老中が本の取り締まりに本腰を入れ始めたのだった。

「まさか、本当にやってくるとは思いませんでした」

真っ黒な着流し一丁姿の重三郎は、鬢《びん》をなぞりながら下を向いた。

「まったくだ」

膝を合わせる小兵衛も、さすがに同意するしかなかった。

他の地本問屋から回ってきたいくつもの触書《ふれがき》を書き写しながら小兵衛は歯噛みした。筆で写して初めて、その全容が見えてくる。嫌がらせのように小出しに回ってくる触書を繋ぎ合わせるのは、鯨の背に乗りながら、口先から尾びれを想像するような作業だった。

触書は、御公儀による本屋の統制を謳い上げていた。

時事を扱う戯作類や浮世絵の禁止、卑猥《ひわい》な内容を含む新規創作並びに昔に刊行された好色物も絶版、過去に材を取りながら今を揶揄する内容の禁止。しかし、小兵衛を最も苛立たせたのは、

『本を新たに仕立てる必要はない。もし作るのならば奉行所の指図を受けること』

そんな内容の一条だった。

触書を書いた人間は、新たな本や浮世絵など要らないのかもしれない。だが、それらを心待ちにしている人がいる。その人たちのために筆を振り、鑿《のみ》を取り、バレンを手に

する人がいる。そして、本を読みたい人と作った人を繋ぐ版元がいる。

何も分かっちゃいない、と毒づく小兵衛の前で、重三郎は顎に手をやった。

「触書の中で一番厄介なのは『本を刊行する際には、版元同士、よくよく吟味すること』という一節でしょうかね」

「それのどこが」

「地本問屋の足の引っ張り合いを狙ったものです」重三郎は冷ややかに言った。「この触書に障る本をどこかの版元が出せば、地本問屋全体の責任を問うことができます。地本問屋同士を見張らせて仲違いさせる腹です。汚いことを考えますね」

重三郎は愛用の煙管に煙草葉を詰め、苦々しい顔をした。

「それにしても、この触書、あまりに内容が雑すぎて、手の打ちようがない。いや、あえて雑にしてあるんでしょうかね」

「確かにそうだな」

いくら目を通しても、合法と違法の境目が見えてこない。触書には時事に材を取った創作物の禁止とあるが、実在する人物に材を取る歌麿の絵が規制対象なのか否かも微妙だ。また、卑猥な創作物の禁止、ともあるが、そもそも『卑猥』の定義があいまいだ。

これでは法《のり》の体を為していない。

「これァ、町方を取り締まるためだけの法ですね」

重三郎は煙草葉に火をつけて何口か吸った。煙草葉が燃え尽きても、しばらく煙管を口につけたまま、触書の写しを見下ろしていた。

「よほど本屋が憎いと見えます」

「どうする。もう、来年に刊行する草双紙の依頼は出しちまってる。今更なかったことには出来んぞ」

各戯作者や絵師から、原稿が上がりはじめている。刊行が出来なくなれば、原稿を書いた作者たちの労がふいになる。

「分かってますよ、もちろん」

重三郎は煙草の灰を灰吹に捨てた。かつん、という乾いた音が辺りに広がる。

沈黙の最中、部屋の戸が開いた。お春だった。

「お前さん、小兵衛さん」

「どうした？」

重三郎が顔を上げる。お春は店の方に目を向けた。

「京伝先生がお越しで」

「京伝さんが？」

重三郎は怪訝な顔をした。この日、京伝とは約束がないはずだった。

「上がってもらいなさい」

重三郎の言葉を受けてお春が下がって暫くすると、京伝が部屋に現れた。

京伝は青い顔をしていた。目はうつろで、血走っている。服に頓着がないのはいつものことにせよ、普段はきちんと合わせられている衿が乱れていた。京伝は、その辺の空いたところにどっかりと腰を下ろすと目をあちこちに泳がせ、貧乏揺すりを繰り返した。

ややあって覚悟が決まったのか、重三郎に目を向け、口を開いた。

「なあ、重三郎さん」

「はい?」

「筆を折りたい」

重三郎の顔が凍った。

「触書を見た。どう読んでも、俺も罰を受けかねない」

既に来年発行の戯作を預かっている。その中には、吉原に材を取った洒落本がいくつもある。触書に言う『卑猥な』内容だった。触書が回るより前に、京伝はこれを書き上げている。

「ちょっと待ってください」

つっかえながら、重三郎は京伝を説得にかかった。今回のこの法はあくまで風紀引き締めを狙った覚書で、ただの脅しかもしれない。読んだ感じでは逃げ道はたくさんある。戦いようはいくらでもあるからご安心ください――

諄々《じゅんじゅん》と諭しても、京伝は聞き入れなかった。その一つ一つに頷きつつも、最後は首を横に振った。

「この内容では、今の俺には何も書けなくなってしまう。それに、俺も、生きなくてはならない」

「だから、書くのを辞める、と」

言いたいことはそれだけだ、と言い残し、京伝は席を立った。

痛いほどの沈黙が漂う部屋で、小兵衛と重三郎は顔を見合わせた。重三郎は眉間に皺を寄せ、しきりに瞳を左右に動かした。

「まずいことになりましたね」

草双紙の売り上げが京伝の双肩にかかる今、京伝が筆を折れば耕書堂は大打撃を受ける。京伝の存在は、耕書堂のみならず地本問屋、ひいては草双紙を支える屋台骨になっていた。京伝を繋ぎ止めねばならない。

こういうときの重三郎は疾《はや》い。すくりと立ち上がると、煙管を帯に差し込んだ。

「京伝さんと話をしてきます。翻意《ほんい》できるかどうかは分かりませんが」

店を頼みます。そう言うと、重三郎は部屋を飛び出していった。

一人部屋に残された小兵衛は、天井を見上げて息をついた。

時代が変わった。悪い方向へと。

暗澹《あんたん》たる気分に陥る。だが、版元である以上、今の苦境から逃げ出すことはできない。

気を取り直して、小兵衛は店の表に出た。客の姿はほとんどなかった。しんと静まりかえった店先で本棚を整えていたお春は、小兵衛の姿に気づくと、顔を上げた。その顔は心配げに歪んでいた。

「あの、小兵衛さん」

「はい？」

「うちの人、大丈夫でしょうか」

「大丈夫、とは」

「あの人はいつも自分一人で突っ走っていくでしょう。それが不安で」

重三郎は手が疾い。誰のせいにもしない。重三郎はいつも一人で仕事を抱え、動き回っている。

小兵衛は首を横に振った。

「たぶん、あの人の優しさなんだと思うがね」

「優しさ？」

「ああ。あの人は、優しいんだよ」

世には、辣腕《らつわん》の店主一人で回している店がある。その手の店主は、他人が信用できないか、小さなことまで目が行きすぎる性分かのいずれかだ。だが、重三郎はそのどちらでもない。小兵衛の持ち合わせる語彙では、重三郎の態度は「優しい」となる。

お春はかすかに俯いた。

「そんな優しさ、いらない。あの人はいつも一人で悩んでる。一緒に悩んで一緒に乗り越えるのが夫婦じゃないでしょうか」

それが男なんだよ、と言いかけ、小兵衛は口を噤んだ。今、お春の浮かべる表情が、死んだ女房がことあるごとに浮かべたものと瓜二つなことに気づいたからだった。相談すればよかったのだろうか。記憶の中に佇む女房は、諦めたようにため息をつくばかりで小兵衛を苛み続ける。

「なあ、お春さん」

「はい」

「重三郎さんを、待ってやることはできないかい」

「待つ？」

「あの人の帰る場所ァここしかない。あんたはあの人が帰ってきたときに笑顔で迎えてやればいい。むしろ、そうしてほしい」

お春は何も言わず、小兵衛に頭を下げると台所の方へ消えていった。

重三郎の態度が腹立たしくないと言えば嘘になる。雇われ人とはいえ、小兵衛は重三郎よりも年季の入った本屋だ。その経験をないがしろにされている気がして、最初はやきもきもした。が、重三郎は、他人に寄りかかることが出来ない性分なのではないか、近頃はそう思うようになった。

もっと甘えていいんじゃねえか。

口をついて出そうになるこの言葉を、いつか、言える日が来るのだろうか。小兵衛は一人、ため息をついた。

京伝の断筆騒動は、火消しに数ヶ月を要した。

どこからかこの話が漏れた。寛政二年の秋過ぎには京伝断筆の噂が戯作数寄の間を駆け巡り、問い合わせが殺到する騒ぎになった。そんな中、重三郎は何度も京伝と交渉を重ね、翌寛政三年の刊行に漕ぎ着けた。そして、正月発売の京伝の草双紙に『まじめなる口上』と題した一枚絵を差し入れた。

重三郎が頭を下げ、にこやかかつ訥々《とつとつ》と喋る姿を描いたこの一枚絵には、京伝に頼み込んで断筆を翻意させたいきさつが赤裸々に書かれていた。余計な憶測を呼ばないためにもすべて明らかにしたほうがいい、そんな重三郎の判断によるものだった。

いずれにしても、寛政三年の正月、例年と同じく山東京伝は戯作を数点発表し、客が買いに走る、いつもの光景が店先に広がっていた。が、客の中に、鋭い目をして本を手当たり次第に買っていく侍の姿があったのを、小兵衛は見逃さなかった。

何も起こらなければいいが。小兵衛はただそれだけを祈っていた。

三月、うららかな日差しが縁側に降りる、穏やかな日のことだった。店先の戸を開き、箱看板を表に出し、車簞笥の鍵を開けて銭の用意に取りかかった時分、店先に三人の黒ずくめの武士が現れた。

「店を開くまで、もう少しお待ちくださいね」

今日売る分の本を床の上で選り分けながら、お春が声をかける。が、黒ずくめの侍たちは何も答えず、腕を組んで店の前に立っているばかりだった。

小兵衛は本の荷解きをするお春に奥の仕事を頼んで引っ込ませてから、声をかけた。

「ご用命でしたらちょっとお時間をずらしていただいて——」

小兵衛の言葉を遮るように、黒ずくめの武士の一人が顎をしゃくった。すると、脇の二人が声も上げずに店の中に雪崩れ込み、棚の本を取り出し始めた。

「何をなさる」

が、小兵衛の言葉をあざ笑うように、頭目らしい武士が懐から紙を取り出した。

「耕書堂に沙汰が出ておる。山東京伝の戯作三点、不埒につき奉行所にて没収。また、耕書堂主人・蔦屋重三郎。奉行所に同行願おう」

頭目の掲げる紙には、奉行所のお奉行様の名の元に、男の言ったことがそのまま書いてあった。

それを合図に、本棚から本を乱暴に抜き出す男たちがその手を止め、小兵衛の脇に回った。

「引っ立てい」

頭目が声を上げたそのとき、

「待ってください」

奥から、黒い着流し姿の重三郎が現れた。じっとりと男たちを睨み付けながら、乱暴なことはしないでくださいと釘を刺した。

「人違いです。この耕書堂において全責任を負うのはこのあたし、蔦屋重三郎です」

頭目の武士はまた顎をしゃくり、二人を重三郎に向かわせた。が、重三郎は脇を取ろうとする武士の手を払った。

「申し訳ありませんが、男の手を借りる趣味はありませんもので」

「お達しには蔦屋の主人を引っ立てて来いとある。縛らせてもらうぞ」

「どうぞ、ご勝手に」

荷物をそうするかのように、重三郎は手早く縛られていく。その間、重三郎は眉一つ動かさず、頭目の男が掲げる町奉行の状を見上げていた。

暫くすると、重三郎は黒ずくめの武士たちに小突かれ、履き物を履かされると、頭目の前に立たされた。

黒ずくめの頭目は重三郎の装い——白の長襦袢に黒の着物——を咎めた。

「なんだこの恰好は。喪に服しているのか」

「そうですよ。誰かさんに殺された本を弔《とむら》っているのです」

「お上のやることに文句をつけるつもりか」

「文句など、一言だって申し上げておりませんよ」重三郎は飄々と言った。「もしも文句に聞こえるのなら、それは何か後ろめたいことがあるからではありませんか」

頭目の武士は拳を固め、重三郎の頬を殴りつけた。声もなく重三郎は店にのたうった。床に置いてあるだけの本棚が倒れ、その上に載せていた本も辺りに散らばった。

「思い上がるな本屋、お前たちが出している本など何の役にも立たん。江戸の秩序を乱し、淫蕩《いんとう》を促す害物であろうが。かようなものが無くなろうが、誰も困りはせぬ」

床に転がる重三郎は、なおも頭目の武士を睨んだまま続けた。

「誰も困らない？　ちゃんちゃらおかしいですね」

「愚弄するか」

つかつかと重三郎に歩み寄ると、頭目の武士は重三郎の腹を蹴り上げた。爪先が腹を抉るたびにうめき声が漏れる。それでも重三郎は声を張り上げた。

「あなたがたは何にも分かっちゃいない、何も見えちゃいない」

小兵衛は裸足のまま三和土《たたき》に降り、なおも蹴り上げようと構える頭目を重三郎から引き剝がすと懐に忍ばせていた紙包みを握らせ、その場で額を地面にこすり付けた。

「失礼の段、主人に替わりまして平にお詫び申し上げまする。なにとぞ穏便に」

「……ふん」

握らせた紙包みが効いたのか、頭目は黙りこくった。

だが、重三郎はなおも足をじたばたさせながら何事かを叫んでいる。

頭を地面にこすり付けたまま、小兵衛は重三郎を諭した。

「重三郎さん。ここで暴れてみろ。こちらが不利になる一方だ」

「あたしァ許せない！　こいつらが！　あの田舎老中が！」

声をさらに潜めて小兵衛は続けた。

「許せとは言ってない。明日を生きるために、今日は膝を屈してくれ。でなくば、春町さんだって浮かばれないだろう」

恋川春町の名を耳にした途端、重三郎はばたつかせていた足を止め、さっきまでの大騒ぎとは一転して、声を上げて泣き始めた。まさに、慟哭《どうこく》だった。

「子供のような奴だ」

頭目の皮肉が聞こえていないのか、重三郎は顔を歪ませ、本当に子どものように泣き続けた。さすがにそれには手を焼いたようで、頭目は頭を掻きながら顎をしゃくって他の二人に何事かを命じると、土下座をしたままの小兵衛を見下ろし、

「悪いようにはせん」

慰めるように口にして、重三郎を連れていった。

本や棚がいくつも散乱した店の中で、立ち上がった小兵衛は膝の辺りを手で叩いた。一瞥をくれると、何事かとばかりに店を覗く野次馬たちは蜘蛛《くも》の子を散らすように雑踏へと消えていった。

小兵衛は視線に気づき、振り返った。台所へと続く土間の際に、お春が立っていた。その顔は真っ青だった。一部始終を見てしまったのだろう。

小兵衛はお春に向かって微笑みかけた。笑顔がひきつっていなかったか、その自信はない。

「大丈夫だよ。きっと」

「本当に？　本当に大丈夫でしょうか」

「ああ、きっと。あの人は何も悪いことはしてないんだから」

「でも……。罪がないのに罰が下されるなんて、当たり前にあることです。春町先生だって」

そんなところに歌麿が駆け込んできた。

「なんだこりゃあ」

歌麿は悲鳴にも似た声を上げた。だが、しっちゃかめっちゃかに荒らされた売り場を見やっただけで何が起こったのかを察したのだろう、声を裏返しつつ、言った。

「京伝が引っ立てられた」

「京伝さんが？」

黒ずくめの武士たちが取り上げていったのは京伝の本ばかりだった。作品が問題視されておきながら、作者にお咎めがないわけはなかった。

ため息をついて首を横に振ると、歌麿もまた事情を察したのだろう、諦めたように首を横に振った。

「ってことは、重三郎も、か」歌麿はぎっと歯を嚙んだ。「俺の言った通りじゃねえか。結局京伝も、こうなっちまったじゃねえかよ。なんでだよ、なんであいつぁ」

歌麿はその場で俯き、歯嚙みした。

よどんだ空気の中、小兵衛は土間に転がった本を拾って回り、ついた埃を手で払った。その様を不思議そうに見やる二人を尻目に、棚を元の場所に戻し、しかるべき本を置く。

「おっさん、どうするつもりだ」

「どうするも何も。店を開けるに決まってるじゃあないか。うちは本屋だ」

「何言ってんだ」歌麿は悲鳴にも似た声を上げた。「主人が引っ立てられて商いを続ける店なんて聞いたこともねえ」

「聞いたことがなくても結構。――それに案外、蔦屋耕書堂は後追いの商売が多いんだ。

たまには前代未聞のことをやってみたいじゃないか」

「おい、おっさん」

小兵衛は歌麿の制止を袖にし、代わりに、お春に向いた。

「お春さん、商いの用意をしようじゃないか。ちょいと店先が汚れちまったから、お春さんは板間を拭いてくんな。で、それが終わったら土間の掃除もお願いしようか」

お春も不承不承ながらその言葉に従い、台所へと消えた。

歌麿は小兵衛に嚙みついた。

「あんたらに反省はないのかよ。あんたらのせいで、京伝が大変なことになってるんだぞ」

「おい」

小兵衛の腹の底から、怒気孕みの声が飛び出した。

「歌麿、おめえは俺たちに反省しろと言う。俺たちが悪いことをしたと思ってるのか。いつも通りに本を出した。だが、どっかの誰かが法を曲げた。だから俺たちは……」

歌麿は叫んだ。

「結局、俺たち作り手は捨て駒じゃねえか」

小兵衛はこらえきれなかった。

普段は出さない手が、無意識のうちに出た。ごり、という嫌な音が小兵衛の耳に届く。

固めた拳骨が歌麿の頬に入り、そのまま打ち抜いた。

歌麿は殴られた頬に手をやり、呆けていた。

拳に、じりじりとした痛みが残る。何より、心が痛い。人を殴るのが苦しいことだと、小兵衛は生まれて初めて思い知った。

気がつけば、小兵衛は己の思いを吐き出していた。

「俺たちがどれだけのことをしたのか分かって言ってるのか」

「何をしたっていうんだよ、てめえらが」

「いろいろやったさ、それこそ、綱渡りをいくつもな」

京伝の本を出すために、地本問屋内の自主検閲に当たる行事を買収し、関係する連中に金を配った。それだけではない。京伝を守るため、第二刷からは著者の名前を削ることさえした。京伝の名前のあるなしで売れ行きが違う。相当の覚悟の要る行ないだった。

激情を抑え込みつつ、小兵衛はゆっくりと言葉を重ねた。そうするごとに、小兵衛の頭は少しずつ冷えていった。

「おい、歌麿」

「……なんだよ」

「それよりおめえ、一応耕書堂の雇われ人だろう。ちったあ店のことを手伝え。……まあ、今となっては、毎日の飯くらいじゃあ釣れなくなってるか」

歌麿は耕書堂に居つかなくなり、伝え聞くところでは、近頃の歌麿は、耕書堂だけではなくいくつかの版元と付き合いを始めて、毎日のように吉原の引き手茶屋の一室に居続けているという。

歌麿は、のろのろと頭を振った。

「その話はご破算だ。――俺たち絵師は、てめえ一人で生きなくちゃならねえことがよく分かったよ。てめえら版元は、俺たちを守っちゃくれない。てめえのことはてめえで守らねえとな」

「歌麿、おめえ、長く版元と仕事をしているのに、俺たちの思いが分からないのか」

「てめえらみてえな守銭奴の気持ちなんざ、分かりたくもねえや。俺はあんたと重三郎が許せねえ。――あばよ」

舌打ちをした歌麿は鉄砲玉のように江戸の町に飛び出していった。

小兵衛はその背を追わなかった。否、追う気がしなかった。

数日して、奉行所から沙汰が下りた。

蔦屋重三郎には、罰金。

山東京伝には、手鎖《てぐさり》五十日。

どちらも、「不埒なる本を書き販売した罪」によるものだった。重三郎の受けた罰金刑は他の罰と並行して行われるもので、それ単体で行なわれることはまずない。重三郎を処分するのに、奉行所が難渋した様子が窺えた。

奉行所から戻った重三郎は、少しやつれてはいたがにこやかなものだった。

『命までは取られませんでしたし、地本問屋の株も手元にあります。商いはできます。だったら何の問題もありゃしませんよ。……それに、京伝さんだって生きている』

生きている。その言葉の重みに小兵衛は身震いした。気楽だったはずの版元稼業が、いつの間にか人の生死に関わる稼業になったことを、改めて突きつけられた心地がした。

「そうだね。まだ、店もある。それに、人はそうそう変わらない」

黒ずくめの武士たちは、禁じられているはずの袖の下を受け取った。

人間は色を好み、金を好み、絵空事の物語や絵を好む。このどうしようもない浮世から逃げ出したい人々が物語や絵を買い、溜飲《りゅういん》を下げる。人の業を否定するなど誰にもできはしない。

ならば、まだ、版元にも出来ることはある。

「これから、忙しくなりますよ」

重三郎は言った。重三郎の目は、なおもらんらんと輝いていた。

第五章

「つまらない世の中になりました」

蔦屋重三郎は、一冊の草双紙を突き出した。表紙にさる大手版元の印が付され、その横には有名な戯作者の名が並んでいる。一昔前ならば、間違いのない一冊と言える陣立てだった。

寝間着姿の丸屋小兵衛は草双紙に手を伸ばし、中身に目を通した。せいぜい十丁、すぐに読み切ることができた。洒脱な文体で、読んでいて気持ちがいい。しかし、出汁を取り忘れた味噌汁のように、何かが物足りなかった。

小兵衛が草双紙を脇に置くと、黒い着流し姿の重三郎は腕を組んだ。

「面白くないでしょう。この作者さんだけじゃあないんですよ。他の戯作者皆がそう。なんだか、歯の間に物が挟まったような書きっぷりで」

「なんでこんなことに」

「ここに来て、あのご老中殿のお作りになった法が、最悪の形で効いてきたんですよ」

小兵衛が目をしばたたく前で、重三郎は続けた。

「京伝さんとあたしへの罰を見て、地本問屋や戯作者に恐れが植えつけられたんですよ。首元に刀を突きつけられた中、のびのび書ける人も、本が出せる版元もありません。——本当は、京伝さんが帰ってくればいいんですが」

「まだ、駄目なのかい」

重三郎は首を振った。ほとほと困ったと顔に書いてあった。

寛政三年（一七九一年）に受けた手鎖五十日の罰は、若き戯作者・山東京伝の意気を折った。

手鎖には、受けた者にしか分からない苦しみがあるという。両手を枷で繋がれるため、夏になれば虱《しらみ》が湧き、痒さに身もだえすることになる。本を一つめくるのも難儀し、飯を食べるのにも不便をし、周囲の人間の手を借りざるを得なくなる。手鎖は、受けた者から人としての矜持を奪う。

京伝は、戯作者としての張りを失った。昨今、耕書堂から版行した京伝の作の続編は、押しかけ弟子を名乗る滝沢某《なにがし》に代作させたが、気位が高くて扱いづらいと重三郎がぼやいているし、何より京伝とは書きぶりが違い、売り上げも落ち着いている。

「戯作は今後十年ほど、不作になるかもしれませんね」

好色物は古い作さえも売出し不可、吉原に材を取った洒落物はほとんど消滅、政を茶化した草双紙の摘発、時事を扱う戯作や判じ物の禁止と、版元はがんじがらめになっている。刷った本が発禁処分になれば損をするのは版元である。版元は伊達《だて》や酔狂で本を出しているわけではない。法に障りそうな内容の本は先回りして諦めざるを得なくなる。その結果、お上の顔色を窺った、気の抜けた本が世に出回り、客にそっぽを向かれる始末となる。

「面白い本が読みたいですね」

重三郎は他人事のように呟く。乱れた髪を後ろに撫でつけつつ、小兵衛は聞いた。

「何か手はあるのかい」

「手、ですか」

「決まってるだろ。面白くない本が出回る今は、あんたにすりゃ商機だろう。面白いものを出せば売れるんだから」

長い付き合いで、重三郎の言いそうなことに見当がつくようになった。小兵衛が軽い口調でそう言うと、重三郎は我が意を得たりとばかりに頷き、横の戯作の山から一枚の紙を取り出した。

錦絵だった。山伏の格好をした大男が見得を切る図だった。

「役者絵です」

小兵衛は意外の念に駆られた。

「そんなもん、どこの地本問屋もやってるだろうに」

役者絵は、浮世絵の売れ筋で、当世にあっては比較的安全な刷り物である。内容に問題があったとしても、刷り物が出る前に歌舞伎の演目が上演禁止処分を食らうため、被害を最小限に抑えることができるのだ。歴史が深く、数多く流通し、次々に版行されるため、絵師が新たな趣向を試す場でもある。そうした舞台で大成功を収めるのは難しい。元々供給過多といっても差支えない処で評判を取るのは、客の欲しいものの隙間にある商い品を拵えるのとは違う大変さがある。

重三郎はにたりと微笑んで手の役者絵を小兵衛に手渡した。

「最近、あたしが面倒見てる絵師、勝川春朗《かつかわしゅんろう》です。どうです、この人、随分と若いんですがいい絵を描くでしょう」

小兵衛は絵を眺めた。

名から想像するに、天明期に活躍した絵師、勝川春章《しゅんしょう》の弟子だろう。筋はいい。絵自体も華やかだった。しかし、四角四面に師匠の筆に寄り添いすぎていて、遊び心が足りないように見受けられた。目の前の絵には、歌麿の虫の絵を初めて目の当たりにした時の衝撃はなかった。

そんな反応を見越していたのか、重三郎は鼻を膨らませた。

「あんまりあたしァ絵師を育てるのは得意じゃありませんが、なんとかこの人をものにしてみせます。――できれば、小兵衛さんにお願いしたいところだったんですが」

小兵衛は今、万年床の夜具《やぐ》の上にいた。

枕元には読みさしのまま伏せられた本、水の入った湯飲みや薬包が乱雑に置かれていた。昔はことあるごとに持ち運んだ煙草盆も、今は部屋の隅に押しやられている。煙草は医者に止められた。最近では口寂しくなると水をちびちび飲んでいる。今も、水を少しずつ喉に流し込んだ。

寛政三年の晩秋、小兵衛は倒れた。

そのときのことを小兵衛は覚えていない。近くにいたお春によれば、仕事の最中、突然帳台に突っ伏したのだという。一命は取り留めたが、左足の痺《しび》れが残った。

お釈迦様は『生老病死』と説いた。これまでは我が身のこととして引き寄せていなかったが、小兵衛は病みついたことで、痛む腰、上がらない肩、かすんだ目、遠くなった耳といった全身の不調と、己の命数の残りに向き合うこととなった。

「なあ、重三郎さんよ。もう俺ァこの通り動けない。毎年納めてくれてる二十両なんて反古《ほご》にしちまってもいいんじゃないのか。あの時の賭けはあんたの勝ちでいい。なんだったら今から証文を書いて、あんたに日本橋の店を譲ってもいい」

重三郎は心外そうに眉をひそめた。

「そんなの御免ですよ。約束は今でも生きてます。だから、早く小兵衛さん、戻ってきてください。このままじゃああたしの大損ですから」

そう言うと、重三郎は立ち上がった。そして、

「これ、読んでおいてくださいね」

他の本屋が刊行した草双紙の山を枕元に置き、重三郎は部屋を後にした。

一人残された小兵衛は、夜具の上で目を伏せた。

開け放ってある障子から、風が吹き込んだ。柔らかで温かな風は、初夏の匂いを孕んでいた。からりとした風が小兵衛の胸をくすぐって部屋の奥へと消えゆき、はらはらと草双紙がめくれた。

「もう、お迎えも近かろうにね」

小兵衛は一人、呟いた。

重三郎との日々は、おまけのようなものだった。本屋を畳んで隠居しようとしていた時分の出会い、逆転に次ぐ逆転の日々、新しい本を次々に仕掛け、数々の本を熱狂と共に見送った。充実した日々だった。

少し前に赤頭巾をかぶり、赤いちゃんちゃんこも着た。

何も思い残すことなどない。

心の中で言い聞かせたその瞬間、小兵衛の胸の奥に鈍い痛みが走った。その痛みに気

づかなかったふりをして、床に寝そべった。

病になって二年。病身に慣れた小兵衛がいた。

数日後、小兵衛の元に医者の良庵《りょうあん》が訪ね来た。

年の頃は七十ほど、でっぷりとした体格を黒の着流しに包んだ禿頭《とくとう》の大男で、薬箱を振り回すように闊歩し、いつ会っても病みつきと無縁な赤ら顔をしていた。来訪の折、表でお春と交わす挨拶の内容が奥の間からでも聞こえるほど声が大きい。

「最近、左足の痺れはどうだね」

良庵の快活な声に、小兵衛は首を横に振って応じた。

「いけねえなァ。全然動かない」

「動かねえ、じゃなく、動かす気がねえ、の間違い、かの」薬研《やげん》で薬草を磨りつつ、良庵は目を細める。「寝てばっかりいないで、たまには散歩でもしたらいいんだよ。病は気から、っていうだろう」

「医者がそれを言うかね。甲斐がないなら、やめちまえばいいんだ」

「そうはいかない。重三郎から金を積んでもらってる」

「重三郎さんには黙っておいてやるから」

「そうはいかんと言っとろうが」

良庵は得意の胴間声を張り上げた。迫力に押されて小兵衛が口を噤む中、良庵は薬研の中身を紙にまとめ、小兵衛に差し出した。

「あんたの薬、どうにかならないのかい。苦くて叶わん」

小兵衛が憎まれ口を叩いても、良庵はどこ吹く風だった。

「版元のくせに、良薬口に苦し、の諺を知らぬのか」

「版元稼業は、喩えるなら、苦くない良薬をひねり出す仕事だからね」

「それは山師稼業ぞ」

なんだかんだで、この老医者の来訪を心待ちにする小兵衛がいる。重三郎やお春、吉蔵の他には、小兵衛の喋り相手は良庵しかいなかった。

良庵は咳払いを一つして、薬箱の片付けに入った。その合間に、つるりとした頭を撫でつつ言った。

「まだ店仕舞には早いんじゃないのかい」

意味するところを察し、小兵衛は笑った。その声は意図せず引きつった。

「馬鹿言え、もう六十過ぎだぞ」

良庵は調合用の柄杓《ひしゃく》を取り上げ、小兵衛の頭をぽかりと殴りつけた。

「わしはもう七十二だぞ」

「あんたみたいな化け物と一緒にしないでくれ」

「誰が化け物だ、誰が」目を吊り上げた良庵は、不意に優しい顔をした。「小兵衛さん。あんたはまだやらなきゃならないことがある。そんな気がするよ」

「なんでそう思う」

「死相が出てないよ、あんたには」

よっこらしょ、と声を上げ、良庵は立ち上がった。小兵衛を見下ろしながら、少し散歩でもすることだ、と先の小言を再び口にして、部屋から出ていった。

一人部屋に残された小兵衛は、布団に横たわり、枕元に置いてある刊行物の山に手を伸ばした。適当に手に取ったのは、他の版元から発売された錦絵だった。どこかの茶屋の看板娘を描いた一枚絵で、細面《ほそおもて》の瓜実顔《うりざね》、目の描き方に特徴がある。ずっと見てきたから分かる。歌麿の絵だった。

小兵衛は光に透かすようにしてその美人画を眺めた。

喧嘩して以来、小兵衛は歌麿と顔を合わせていなかった。一方の歌麿は重三郎が新たにつけた番頭と仕事を進め、寛政四年、ついに美人画の当たり作『当時三美人』を得た。今や錚々たる版元とも付き合いを広げ、毎月のように新作を世に出している。

歌麿の絵を脇に置いたその時、小兵衛は大きな足音に気づいた。その足音は奥の間へと近づいている。

ややあって、部屋の戸が開いた。

「小兵衛の爺様」

廊下には、吉蔵が立っていた。利発な顔貌は父親譲り、愛嬌ある表情は母親譲り、と、両親のいいところ取りをしている。

孫は目に入れても痛くない、という。生まれてこの方、孫を持ちえなかった小兵衛からすればその格言が正しいのかどうかは永遠にわからない。だが、こうして小兵衛の元に足を運ぶ少年に見《まみ》える度、あの俚諺は本当なのだと嚙みしめている。

吉蔵は枕元に歩を進めると音を立てて座り、小兵衛の顔を覗き込んだ。

「吉蔵は暇なのです」

「そうなのか。ととさまはどうした」

「最近、父上は忙しくなってしまわれたのです」

重三郎も、最近は売り場に立っているという。売り子としての才覚はないようで、幾度となく失敗《しくじ》ってはお春にどやされているらしいが、お春がまんざらでもなさそうにその話をしているのには小兵衛も目を細めていた。

が、そのせいで、吉蔵は独りぼっちでいるのだという。商売人の子の宿命だった。

「じゃあ、この爺が遊んでやるとするかね」

「本当ですか」

吉蔵の目が輝く。

「嘘をついてどうするね。——何をして遊ぶ?」

「草双紙を読んでください」

「そんなんでいいのかい」

呆れ半分に訊くと、吉蔵は頷いた。

「まだ教わっていない字があって、読めないのです」

「そうかそうか。じゃあ、どれを?」

「では、これを」

吉蔵が差し出したのは、吉原を題材にした洒落物だった。しかも、寛政三年に〝淫蕩のゆえに〟発禁処分が下った京伝のものだった。

売り場のほうを窺いながら、小兵衛は吉蔵に顔を寄せる。

「吉蔵、こんなものをどこで」

「うちの父上が」

小兵衛の脳裏に重三郎のにやけ顔が浮かぶ。

「吉蔵、お前、今年でいくつになった」

「はい、十一です」

いつまで経っても首の据わらない赤ん坊だった印象が抜けないが、数年が経てば嫁を迎える年塩梅《あんばい》になる。微妙なところだった。父親からすれば家の中に味方を増やしたい思いはあろう。その一方、母親からすれば不埒なものを子供の目から隠しておきたいところだろう。父と母の思惑の間で、小兵衛は揺れた。

しばし悩んだ後、小兵衛は逃げの手を打った。

「吉蔵、よく聞くんだ、いいね。こういう本は、読み聞かせするものじゃないんだよ。はたまた、誰かから読むのを強いられるものでもない。たとえるならこれは、夜中、皆が寝静まった頃にむふと一人で読むものなんだ」

「一人で？　小兵衛の爺様と一緒に読んではいけないのですか」

「読んでもいいが、一人で読んだ方が面白い。そういうもんだ」

「はあ……？」承知半分、不納得半分に吉蔵は首をひねった。「でも、漢字が読めないのです」

「いいんだ、読めなくても。そのために絵があるんだから」

「そういうものですか」

「ああ、そういうもんだ」

無理矢理、吉蔵を丸め込んだ。

蔦屋の跡取り息子の教育問題に下手に首を突っ込むよりも、吉蔵個人の意思で決めさせた方がいい。そもそも、本を読むか否かは誰かが決めるものではない。本の値を決め、手に取るのは常に読み手だ。

「というわけで、その本はやめよう。さ、どうする」

思い出したように吉蔵は手を叩いた。

「最近、鶴喜さんで出ている草双紙が人気だそうで。ぜひ、見に行きたいんです」

敵情視察とは、さすがは蔦重の息子と言うべきか。しかし、小兵衛は首を横に振った。

「すまんなあ、それもちょっと」

「どうしてですか」

「足が痛くてなあ」

「お医者様から、歩くように言われているのでしょう」

吉蔵はぴしゃりと言った。口舌の回りは父親譲りらしい。

「外に出て気散じしましょう」

結局、吉蔵の提案に負け、小兵衛は表に出ることになった。


日差しが眩しい。杖をついて痺れる左足を引きずる身では、速くは歩けない。健康だった頃を思い出し、気が滅入った。この日は暖かく、幾分か足の調子も良いのが、せめてもの救いだった。

数歩前を歩く吉蔵は、時折振り返り、小兵衛を見つめる。不満の表情を心配で上書きしているのが手に取るようにわかる。

「先に行ってもいいぞ」

小兵衛はそう声をかけたが、吉蔵は首を横に振った。

「いいえ、爺様と一緒に行きます」

そう言って聞かない。お春に『小兵衛さんを外に連れ出しなさい』とでも吹き込まれたのだろうと踏んだ小兵衛だったが、吉蔵と共に表に出、杖を突いた。

小兵衛は町を見回し、呆然とした。

病みついて引きこもった二年の間に、江戸の町は大きく様変わりしていた。見慣れた表通りも、見知った店の看板は別の屋号のそれに掛け替えられ、更地になって雑草が生い茂った区画もあった。

日本橋は着倒れの町である。いつ通りを歩いても、若い女が黄色い声を上げて呉服屋へと入る姿は必ず目に入った。誰もが顔を上気させ、道を歩いていた。だが、今の小兵衛の目に映るのは、買い物に縁のない行商人や、下を向き、歯を食いしばって道を急ぐ木綿着物姿の町人ばかりだった。

松平定信の推し進めた質素倹約の風が、日本橋の端にまで行き渡っていた。

少し前、奢侈な格好の禁止、殊に絹着物の禁止を謳う触書が回った。庶民は木綿で十分だと言いたげなこの触書を受け、江戸っ子は絹着物を箪笥の奥に仕舞い込むことになった。絹を着て歩こうものなら、江戸中に解き放たれている黒服の寺に引っ立てられる羽目になる。

どんよりとした雲に覆われる江戸の真ん中で、小兵衛は狂歌を口ずさんだ。

「白河の　清きに魚も　すみかねて　元の濁りの　田沼恋しき」

おめかしをしたい、面白いものが見たい、面白おかしく肩肘張らずに生きたい。そんな人間の業を踏みつけにして、松平定信は誰も喜ばない砂の城を築こうとしていた。人間はそんなに高潔なものか。そう言いかけて、小兵衛は頭を振った。言っても詮のないことだった。

かつての江戸の町を偲《しの》びつつ歩く内、小兵衛は小伝馬町の一角に至った。この界隈も随分と様変わりした。かえってそのために、そのままであり続けているものに目を引きつけられた。

いつぞや歌麿と共に入った火除地が、そのままの姿で残されていた。背の高い草がぼうぼうに伸び、青々とした葉を四方八方に伸ばしている。

「吉蔵、ちょいと」

振り返った吉蔵は怪訝そうに小兵衛の顔を覗き込んだ。小兵衛は草でこんもりと盛り上がる火除け地を杖先で指した。

「ここにはたくさん虫がいるんだよ」

「それがどうしたんですか」

「吉蔵は、虫は嫌いか?」

「うーん。分かりません」

「分からない?」

「ずっと本三昧で、虫とはあんまり縁がありませんでしたから。縁があると言えば、ごきかぶりくらいのものです」

吉蔵が生まれたばかりの頃だから、十年は経っているのだろうか。店を畳もうとしていた老版元と、右も左も分からない凡百の絵師がこの茂みに分け入って、一枚の絵を作り出した。その版元は江戸随一の本屋の雇われとしてもう一花咲かせ、一方の絵師は、己の才能を開花させ、今や江戸で知らない者のない美人画の名手となった。

小兵衛は思い出の袋小路に逃げ込もうとしていた。そんな小兵衛を吉蔵が咎めた。

「爺様、そろそろ行きましょうよぉ」

「そうだな」

吉蔵はすたすたと歩き始めた。その後ろ姿が、不意に昔小兵衛が眺めた景色と重なった。少し前を楽しげに歩く小さな子供。そして、自分の横で眩しげに目をすがめる女。小兵衛はその女に微笑みかけようと顔を向けたものの、既に女の姿はなかった。はっとして前を向くと、目の前の子どもの姿は吉蔵のそれに戻っていた。

小兵衛は首を横に振った。

「俺ァ、なにも残しちゃいねえなぁ」

その呟きは、誰にも拾われることはなかった。小兵衛は一人、胸を撫で下ろした。

火除地から日本橋の鶴喜までぐるりと散歩するのは相当な骨折りだった。それでも久々に外出してみると、塞いでいた心持ちも上向き、肩から腰にかけてまとわりつく鉛じみた重みも取れた。

家に帰った小兵衛は奥の間に引っ込んだ。気分がよかった。障子を開き、縁側に出た。日差しの降り注ぐ縁側はふわりと温かい。近くにいた女中に部屋の隅で埃を被っていた煙草盆を運ばせ、炭を用意させてから縁側にどかりと座り込むと、煙草入れの口を開いた。

小兵衛は閉口した。

煙草葉が干からびていた。乾燥させすぎてしまうと一瞬で煙草葉が燃えるばかりか、指で揉んだ途端にぼろぼろと崩れ、火皿に詰めることもできなくなる。床に伏してからというものめっきり煙草盆から遠ざかり、手入れを怠っていたためだ。神仏のお導きと諦め、小兵衛は煙草盆を遠ざけた。

廊下に続く戸ががらりと音を立てて開いた。

「小兵衛さん、久しいな」

振り返ると、山東京伝が立っていた。顔を上気させる京伝は、部屋を突っ切って縁側に出、小兵衛の前に音もなく座った。

小兵衛は頭を下げる。

「こんな老いぼれのところに挨拶かい、悪いね」

「構わんさ。どうせついでだからな」

京伝は小兵衛の横にある煙草盆を眺め、へえ、と言った。

「煙草を吸えるほどには調子がいいのか」

「葉を駄目にしちまって。今から買いに行くのも億劫でね。諦めようかと」

「それはいけない」

京伝は懐から小さな紙包みを取り出した。

「なんだい、これァ」

「新たに刻んだ煙草だ。試しの品だ、ただでいい」

「本当かい。だが、いいのかい、あんた、煙草を商い始めたんだろう」

「正確には、煙草の小物だ。煙草そのものは、相変わらず数寄の手遊びさ」

手鎖を受けた後、京伝は正式に煙草小物を商い始めた。煙草数寄が昂じての開店だった。京伝自身が描き、江戸中に撒いた小粋な引札は、江戸の喧騒から遠く離れた小兵衛の病床にも届いている。

「受け取ってくれ」

紙包みを開くと、新しい煙草特有の柔らかい香りが辺りに広がった。しかし、中には煙草葉ではなく、長さ一寸程度の紙の円筒がいくつも入っていた。

なんだいこれァ、そう聞くと、京伝は小兵衛の横に座った。

「これァ、早合《はやごう》を参考に作った新しい煙草だ」

「なんだいそりゃあ」

「火縄銃の弾だよ。火薬と弾丸を紙で一つにしたしろものだ。使う時には片端を切ってやって流し込む。それだと弾を込めるのが早いんだと」

「この筒の片端を破って火皿に注ぐってことかい」

得心していると、京伝は楽しげに首を横に振って見せた。

「最初はそのつもりだったんだが」

京伝は帯に差してあった赤羅宇の煙管を手に取って、紙包みから一つその紙筒を取り出すと、そのまま火皿に差し込んだ。紙筒はぴたりと紙皿にはまり込んだ。

「火、借りるぞ」

煙草盆の炭から火を採った。すると、見る見るうちに紙に火がついた。そのまま二三回吸ってやると、火が安定し始めた。

口から煙を吐き出しながら、京伝は笑った。

「どうだい、こんな煙草だ」

「おいおい、話なんかしていていいのか」

煙管は吸い続けないと火が消える。だが、京伝の吸う煙草葉は、吸い口から口を離してもなお、火皿からもくもくと煙が立ち続けている。

「ああ。口を離しても燃え続ける煙草なんだ」

「へえ、面白いね」

「これだったら、話しながら煙草を吸うことができる」

褒めてはみたものの、話しながら煙草を吸う図が小兵衛には今ひとつ想像がつかない。

小兵衛は低い声で唸った。

小兵衛の反応で察するものがあったのか、京伝は肩を落とした。

「酒を飲むとき、差し向かいで話すだろ。それと同じで、煙草を吸いながら世間話も乙だと思ったんだがな」

存外に京伝はさばさばとしていた。煙管を吸い、煙を口から吐き出した京伝は、紫煙の消えゆく様に目を向けた。

「新しいものを作るのは楽しい。失敗はつきものだが、新しいものを作った時には涼しい風が吹き抜けていく心地がする」

その目は、いつしか小兵衛に向いていた。

「今日ここに来たのは、重三郎さんにお願いするためだったんだ、戯作を書かせてくれと」

「戯作を？」

「最近、俺の名義の戯作を滝沢が手がけているのは知っているだろう。本当につまらなそうに戯作を書くんだ、あいつは。世間を恨むようにして筆を走らせるものだから、手が疼いて仕方ない」

「――京伝さんは怖くないのかい」

それだけで小兵衛の謂いを理解したのか、京伝は、しばらくの逡巡の後、自らの手を眺めつつ、微かに頷いた。

「怖いさ。誰も触書をなかったことには出来んし、手鎖を食らった過去《むかし》をなかったことにもできない。それでも、手の疼きには勝てない」

苦笑しつつ手を眺め続ける京伝の姿に、小兵衛は戯作者、山東京伝の凄みを見た。

小兵衛はしばらく、京伝に不躾な視線を向けていた。その視線に気づいた京伝は、はにかみながら顎をしゃくり、早合の煙草葉を指した。

「吸ってみてくれ」

「あ、ああ」

言われるがまま、火皿に早合煙草を詰めこんで紙の先に火をつけた。そうして三口程度吸ってやると、煙草の先に火が灯った。

癖が抜けない。つい勢いよく吸って、むせた。

「強く吸わないほうがいい。葉の量が多いからな、休み休み吸ってくれ」

京伝が火皿の中身が燃え続けている煙管を掲げる前で、小兵衛は何度も煙を吸って鼻から噴き出した。その上で、正直に感想を述べた。

「まああだね。紙の焼ける匂いがちょいと気になる」

「そこは改めなくてはな」

ふふ、と京伝は笑い、小兵衛の笑声と混じった。

穏やかな気配を引き裂く胴間声が、小兵衛の後ろで轟いた。

「お前ら、いったい何をしておるんだ」

小兵衛が怒声に振り返ると、重そうな薬箱を振り回し、剃り上げた頭を真っ赤に染める良庵の姿があった。その怒り顔を見て初めて、診療日だったことを思い出す。

「病人が煙草なぞ吸いおって、煙草の害悪は貝原益軒《かいばらえきけん》先生が『養生訓』に説かれて以来の常識だぞ」

良庵の高説を、京伝は鼻で笑い飛ばした。

「煙草は心の薬だ。薬に効用以外の作用はあってしかるべきだ」

「なんだこの若造は。知った風を言いおって。講義が必要そうだな」

「あんたの講義など知らんし興味もない。間に合ってる」

「若造が」

「やるのかこの藪医者が」

一度筆を折るとまで言った戯作者が戻ってきた。自分より年上の医者は若い戯作者と張り合って侃々諤々《かんかんがくがく》の喧嘩をしている。どちらも今の小兵衛には持ち合わせのないものだった。

小兵衛は額を突き合わせ、唾を飛ばし合う二人の姿を眺めていた。目を細め、煙草をふかしながら。


数日後、奥の間にいた小兵衛の元に、重三郎がやってきた。

この日、小兵衛は布団を上げ、茶の着物に袖を通した。外出する気はなかった。日がな部屋の中に座って、将棋を指し、空の色を見やり、思い出したように煙草を吸ったりしつつ、耕書堂の新人戯作者・曲亭馬琴の戯作に目を通しているところだった。少し理が勝ちすぎるきらいがある。もしも自分が助言するなら、と独りごち、頭を振った小兵衛は目を揉みつつその本を横に伏せた。

小兵衛の前に座った重三郎は、満面の笑みを浮かべた。

「見つけたんですよ、役者絵での戦い方を」

上手い切り返しの出来なかった小兵衛をよそに、重三郎は前のめりに言葉を重ねた。

「いろんな策を考えました。引札を沢山撒くとか、あるいは戯作と抱き合わせにするとか。でも、どれもピンとこなかった。結局は作者の力におすがりするしかない、っていうのがあたしの結論で」

「つまりぁ」小兵衛は顎に手をやった。「作者の掘り出しか。そういや、この前話してた勝川春朗とかいう絵師はどうなった」

重三郎は首を横に振った。

「いや、駄目でしたよ」

重三郎曰く、春朗に色んな注文や指定を出したものの、師匠の勝川春章の画風を破るには至らなかった。伸び代がないと重三郎は判断したらしい。

「とりあえず、今すぐどうこうはできないものと考えました」

小兵衛は疑問を持った。かの絵師の話をしていたのは、二ヶ月ほど前のことだった。一人の絵師の才覚を見極めるには短い。言いたいことはあったが、小兵衛は飲み込んだ。目の前の重三郎は、右手親指の爪を噛んでいた。小爪から血が噴き出している。重三郎はいつだって飄々とした態度を崩さないが、それが演技であることは、長い付き合いで小兵衛も弁えている。

「そんなわけで、新たに見つけたんですよ」

「見つけた？」

「ええ、とんでもない才です」

才。重三郎は人を評するとき、表ではおべっかを使うかもしれないが、裏では大仰な言葉を用いない。それだけに、重三郎の口から飛び出した『才』の語に、俄然興味を持った。

鷹揚に頷いた重三郎は、小兵衛に一枚の浮世絵を差し出した。

たった一枚のその絵に、小兵衛は度肝を抜かれた。

紙の上には、当代市川團十郎が描かれていた。近頃父親の蝦蔵《えびぞう》からその名跡を譲られた若い團十郎の潑剌とした睨みが紙上に切り取ってある。

普通、役者絵は全身像を描く。しかし、目の前の絵はそのお約束を無視し、顔の辺りだけを切り取って描いてある。

「大首絵、かい」

「ええ」

重三郎が頷く前で、小兵衛は続ける。

「大首絵自体はさして珍しいもんでもない。天明の頃から勝川春章が近いことをやってる」

だが、しばらく眺めるうちに、小兵衛も絵の真価に気づき、慄然とした。

「なんだい、この表情の躍動は。絵から役者の汗が飛んできそうなほどだ。俺ァこれまでいくつも役者絵を見てきたが、こんなに生き生きとした役者絵はそうない」

分厚い化粧と体の所作を写すのに必死で、役者の生の表情にまで目配りする作品は少ない。しかし目の前の絵には、役者の本当の顔や息づかい――團十郎の若さと気宇――が克明に描き出されている。

「しかし、誰だい、こんな絵を描いたのは」

歌麿と並べれば実力は見劣りする。耳の描き方にくせがあり、顔と肩幅の按分も出鱈目だ。けれど、人をがっちりと捉えて放さない華がある。版元はもちろん絵師や戯作者の実力を見るが、もっとも注目するのは、作品に宿る覇気である。目の前の絵はその点、歌麿に匹敵するだけのものがあった。

重三郎はくつくつと笑った。

「いい拾いものでしょう。お察しの通り素人さんなんです」

「どんな人なんだい」

「この人、猿楽《さるがく》の役者さんなんです。趣味で絵を描いていたんですって。この人の絵を知るのは、まだあたしと小兵衛さんだけです」

「どこで出会った？」

「芝居小屋です。さる戯作者さんが見に行きたいってんで、あたし持ちで行ったんですよ。たまたまこの絵描きさんと横の席になりましてね。芝居を上演《や》っている最中なのに、その人、ずっと絵筆を握って唸っているものだから気になっちゃいましてね。で、芝居が終わってから声をかけたんです。拾いものですよ。真似絵が巧くて、筆が速い」

いかなる場面においても、筆の速い絵師は重宝される。

「どう、思います？」

「悪くねえ。いや、いい」小兵衛は紙上にある團十郎の睨みを眺めつつ、何度も頷いた。「この絵師のやり方は新しい。役者の素顔を抜き出そうっていう切り口からして面白れエし、華もある」

「あたしも同じ意見です。——小兵衛さんがそう言うなら間違いありませんね。……耕書堂の今後の主力は、この作者さんの役者絵で決まりです」

重三郎は力強く言った。

この絵師は江戸に一大旋風を起こす金の卵になりうると、小兵衛も見た。一枚の絵だけで、そこまでの期待を版元に持たせる絵師——破格だった。だがそれでも、いくつかの気がかりがあった。

「なあ、重三郎さんよ。なんで、歌麿を使わない？」

重三郎の表情が凍った。小兵衛は構わず続ける。

「この絵師の華は認める。だが、今は博打を打つときじゃあない、手堅く実績を積み上げる時だろう。歌麿を使うべきだ」

今、耕書堂にいる人気者は、いつ復活できるかわからない山東京伝だけだった。耕書堂で筆をふるう作り手は、これからの若芽だ。耕書堂の先を思えば、新人絵師の発掘より、歌麿を引き戻す手を模索すべきだった。

重三郎は頭を横に振った。

「あたしにァ、歌麿は使えない。元々絵師の扱いに疎いところがありまして。それに、あいつとは――、あまりに近すぎる」

「歌麿さんはあんたの遠縁だったね」

「それを抜きにしてもあいつとは近い。鏡を見ているようですよ。自分のことは怒れない。愛想をつかすこともできないし嫌いにもなれない。かといって、好きになれるものでもない。そういうもんなんです」

二人の積み重ねた日々の片鱗が、重三郎の言葉に刻まれていた。

小兵衛は息をついた。すると、重三郎はこれ見よがしに嫌な顔をした。

「そもそも、うちが歌麿のことをうまく使えなくなったのは、小兵衛さんのせいなんですからね」

「ああ、そうだろうね」

少し前は断絶同然だったが、新たにつけた番頭の努力のおかげで、歌麿はぽつぽつと耕書堂との仕事を再開している。だが、役者絵を描いてくれと頼んでも『俺ァ美人画しか描かねえ』と言い放ち、筆が荒れているから丁寧に描いた方がいいと助言しても聞く耳を持たない。番頭も大弱りで、ここのところ白髪が増えたとしきりにぼやいている。

重三郎は頭を振った。

「小兵衛さんがあいつの面倒を見てくれていたうちはよかったんです。あいつ、小兵衛さんには懐いていたから」

胸の奥がちくりと痛んだ。小兵衛はその痛みをごまかすために、混ぜ返した。

「あいつを抱えるのに反対した奴が何を」

「昔の話じゃないですか」

「歳を取ると、昔の話も昨日のことみたいになっていけないね」

わざと顔をしかめた小兵衛の前で、重三郎は口を開いた。

「とにかく、あたしァこの絵師に賭けてみたい。頼みの歌麿が役者絵を描かないとなれば、他の絵師を発掘するしかないでしょう」

「反対はしないよ」

小兵衛は、半ば吐き捨てるように呟いた。そして、付け加えた。

「俺ァもう、隠居も同然なんだからな」

小兵衛は一人、煙草をふかしていた。

一日が長い。

朝目覚めてのろのろと飯を食べ、部屋に引きこもって本を読む。繰り返される代わり映えのない日課に倦み、煙草を取り出し、火を灯した。だが、何口か吸ったところで飽きた。何も面白いことなどない。ただ、緩やかに流れていく日々を見送るだけだった。

「爺様」

小兵衛が呼び声の方に向くと、部屋に吉蔵が現れたところだった。

「おお、吉蔵」

吉蔵は、頭を掻きつつ、背に隠していた本を小兵衛の前で掲げた。

「これの読み方が分からないのです」

「読み方？　どれどれ」

吉蔵の持ってきたのは四書の一つ、『大学』だった。小兵衛も通読したことはない。儒者にしか用のない代物だった。地本問屋では扱わない商品だから、そもそも興味もなかった。

小兵衛はいかめしい顔を作った。

「お前は、こういう本が好きなのかい」

「こういう本も大好きです」

「誰かから貰ったのか」

「いえ、自分で買いました」

「重三郎さんは何か言っているのかい」

「何も」

「何か言わないのか。もっと草双紙を読めとか」

「言わないです。父上に何か押し付けられたことはありません。父上は『やりたいことは自分で決めろ』とおっしゃいます」

重三郎の頭の中は、九割九分、自分のこと、商いのことで占められている。勢い、他人に何を強いることもない。らしいといえばらしいが、重三郎のそうした振る舞いは昔の自分と鏡写しのようで、小兵衛は笑うに笑えなかった。

「寂しくはないのか」

吉蔵は本を抱きしめた。

「元々、一人が好きなんです」

「そうか」

小兵衛は短く息を吐いた。その嘆息と一緒に、なぜか今まで心の奥底にしまってきたものが、ふと顔を覗かせた。

「俺ァ、寂しいよ」

一度堰が切れたが最後、次から次へと仕舞い込んでいた思いが色や形を持って蘇り、小兵衛の口から飛び出した。

「お前たちと出会うずっと前、家族がいたんだ。嫁と子供だ。だが、気づけば俺の前からいなくなってた」

「なんで、ですか」

「流行病《はやりやまい》だよ」

天明の前の宝暦時分、紅刷りの本が評判を得て名を上げ、小兵衛は目の回るような日々を過ごした。戯作者や絵師との打ち合わせ、摺師や紙漉き師、彫師との議論、やることはいくらでもあった。しかし、家を顧みる時がなかった。疎ましかったわけではない。何に代えても大事だった。だからこそ、二人のために仕事に打ち込んだ。あるいは、そう言い訳をして、楽しく輝かしい仕事にのめり込んだ。

だが——ある年の冬、江戸の片隅で流行った病にかかり、女房も子もぽっくり逝った。小兵衛の手元には、版元として稼いだいくばくかの金と、一人で暮らすには大きすぎる表店が残った。二人がいなくなってから、小兵衛は奥の間で息を詰めて暮らした。仕事から張り合いは失われた。一人で生きていくだけの金など、とうの昔に稼ぎ出していた。小兵衛はいつの間にか、版元として持ち合わせなくてはならない何かを手放していた。

昔は仕事が自分の人生と信じて疑わなかった。だが、妻子が死んでから、間違いに気づいた。夜中、家に帰った後、布団の中で寝息を立てる妻や子の顔を見るのが好きだった。めきめき成長する息子の顔を、ふと見やるのが好きだった。少しずつ白髪の増える妻の髪を指差しからかう時間が、存外に好きだった。日々打ち寄せる後悔の波が、小兵衛の心を少しずつ削り取る。

「なんで、目の前にあったはずのものを、大事に出来なかったんだろうね」

人生に後悔はない。だが、心のひだに入り込んで抜くことのできない棘《とげ》を後悔と呼ぶのならば、きっとこれがそうだった。いくら仕事をしたところで、結局は何も残らない。頭を振って、小兵衛は女房と子の面影を脳裏から追いやった。小兵衛の眼前には、難しい顔をして固まる吉蔵の姿があった。

「この話は聞かなかったことにしてくれ」

形のいい吉蔵の頭を撫でながら、小兵衛は心の内で続けた。

もう、ここでおしまいでもいい。

存外に長すぎる余生だった。小兵衛の余生は、妻子を亡くしたあの時から始まっている。あとはおまけのような人生、何も期待しなければ、疾く終わる。そのはずだった。

だが、小兵衛は、胸の内に浮かぶ問いに答えることができなかった。

俺の、胸の奥で響くこの痛みはなんなのだろう。

秋深まる八月、重三郎はまたもや満面の笑みを湛え、奥の間にいる小兵衛の元に現れた。

「これ、見てくださいよ小兵衛さん」

重三郎の差し出した五色刷の役者絵は、いやに発色がよかった。よい顔料を選んだのだろう。顔を大写しにした役者の表情は、顔料の色味に負けず、確固たる存在感を持っていた。歌舞伎の一場面をそのまま切り取ったような迫真が籠っている。背景が描き込まれず、雲母《きら》の粉を塗りつけた雲母摺で仕上げたおかげで、なおのこと役者の表情に目が行く仕組みになっていた。

「出来たのかい」

「試し刷りですけどね」

例の猿楽役者の作だった。

一月もしない間に彫師や摺師に話をつけたのか。小兵衛が疑問を持つ中、重三郎は胸を張って先回りした。

「昔から言っているでしょう。商売の基本は『神速を尊ぶ』です」

「ああ、そうだろうが……」

いくらなんでも早すぎる。絵師は筆が速いそうだが、彫師や摺師に仕事を出してこの納期の短さは異常だった。制作の舞台裏が気にかかり、小兵衛の息が詰まった。

「この絵、どう見ますか」

小兵衛の沈黙を違った意味に取ったらしく、重三郎は誇らしげに口角を上げる。

「この大胆な構図にこの発色は映えますよ。やはり正解でした、これを使って」

「ん？　おかしいな」

小兵衛が首をかしげる。すると、重三郎は絵を覗き込んだ。

「何がですか」

「前見たときと図案が少し違うが……」

少し前、見せられた下絵の記憶を元に、小兵衛は言った。すると重三郎はしれっと述べた。

「描き直してもらいました。自分で描いた物の粗は、自分が一番わからないものです。だからあたしがちょいちょいと。これが元絵なんですが、赤でいっぱいでしょう」

重三郎は原画を小兵衛の前に滑らせた。きれいに描かれている絵の上に、朱がこれでもかとばかりについている。紙上の役者がなます切りにされ、血の海に沈んでいるようだった。その図を突き返された時に浮かべたであろう絵師の表情を思い、小兵衛は気が塞いだ。

「まさかとは思うが、職人さんを泣かせてるわけじゃあねえよな」

「あんた、何を焦ってるんだ」

「商人は『神速を尊ぶ』ですよ」

重三郎はそう言って憚《はばか》らなかった。

「おい、重三郎さん」小兵衛は煙管を手の内で握った。「あんた、何を焦ってるんだ」

重三郎は大きくかぶりを振り、懐の銀の煙管を引き抜いた。その羅宇を指先でくるくる回しながら、一つため息をつくと、「吸っても?」と聞いた。煙草盆を押し出して小兵衛が答えに替えると、重三郎は懐から煙草葉を出して雁首に押し込め、火を灯した。幾度となく煙管を吸って口から煙を吐き出し、子供が拗《す》ねるようにそっぽを向く。

煙が部屋の中に溶けた。

「歌麿のことなんですがね、あいつと喧嘩別れしちまったんですよ」

「あんたがか。本当かそれぁ」

小兵衛が身を乗り出す。だが、重三郎は静かなものだった。諦めたようにかぶりを振って、また煙管を吸い、苦い顔をした。

「嘘じゃあありませんよ」

半月ほど前、重三郎は歌麿に会いに行った。

最近、歌麿は吉原の引手茶屋に入り浸りつつ絵を描いている。その日もそうだった。脇に盃を置きながら、いくつもの絵筆を握り、とろんとした目で絵に向かっていた。

重三郎は歌麿の前に座ると、こう切り出した。

『お前さんは廃業したいのか』

重三郎はかねてから丁寧さに欠け、人気に任せて描き散らす歌麿の仕事に危惧を抱いていた。焦燥に駆られた重三郎は自ら歌麿の処に足を伸ばし、思うところを諄々と説くも、歌麿は絵筆を握ったまま苦言を黙殺し続けた。しかし、重三郎が喋り疲れて口を噤んだのを見るとようやく顔を上げた。その顔には、冷笑が貼り付けられていた。

『廃業だ? おめえら版元の言うことを聞いたって、結局は廃業だろうがよ。春町さん、京伝のこと、忘れちゃいねえんだぞ。そんなことより、まずはてめえの心配をしたらどうだよ、重三郎』

歌麿の吐息は酒臭く、着物の衿はだらしなくくつろげられていた。あとで引手茶屋の主人に話を聞けば、酒をあおっては絵を描く毎日なのだという。

『今、耕書堂には碌な書き手がいねえんだろ。俺に頭を下げるしかねえわな。おめえがここに来たのは、結局のところ、てめえの金勘定のためだろうが』

重三郎は小さく首を振った。

『違うよ。手前の銭のためじゃない』

『なんでえ、口答えかよ。面倒な奴だ』

『お前だって知ってるだろう。あたしはただ――』

『帰れよ。仕事の邪魔だ』

という。

重三郎は、歌麿に部屋から追い出された。それ以来、歌麿と会うことが出来ていない

話を終えた重三郎は、真っ赤に直された原画を見下ろした。紙上の役者が悲鳴を上げているように小兵衛には見えた。

「あたしだって弁えてたつもりですよ。京伝さんが戻らない今、歌麿しか稼ぎ頭がいないことくらい。でも、心のどっかで、あいつの言い草が許せなかったんです。京伝さんがあんな目に遭ったのはあたしのせいだとあいつは言う。それはそうですが、あたしにだって、逡巡がなかったわけじゃない。なのに、あいつはあたしのことを分かろうともしない」

重三郎は口を結んだ。これまでにない、強い結び方だった。

「ま、しょうがねえよ。歌麿は絵師なんだ。俺たち商人とは違う」

小兵衛は笑って見せた。

口を強く結んだままの重三郎に、小兵衛は明るい声色を発した。

「こうなっちまったからにはしょうがない。今はただ、あんたが見出した新人を何とか売り出すしかなかろう。それに、いざとなればこの店を売って吉原に引っ込めばいい」

が、重三郎は固い顔で首を横に振った。

「それにできません」

「なんでだい」

耕書堂は吉原門前でも営業している。日本橋の店を潰してあちら一本にしても問題はない。この店を売りに出せば当面の資産も手に入り、新人を育てるだけの時を稼ぐことも出来るはずだった。それが分からない重三郎ではないだろう。なぜ——？

重三郎は、なぜか怒り混じりに口を開いた。

「あたしァ、なんとしてもここで商いがしたいんです」

それっきり、重三郎は黙りこくった。

理屈を突き詰めてものを話す重三郎が、時折道理に合わないことを言うことがある。春町や京伝のときもそうだった。触書が出た時点で問題になりそうな戯作は販売を停止すれば、問題にはならなかった。身代を半減されるよりも、はるかに被害は小さかったはずだ。

なんで、あんたは——？

だが、小兵衛は問い質すことをしなかった。

「いつでもここを売る用意はある。あとはあんたの心次第だ」

重三郎の煙草が燃え尽きた。重三郎は灰吹の縁に雁首を打ちつける。こん、という乾いた音があたりに響いた。

外を出歩いてみよう、そう小兵衛が思い立ったのは、暇に倦んだのと、うららかな日々が続いたからだった。秋の深まりには物悲しさを伴うものだが、穏やかな日が続くおかげで温かく、むしろ晴れやかに過ごしていた。

杖をついて外に出た。どこに行くでもない。ただ、日本橋の町をふらふらするばかりだった。

町をそぞろ歩いていると、鮮やかな色使いの浮世絵が小兵衛の目に留まった。例の猿楽役者絵師——東洲斎写楽《とうしゅうさいしゃらく》の役者絵だった。何の関係もない店先に張ってあるもの、町ゆく娘たちが横の娘と黄色い声を上げながら握るもの、中には地面に打ち捨てられているものもあった。道端で泥を被った錦絵もまた、東洲斎写楽の絵が江戸中を駆け巡った証だった。

写楽の役者絵は、新人としては異例なほど売れている。

何の前触れもなく売り出したその役者絵は、まず吉原で話題になり、それが日本橋での売り上げにつながった。他の版元は『なぜ何の宣伝もしていない絵が売れるのだ』と首をひねることだろうが、吉原で話題を作り広める、重三郎のいつものやり口が奏功しているると小兵衛は見ていた。吉原が江戸の出版、ひいては文化のへそであると知るのは、重三郎だけだった。写楽の評判の盛り上がりは決して偶然の産物ではない。

だが、売出し方を変えるだけで売れるなら世話はない。結局は実力や新奇性、つまるところ華がなければ絵は売れない。その点、写楽は申し分なかった。この企画は、売り手側の思惑と職人の腕が合致した幸運な仕事だった。

写楽のもたらした狂瀾を横目にのろのろと進むうち、いつの間にか小兵衛は、日本橋のはずれにある寺の門前にいた。小屋のような粗末な南門が立ち、その奥にこぢんまりとした講堂が見える。江戸の町の隙間に滑り込むようにして佇むその寺は、昼間というのにひっそり閑としている。江戸にあっては、星の数ほどある小寺だった。

胸の痛みをこらえつつ足を引きずり、小兵衛は寺の門をくぐった。

声をかけて呼ばわっても、講堂から人が現れる様子はなかった。講堂を右手にぐるっと回って裏手に出ると、夥しい数の墓石が秩序なく並ぶ墓域が広がっていた。その一角は、変わり続ける江戸にあって、あの頃と全く同じ佇まいのまま、そこにあった。新旧入り乱れた墓石の林を縫うように進んだ一番奥に、目的の墓があった。

奥の区画にあるせいか、並んだ二つの墓石は苔むしている。辺りにある他の墓はそうでもないのに、この二つの墓の周りは雑草が生い茂っている。

「すまん」

小兵衛は小さな墓石の側で膝を折り、辺りの雑草を手で抜き始めた。

「忙しくて、会いに来れなんだ」

小兵衛は首を横に振った。自分の思いには嘘がつけない。

「お前たちに合わす顔がなかった、のかな」

二つの小さな墓石は小兵衛を見上げる。小兵衛の言い訳を待っているかのようだった。だが、小兵衛はその促しに乗ることができずにいた。

「小兵衛さん」

後ろから声がした。振り返ると、お春の姿があった。お春は手に大きな風呂敷包みを持っていた。何かのお遣いの帰りなのだろう。なぜか、ばつ悪げに顔をしかめている。

どうしてここに？　そう聞くと、言い訳っぽくお春は口を開いた。

「さっき、街中で小兵衛さんを見かけてお声を掛けたんですけど、届かなかったみたいで。それで、小兵衛さんがこのお寺に入っていくのが見えたので」

「ああ、そうかい」

「――すみません。後をつけるような真似をして」

「いや」

小兵衛は首を横に振り、二つの墓石の前で手を合わせた。

「あの」お春は小兵衛に声をかけた。「このお墓は、どなたのものなんですか。あ、いや、もし言いたくないなら……」

まぶたを閉じ、手を合わせたまま、小兵衛は答えた。

「ここは、女房と子の墓だよ」

「奥様、子供？」

「俺にだって、昔は女房も子もあったのさ」

「そうでしたか」

小兵衛は、ぽつりと口を開いた。

「なんで、人は生きるのかねえ。なんで、人は働くんだろうねえ」

そこから先は、独り言だった。お春が何か言っていたのかもしれないが、小兵衛の耳には入らなかった。

「人は死ぬと名を残す、という。でもそれは、残るに値する名前だけだよ。俺の名前なんぞ残らんだろう。じゃあ、なんで俺はこれまで働いてきたんだろうねえ。ただ、おまんまを喰いっぱぐれないためだけ、ってんじゃあ、悲しすぎるじゃないか」

小兵衛の自問は止まらなかった。

「俺は、何か残したんだろうか。女房も子もなくした俺は、何かを残すことができたんだろうか」

空しくなることがある。商人は何を創るわけではない。誰かが作ったものを誰かに手渡ししてその手間賃を取る仕事である。刀鍛冶が死んだら自分が作った刀は残る。だが、それを商ったはずの商人の名は残らない。

絵師や戯作者は、目を輝かせながら何かを作っている。そうして作られたものは、その作者が死んでもなお江戸中に出回る。一緒に仕事をする版元だからこそ、何かを残すことのできる絵師や戯作者たちが眩しかった。自分の影の昏さに気づかされ、立ちすくんでしまう。

俺は、何も残せない。そんな思いが、小波のように行きつ戻りつし、小兵衛の心を削り取っていく。

不意に、小兵衛の肩に温かなものが乗った。お春の手だった。

「小兵衛さん、もう、帰りましょう」

小兵衛は首を横に振った。

「もう少し、ここに居させてくれ」

しばらく逡巡する風だったお春は、やがて、諦めたようにため息をついた。

「分かりました、じゃあ、先に行きます」

「ああ、すまないね」

「これだから男の人は」

はっとして振り返った。

その言葉を発したはずのお春は、既に踵を返し、随分先を歩いていた。

昔、誰かに、同じことを言われた気がする。

しかし、それが誰なのか、いつ言われたのか、小兵衛にはどうしても思い出せなかった。

それから小兵衛は、寝所で煙草を吸いつつ、ときたま流れてくる噂に耳を傾けた。

寛政二年の触書以来、江戸の本屋にまつわる噂は、どこの版元の作品が摘発を受けただの、どこの版元が地本から手を引いただの、どこの版元が潰れただの、といった暗い話題ばかりだった。それだけに、小兵衛は久々に届いた景気のよい話に頬を緩めた。

東洲斎写楽の絵についての噂だった。

あの大田南畝が、

『真を写し過ぎている』

と口にした。南畝ほどの粋人をしても、評価の言葉が見つからないらしい。考えうる限り最上の褒め言葉だろう。南畝のしかめ面を思い浮かべて小兵衛はにんまりとした。

もっとも、いい噂だけではない。

最近、役者たちが、

『あまりに似過ぎている』

と耕書堂に文句をねじ込んだ。化粧や立ち回り、所作で生まれ持った顔貌や体型を隠して舞台に上がり、見る者を魅了するのが役者稼業だ。だが、写楽は化粧の奥に潜む役者の生の顔をそのまま描き出す。それこそが写楽の新味だったが、役者からすれば己の

努力をすべてふいにされたようなものだろう。もっとも、文句をつけに来た役者は、

「野暮なことをお言いでないよ」

と客にやり込められ、ほうほうの体で逃げ出したらしい。

奥の間で一人煙草を吸いながら、小兵衛は、潮目の変化を嗅ぎ取った。

春町の戯作のような大流行とはいかなくなっている。寛政の改革が市中に浸透して出版のみならず市中の金の循環が縮小し、手応えほどには商い品が動かない。

だからだろうか。重三郎は次の手を打った。大当たりが望めないのなら、下手な鉄砲式でいろんな絵を出すしかない。そう考えたのかもしれない。正月に向けて写楽に大量の役者絵を発注した。

小兵衛は一抹の不安を抱えながらも、ただただ煙草をふかすばかりだった。


「弱りました」

奥の間にやってきた重三郎は頭を掻いて、煙管を吸った。

小兵衛は何も聞かなかった。隠居部屋に籠っていても、世の噂は障子越しに聞こえてくる。しかも、久しぶりに役者絵を当てた絵師の話題となれば、いやが上にもだった。

「あんたの失策だね」

小兵衛は頭を振った。

「そういうことでしょうね」

　重三郎の手には、正月に発売した写楽の役者絵と、三月頃に発売する予定の写楽の役者絵が握られていた。

　ひどく出来が悪かった。

　技術《わざ》に変化はなく、平板でのっぺりした絵だった。見る者を圧倒する何かが、写楽の絵からは失われていた。見た者を殴りつけるような迫力を持った大首絵とは、明らかにものが違う。

　重三郎は頭を抱え、目を伏せた。

「あたしが気力を奪ってしまった。こうなっては、どんなに描かせてももう駄目ですね」

　作り手に必要とされるのは、世間の鼻を明かせてやろうという諧謔《かいぎゃく》精神や、何が何でも成り上がってやるという功名心といった気力だ。が、これらのものは簡単にしぼむ。たとえば、お上がお触書を出す、版元が無理を言って酷使する。気力は目に見えないだけに恐ろしい。版元や作者自身も、気力の消失に気づかないことがある。

「休ませてやったらどうだい。そうすれば、気力もまた戻るだろ」

　重三郎は首を横に振った。

「あたしもそう考えたんですがね。向こうさんに『もうこれ以上描けないし、あんたとは仕事ができない』って言われちゃいましてね」

「断交ってことかい」

「ああなっちまったら、ひっくり返すのは難しいでしょうね」

「みすみす手放すのかい」

「……そうせざるを得ませんね」

写楽はつまらなくなった。

そんな世評が、小兵衛の耳にも届いた。昨年出した一連の作が評判を得、次の年の正月に出した作も大いに期待されていた。だが、気力の足りない、他の絵師の失敗作を引き写したような役者絵ばかりが版行された。写楽の贔屓すら、いや、贔屓ほど、店先で小首をかしげる出来だった。その体たらくで話題を呼ぶはずはなく、写楽の役者絵は店先で埃を被るようになった。

役者絵は人気役者を描く必要がある。普通は複数の絵師に仕事を発注し分業するのだが、重三郎は写楽一人に任せる挙に出た。準備期間はわずかに三ヶ月あまりだった。結果、写楽は潰れた。

小兵衛は努めて冷静な声で訊いた。

「どうするんだい。耕書堂には、写楽さんを超える絵師はいない。八方塞がりじゃないか」

「ええ、かもですね」

耕書堂にはもう、有力な絵師はいない。若手はいるが、人気も実力も備わっていない。だからこそ、写楽一人に仕事を任せるほかなかった。

忸怩《じくじ》たる表情を浮かべた重三郎は下を向いた。

「王手、ですかね」

「かも、しれねえな」

起死回生の一手だった写楽が潰れた。それはすなわち、第一線を走り続けた版元・耕書堂の死も同然だった。

小兵衛には打開の手が見えていた。敵役に回る心持ちで、小兵衛は切り出した。

「日本橋の店を手放すんだな」

「何を言っているんですか小兵衛さん、そんなことをすれば小兵衛さんの住む場所が――」

「そんなもん、へそくりでどうにもなるし知り合いを頼ればどうにかならぁ。そんなことより、今やんなきゃならねえのは、耕書堂の足を引っ張るこの店の扱いだ」

吉原の耕書堂は、日本橋で販売する戯作や浮世絵のほかに、吉原細見がある。千両箱を稼ぎ出す吉原細見を軸に経営を立て直すのが一番の早道だった。この、日本橋の店を蜥蜴《とかげ》の尻尾よろしく切ってしまってでも。

「今は手放すしかねえ。そうだろう、重三郎さん。商売ってェのはあざなえる縄のごとしだ。また風が吹いてきたら店を買い戻せばいい」

「…………」

「おい、聞いてるのか」

「ええ、聞いていますよ」

重三郎はしばしの逡巡の後に、ぽつりと口にした。

「切りましょう」

覚悟していたこととはいえ、小兵衛の肩からふっと力が抜けた。だが、重三郎の口から飛び出したのは、予想だにしない言葉だった。

「手放すのは、吉原細見の株です」

吉原細見を販売するためには吉原の許しがいる。その許しを株という。事実上、蔦屋耕書堂一番の財産である。それを売るなど愚策でしかない。小兵衛は怒鳴る。

「馬鹿かあんたは。それを売ったらそれこそ何も耕書堂には残らんぞ」

「何も残らないなんてことはありません」

重三郎はぶんぶんと首を横に振った。

「馬鹿を言え！　吉原細見の株を持ってれば楽に金が入る。それを手放す馬鹿があるか。それとも、俺に遠慮しているのか」

重三郎は口を真一文字に結ぶ。まるで、何かに耐えるようだった。

小兵衛は一息ついた。

「もう、いいんだよ。俺はもう、疲れたんだ。俺は走れない。あんただけで走ってくれ。あんたの邪魔はしたくないんだ」

病気もした。死の影もちらついている。

来し方を振り返って見れば、それなりに頑張った。だが、結局、自分の仕事だと胸を張れるものは残りもしなかった。この仕事を始めた時に持っていた夢も忘れた。ただ、空っ風だけが胸の奥を吹き抜ける。

重三郎は、そんな小兵衛を現実へと引き戻した。

「ねえ、小兵衛さん。本屋の財産ってなんでしょう」

「なんの話だ」

口を曲げる小兵衛を尻目に、重三郎は続ける。

「版木、当たり作、株。そりゃあ確かに財産です。でもそれァ、金になる財産でしかないでしょう。あたしに言わせりゃ、そんなもんはもっと大きな財産のおまけみたいなもんですよ」

「もっと大きな財産、だと?」

すると、重三郎はおもむろに指を立て、その先を――小兵衛に向けた。

「小兵衛さん、あなたです」

「俺、だと？」

「小兵衛さんだけじゃあない。たとえば、喜三二さん。たとえば、飯盛さん。たとえば、死んだ春町さん。たとえば、京伝さん。あたしにとって一番の財産は、いろんな人たちと結んできた縁です。あたしにゃ何の力もない。でも、その縁をこねくり回して引っ張ってやって、江戸に風穴を空けてきた。そして、あたしは、これからも江戸に風穴を空け続けたい。だから、日本橋の店は必要ですし、小兵衛さんも必要なんです」

重三郎は、自分が何を為すなど考えてもいない。自分の役目は繋ぐこと。そして、繋いだ糸を絡めてくっつけて引っ張ることだけ。重三郎は自分の生きた証など必要ないのだ、そう小兵衛は悟った。ただ、判じ物を解くかのように人と人とを繋げて、何か新しいものを世に放つだけで満足な人間なのだ。

――だが、俺は。

小兵衛は頭を振った。

「駄目だよ、俺ァ」

「小兵衛さん、まだ、老いさらばえるには早いですよ」

「終わりくらい、自分で決めさせてくれ」

重三郎はそれでいい。だが、小兵衛は、答えを見つけていない。

重三郎は首を振った。

「小兵衛さんはまだ終わりじゃない。日本橋の店だって、終わりにさせませんよ」

この年、重三郎は日本橋耕書堂を大きく様変わりさせた。戯作や浮世絵の版行を減らし、書物問屋の株仲間に加わった上で、初学者向けの学習書籍、往来物や学問書といった、本来は書物問屋が商う書籍を売り出した。さらに、自ら上方に足を伸ばし、松坂に住む国学の大家、本居宣長《もとおりのりなが》に会い、書物問屋への傾倒を世に示した。重三郎のこれらの行ないは、寛政の改革によってもたらされた尚武の気風にも合致し、耕書堂を立て直すきっかけになった。

店先の様子は様変わりした。かつて極彩色の錦絵が置かれていた本棚には、武骨な学問書が置かれた。戯作や浮世絵の用意もあったが、店の者に声をかけないと見られなくなり、やってくる客も、しかつめらしい顔をした男ばかりで、皆、物の本ばかりを求めた。

店先を目の当たりにしたとき、小兵衛の心の内に隙間風が吹き込んだ。重三郎に店を譲ったときには覚えなかった空しさが、今になって襲いかかる。かつての日本橋耕書堂には、己の店の面影があった。だが、今の耕書堂に、版元、丸屋小兵衛の息吹を見出せなかった。

世から背を向けるように、小兵衛は奥の間に引きこもった。そして気づけば、一年あまりの日々が経った。

朝、小兵衛は痺れる足を引きずり、店の戸を開いた。

冷たい空気が店の中に滑り込んでくる。気づけば冬になっていた。身震いしながら戸を一つずつ開く。見上げると、どんよりと雲が垂れ込めていた。雪でも降るのだろうか。小兵衛の吐いた白い息は、しばらく辺りに漂い、消えた。

寛政八年の十二月、重三郎が倒れた。

売り物を変更したことで、耕書堂は草双紙を書いていた戯作者や、挿絵を描いていた絵師に、実学本や子供向け儒学本といった仕事を頼むようになった。反発が出ないわけはない。店の現状を説明するために、重三郎は毎日のように吉原で宴会を開いて戯作者や絵師と夜通し飲み、碌に眠らないまま、次の日、店先に立った。そんな日々を過ごして数ヶ月あまり経った十二月のある日、店で仕事に精を出す最中、重三郎は前のめりに倒れ、意識を失った。

良庵に見せても首をかしげるばかりで『卒中にしては他の症状がない』とさじを投げた。だが、相当に不味い事態なのは間違いなく、伏し目がちにお春と小兵衛に向き合い、口を開いた。

「重三郎さんと縁のある人に声をかけておいた方がいい。もしこのまま目覚めなければ、今生の別れになる」

目覚めなければ飯を食べることもできない。痩せ細り、いつかは死ぬ。

お春と手分けして、知り合いに連絡を取った。

一日も待たずに皆が見舞いにやってきた。南畝、喜三二などは取るものもとりあえずといった様子で耕書堂に現れ、眠る重三郎と対面した。喜三二は口を結び神妙に重三郎の寝顔を睨み、南畝は、

「蔦屋重三郎ともあろう者《もん》が、こんなところで終わりなのかい」

つまらなげに呟いた。

店の前には見舞い客が列をなし、臨時に店を閉めざるを得なかった。重三郎の築いた縁の嵩の高さに、小兵衛は面食らった。

倒れてから三日が経った。どろどろに溶かしたお粥を三食腹の中に流し込んではいるが、あれでは足りない。事実、重三郎の体は少しずつ痩せ始めている。死の影は、刻一刻と重三郎を蝕んでいる。

最悪の事態を考えねばならない時期に差し掛かっていた。

日本橋の店を売り払うしかない。小兵衛は今日、お春にそう伝えるつもりでいた。お春と吉蔵は吉原の店に引っ込み、再起を期す。お春に因果を含めて耕書堂の全てを誰かに譲ってもいい。吉蔵が成人していない今、重三郎なしでは耕書堂を回すことはで

きない。すべて整理し、まとまった金子にしたほうが二人のためなのかもしれない。

頭痛のあまり小兵衛が瞑目した。

そんな中、戸の外からくしゃみの声がした。

いつぞやこんなことがあった。鼻の奥をつんとさせながら小兵衛が戸を開くと、そこには、菰に包まり体を丸め、戸の前に座り込む男の姿が――初めて会った時も、こうして店先で菰に包まっていたのを、ふと思い出し、小兵衛は顔をほころばせた。

苦笑しつつ、男に声をかけた。

「おい、歌麿」

菰に包まっていた歌麿が、ひとつくしゃみをして小兵衛を睨みつけた。

「――おう」

歌麿はぶっきらぼうに答えた。

「何しに来た」

「噂で聞いた。重三郎が倒れたってな。――会わせてくれ」

「ああ」小兵衛は頷いた。「重三郎さんも喜ぶ」

「――そうかい」

寒空の下にずっといたからか、歌麿の声は掠れていた。

手を擦り合わせ、耕書堂の敷居をまたぐ歌麿が何を思うのか、小兵衛には分からない。

第六章

歌麿は店に上がり込み、売り場のすぐ奥にある小部屋に入った。普段、店の者の休憩所に使っている処で、小窓一つない、四畳半ほどの板間だった。隅に小さな火鉢が置かれ、炭の上にかけられた鉄瓶の口から湯気が上がっている。おもむろに手を火鉢にかざす歌麿に、小兵衛は店の者に運ばせた冷や飯を差し出した。

「どうせ何も食っちゃいないんだろう。湯漬けにして食え」

「俺は当代一の絵師だぜ、こんな安い飯で――」

歌麿の腹がぐるぐると鳴った。が、それでも飯椀を受け取らず、こわばった顔を小兵衛に向けた。

「重三郎はどこに居る」

「どこも何も、奥の部屋で寝ているよ」

「会わせろ」

「お、おい」

小兵衛の制止に聞く耳を持たず、歌麿は部屋を飛び出した。足を引きずる小兵衛を振り切り、歌麿は足を踏み鳴らしながら屋敷の奥に進み、重三郎の寝所《しんじょ》の戸を開け放ち、そこで固まった。

杖をついて追いついた小兵衛は歌麿の肩を摑んだ。だが、その手を振り払うこともなかった。部屋に目をやる顔は凍りつき、茫然としている。小兵衛は歌麿の視線に自分の視線を添わせた。

そこには、重三郎の姿があった。

薄暗い西向きの部屋の真ん中で、身じろぎ一つせず重三郎は眠りに就いていた。さながら、重三郎にそっくりな人形が横たわっているかのようだった。胸の上で、お春が突っ伏して眠っている。重三郎の胸元に乗る手は、がさがさに荒れていた。

息をつき、歌麿はおもむろに戸を閉じた。真っ暗な廊下で、歌麿と小兵衛は顔を見合わせる。歌麿の瞳は、かすかに揺れていた。

「実際、重三郎はどうなんだ」

小兵衛はかぶりを振った。

「俺は医者じゃない。だが、医者は匙を投げた。何日も目が覚めぬようでは、とは言われている」

歌麿は、まるで紙を丸めたように顔を曇らせた。

「立ち話もなんだ」

殊更に軽く言った歌麿は、自分の家であるかのように店の中を歩き回り、小兵衛を店先へと連れ出した。

店先の戸はすべて開け放たれ、朝の冷たい風が売り場のまどろんだ気配を掃き出していた。誰もいない帳台の横に、煙草盆が置いてある。炭入れには既に炭が置かれていたが、そのほかの道具は蓋が閉じられている。店主も客もいない店は火の消えたように静かで、埃の粒が音もなく宙を舞い、朝日を照り返してきらめいていた。

煙草盆の前であぐらをかいた歌麿は、懐から煙管を引き抜くと、小兵衛の煙草入れから煙草を一つまみ取った。

「ずいぶん干からびた煙草だねえ」

「ああ、それぁ臥せってた頃に駄目にしたもんだ」

歌麿は眉をひそめた。

「体を悪くしてたのか」

「知らなかったのか。卒中をな。足は治らねえ」

膝に手を当てて足を曲げ、小兵衛は歌麿と対座した。そして、懐の煙草入れから煙草を差し出した。京伝特製の紙巻煙草だった。

歌麿は顔をほころばせた。しかし、その顔にはなおも深い憂いが刻まれている。

「こりゃあ、京伝の煙草じゃねえか」

「少し値は張るが、気に入ったんで買ってる。もう俺ァ、前みたいに思い切り吸えもしないんで、贅沢をしようかと思ってな」

「そうかい」

歌麿は、小兵衛から受け取った紙筒を雁首に詰めて火を灯した。歌麿の長いため息が、白い煙となって口から漏れる。

「重三郎の野郎もおっさんも、そのまま齢を取らねえもんだと思ってた。だがどうだ。ふと周りを見渡してみりゃ、おっさんは卒中になってるわ、重三郎はああして——」

時の流れは残酷だ、と最近の小兵衛は口にし続けている。皆、同じ流れに乗って過ごしているから意識することはない。が、近しい人が鬼籍に入るたび、辺りを見渡し、すっかり遠いところまで流されたと嘆く羽目になる。

歌麿は白いものの混じる横鬢をかき上げた。

「あいつが死ぬんだとしたら、ぽっくり逝くもんだとばっかり思ってた」

「ぽっくり、みたいなもんだろう」

「あいつがやつれて死ぬたぁ、思いもかけなかった」

煙草をふかした歌麿は、溶けゆく煙を見送っているのか、天井の辺りに目を泳がせている。

　また歌麿は口から短く煙を吐いた。

「……ちょいと、聞いてくれないかい。昔話だ」

　目をしばたたかせる小兵衛をよそに、歌麿は短く笑う。

「何、暇潰しだよ。重三郎と俺の過去《むかし》。興味ねえかい？」

　これだけ長い付き合いながら、二人の過去について、小兵衛は何も知らなかった。

　小兵衛の反応を待たずに、歌麿は口を開いた。

「聞いてくんな。重三郎がいなくなっちまったら、誰にも言えねえ話になっちまう」

　歌麿の煙草が燃え尽きた。

　吸い残しを灰吹に落とした歌麿は、天井を見上げた。


　あれはまだ、歌麿が吉原の風来坊、勇助だった頃のこと――

　吉原仲の町通りに面した引手茶屋、鶴見屋が誇る三十畳敷きの大広間は五十人ほどの客で埋まり、賑々しかった。いつもは難しい顔をしている遣り手も顔をほころばせ客に酌をして回っている。その酌を受けた紋付姿の客は、大広間の上座に目を向けて酒を呷った。金屛風の立てられた上座の席には、桃色の振袖を身に纏い、簪を髪に挿して紅を差したお銀が、黒紋付姿の鶴見屋の忘八、青のよそ行き着に身を包むお内儀と共に座っている。

晴れがましい宴席の隅に座る勇助は、いつも着ている茶着物の衿をくつろげ、ちびちびと酒を呑んでいた。客の会話が方々を飛び交い、雑音同然に響く。勇助は猪口の縁を嘗めつつ、金屏風の前のお銀に目を向けた。

お銀は微笑んでいる。その笑顔に、一抹の陰りがあったのを、勇助は見逃さなかった。

新郎の欠けた祝言の場みたいだ、と勇助が心の中でぼやいていると、横の席に座る蔦屋重三郎が勇助の肩を小突いた。

「おい勇助、こんなめでたい席でため息なんかつくもんじゃないよ。それにお前さん、なんて恰好だい」

そう言う重三郎も褒められたものではない。勇助は一張羅だから仕方がないとしても、重三郎はいつも着ている青の着物のままで、見れば、袖口や合わせの辺りが垢じみている。この風体だけでも目立つというのに、重三郎は膳の皿をすべて脇に退け、膝の上で本を広げている。

「お前だって場違いじゃねえか」

勇助は毒づいたが、重三郎は悪びれもせず、しれっと言ってのけた。

「あたしァ義父上の代わりだからね」

言いたいことがないではなかったが、長年の付き合いで、重三郎が人の言うことを聞かないのは身に染みて知っている。勇助は酒で自分の口を塞いだ。

「それにしても」重三郎は本を閉じた。「綺麗だねえ、お銀ちゃん」

「――ああ」

金屛風の前のお銀は、身震いするほど綺麗だった。

今日の酒宴の主役、お銀は、八歳時分の五年前、この町へやってきた。重三郎と二人でよくお銀の面倒を見た。一緒に追いかけっこや高鬼をしてやった。そんな子供も気付けば十三を数え、名前をお銀から銀蝶へと改め、振袖新造に上《のぼ》る。今日は内輪の披露目だった。

「なあ、勇助」

「なんだよ」

「残念かい？　お銀ちゃんが振袖新造に上って」

あたりの雑音が途端に遠ざかった。自分の心音だけが、勇助の中で早鐘を打っている。

勇助はおどけた顔を作った。うまく行ったかは分からない。酒を呷り、盃で顔を隠した。

「何言ってやがる。この町に流れてきた女からすりゃ、振袖新造に上るなんて名誉なことじゃねえか。それを喜んでやらねえでどうしろってんだ」

この町――吉原に流れついた女は、女郎として生きる他に道はない。総じて不如意な人生を歩むことにはなるが、振袖新造となれたのは運のいい方だった。本人の努力次第では花魁にだってなれる。苦界《くがい》にあっても、振袖新造から延びる道はまだ緩やかだった。

「そりゃあ」重三郎は首を横に振った。「お銀ちゃんからすりゃそうだろうよ。でも、あたしが聞いてるのは、お前の気持ちだよ」

「うるせえよ」

勇助は酒を呷った。喉の奥で沸き立った酒精が鼻先に抜け、染みた。

小鼻をつまむ勇助に、一つの影が差した。見上げると、簪を二本差し、錦の打ち掛けをまとった女郎が立っていた。雅菊《まさぎく》だった。勇助からすれば、子供の頃から可愛がられた姉代わりの人だった。

「ああ、雅菊姐さん」

雅菊は右に黒子のある口角を上げ、両手に持つ銚子を掲げた。

「今日はよく来てくれたね。――お前たちが面倒を見てくれたお銀もこうやって振袖新造に上ることができた。あの子に代わって礼を言うよ」

普段は廓言葉を使う雅菊が、今日に限っては使おうとしなかった。廓言葉の虚飾が剝がれると、雅菊本来の、気っ風のいい口吻が見え隠れする。

「おや」雅菊は勇助の顔を見やった。「あんた、なんでそんなにむくれてるんだい」

「むくれちゃいねえよ」

「そうかい」息をついた雅菊は言った。「あんた、もちろん知ってるはずだね。吉原の不文律」

「『廓の内では恋はしない』だろ」

「分かっていればいいよ」

雅菊の名を呼ぶ声がした。声の方に目を向けると、誰よりも上等な深い染めの黒紋付に身を包む老人——上客が、手招きしている。雅菊は「ごめんね」と言い、老人の輪へ加わった。先ほどまでの雅菊は、輪に入った瞬間に消え失せた。廓の外から来た金主の自慢話に頷き、酒に酔った振りをしてしなだれかかる、表の顔に切り替えている。

『廓の内では恋はしない』

——そんなこと、分かってら。

勇助は言葉にならない言葉を酒で洗い流した。

真昼、吉原の大路を闊歩する勇助は、小石を蹴った。小石は綺麗に掃き清められた道の上をころころと転がり、止まった。ゆっくり歩いてその小石の近くに立つと、勇助はまたつま先で転がした。今度は、あらぬ方向に飛んでいき、やがて脇の溝に消えた。

「うまく行かねえなあ」

勇助は肩を落とした。頭が痛い。

昨日の祝いの席で飲み過ぎた。もっとも、頭痛は酒のせいばかりではない。

この前、ちょっとした失敗をやらかし、仕事を馘《くび》になった。料理茶屋の荷物運びで、江戸の町の犬の糞もかくやとばかりに吉原に転がる雑仕事だが、たまたま廓の外で出くわした美人に見惚れているうちに任されていた荷物をひっくり返したのだった。

子供の頃からずっと、勇助は絵師の鳥山石燕に預けられていた。絵も習った。上達もしたし、石燕には絵師になれとせっつかれた。しかし、勇助は絵を生業にはしなかった。毎月のようにやってくる締め切りに追われ、ぼろ雑巾のようになりながら絵を描く師匠の姿を目の当たりにして、自分も同じ道に進もうとは思わなかった。勇助は絵から足を洗い、吉原とその周辺で日銭を稼ぐ日々を過ごしている。

ふと勇助は、お銀の面影を思った。

振袖新造はすぐには客を取らない。二年ほど花魁の元で作法を勉強してからのことになる。だが、振袖新造になったということは、いずれは、お銀が相合煙管を勧め、客と床入りする日がやってくる。

わかりきったことだった。なのに、勇助の腹の内には、深い靄が立ちこめ、消えない。

短く舌打ちした勇助は仲の町通りをまっすぐ歩き、吉原大門を出た。大門すぐのところにある重三郎の家の前で足を止めた。

重三郎の家は茶屋である。引手茶屋のような女郎遊びの店ではなく、本当に茶や茶請けを供する、文字通りの茶屋だった。二階建ての店の前には大きな唐傘や縁台がいくつか並べ置かれ、そこに座る人々は団子に口を運び茶を啜っていた。

「おい、重三郎はいるかい」

勇助は注文を取って回る店の娘を捕まえ、問うた。重三郎はいない、と短く返され、じゃあ、ここに座っててもいいかい、と空いた縁台を勇助が指すと、娘は嫌な顔をしつつも断りはしなかった。それをいいことに、勇助は腰を下ろした。

足をばたつかせ、吉原を出入りする客の往来を眺めて時を潰すと、四半刻ほどのち、重三郎が衣紋坂の往来から姿を現した。背に真四角の風呂敷包みを背負っている。その包みを勇助の座る縁台に下ろした重三郎は、奥に声をかけた。

「ただいま戻りました」

額の汗をふき、脇を眺めたところで、ようやく重三郎は勇助に気づいた。

「あれ、勇助じゃないか」

「あれ、じゃねえよ。どこに行ってたんだ」

「ちょいと贔屓にしてる日本橋の本屋さんにね」

勇助には関係のない話だった。勇助は本題を切り出した。

「また仕事を馘になっちまって。口利きしてくれねえか」

「はあ、また？」重三郎は思い切り顔をしかめた。「今月で三回目だよ。――しょうがないか。遠縁の誼《よしみ》だ、どこか適当なところを紹介するよ」

「悪い悪い」

重三郎とは系譜上親類の間柄だが、血の繋がりはない。吉原大門前の茶屋の主に子供がなく、吉原育ちの二男坊である重三郎が養子に入った。勇助は、その養家の一族である。

ふん——。誰にも聞こえないように鼻を鳴らした。

自分が収まっていたかもしれない座にいる血の繋がらない親類。しかも、義理の父親から「茶屋の主には向かない」と匙を投げられた、不器用な男ときている。

重三郎はといえば、ふうむ、あそこの茶屋、確か最近一人空きがあったよなあ、などと口にしている。と、その重三郎の手から一枚の紙が滑り落ちた。

「おっと、落ちたぜ」

半ば無意識に拾い上げた紙に目を落とした刹那、勇助の体に稲妻が走った。

女の絵が描かれていた。昨今、江戸日本橋で流行している紅絵だった。腰がきゅっと締まった、赤い小袖を纏う島田髷の女が紙上に立っている。美人画だった。だが、これまで斜に見てきたそれらの絵とは明らかに違う。顔が小さく、手足がすらりと長い。こんな上玉、江戸の何処を探してもいない。この美人は、絵師の想像の産物なのだろう。だが、何処にもいないということが、かえって勇助の心をざわつかせた。

絵から目を離せずにいる勇助を前に、重三郎は意外そうに口を曲げた。

「勇助、美人画が好きなのかい？　これ、鳥居清長っていう絵師さんの筆だよ。細長い女の人を描くんでここのところ人気なんだよ」

勇助はその絵を懐に仕舞い込んだ。

「おい、それ、あたしの……」

勇助はぴしゃりと言った。

「この絵はもらった。ときにおめえ、なんで今日は日本橋になんて行ってたんだよ」

「いや、だから本を買いに日本橋の豊仙堂さんに」

「違うだろが」勇助は思い切り笑ってやった。「最近、吉原中で噂になってるぞ。日本橋の呉服屋の看板娘に懸想《けそう》してるそうじゃねえかよ」

重三郎が一歩退いた。いつものすかした表情はなりを潜め、これ以上なく狼狽している。重三郎は四歳年上、いつも弟扱いされている勇助からすれば、またとない反撃の機会だった。

「教えろよ、どんな人なんだよ。他の奴には黙っといてやるから。話さねえと、絵は返さねえぞ」

顔を真っ赤にした重三郎が言うには、その子は今年十五になるという。美人ではないが愛嬌のある人で事実女受けがよく、女客によく可愛がられている。その娘とはもう何度も逢引をし、向こうも重三郎を憎からず思っている様子だという。

嫁にするなら女受けがいい女に限る、と勇助は腹の内で唸った。

「で？　その娘とはどうするんだ？　これから」

まだ身を固めていない勇助は、自分のことを棚に上げつつ、さらに重三郎に訊いた。

「おめえ、今年で二十二だろ。もういい年だろうがよ」

重三郎は黙りこくった。

軽口が過ぎたことを、勇助も察した。

養子の重三郎は嫁選びが出来る立場にない。それに――

「吉原者と外の人間が祝言なんて挙げられるはずないじゃないか」

吉原は江戸者に蔑まれている。それが証拠に、江戸の人間が吉原の商家の嫁に入れば「吉原に落ちる」と陰口を叩かれる。苦界にあえて足を踏み入れる酔狂な人間などいない。

「届かないからこそ殊更に光って見えるものもあるんじゃないのかなあ」

届かないからこそ、か。

重三郎の言葉を受けて、思わず、勇助は腕を伸ばした。伸ばした腕の先、指の間から見える空の上には、よく見た女の顔が浮かんでいる。

勇助は腹の奥にむかつきを覚えた。

「俺はもう帰って寝る」

「はあ？　こんなに早くかい」

「三日くらいの内までに俺の仕事を探しておいてくれよ。それまで、この絵は預かる」

「お前、理不尽にもほどがあるぞ」

「ああん、そんなこと言ってもいいのか、逢引をばらすぞ」

「……わかったよ」

重三郎がしおれたのを幸いに、けたけたと笑いながら勇助は昼の吉原を駆けていった。

寝ても覚めても、ごろごろしながらでも飯を食いながらでも、勇助は日がな一日、重三郎から取り上げた絵を眺めた。

絵の女は、この世のどこにもいない。八頭身のすらりとした美女である。にも拘らず、勇助の目には、その絵の中の女の姿が、お銀の顔と重なった。

『勇坊』

昔、お銀にそう呼ばれていた。お銀はいつだってにこにこと笑っていた。苦界に落ちたことさえ理解できないのか、自分の運命の先を見通せていないのか、それとも、一切合財を飲み込んでなお笑うしかないのか。未だに勇助には分からない。

絵を脇に置き大の字に寝転がった勇助は、大きく伸びをした。あくびをしてそのまま目を閉じると、眠気が全身にのしかかり、徐々に闇に心が呑まれていった。

しかし、勇助の眠りはすぐに妨げられた。

「勇助。頼む、助けてくれ」

頭を上げると、戸の前に重三郎が立っていた。取り澄ました面がこの男の常なのに、今は顔を真っ青にしていた。

寝転がったまま、勇助は話を促した。

「実は、あの……」

上がり框に腰を下ろした重三郎が言うところでは、重三郎の義父が『身を固めたらどうだ』と言い出し、見合いの席が持たれることになったのだという。

「ついに来た」

「でも、おめえには想い人があるわけだ」

「あたしの立場は分かってるつもりだよ。あたしァあくまで北川の養子だ。義父上の言うことは何が何でも聞かなくちゃならない。でも、あたしァ」

勇助は舌打ちをした。

「俺は今機嫌が悪いんだよ」

「なんだよ、あたしの話くらい」

「馬鹿野郎、何が義父上だ。そもそも、おめえが恋をしたのはおめえの落ち度だ。廓の内の人間に恋したわけでもあんめえ、何をうじうじ悩んでるんだよ、このくそが」

「なんだと、言わせておけば」

重三郎は顔を真っ赤にした。だが、勇助の言い分に分があると悟ったのだろう、手を出す前に、意気がしおれた。

「どうしたらいい」

勇助は声を落として答えた。

「説得しなくちゃならない筋を説得して、想い人を嫁に貰えばいいじゃねえか」

「でも、それァ」

「分かってねえなあ、おめえは。本当にほしいもんには、なりふり構わず手を伸ばせばいい、ただそれだけの話じゃねえか」

勇助の脳裏に、無邪気な笑みを浮かべる女人の姿が滲んだ。だが、勇助はその幻影を振り払った。

伏せがちだった重三郎の目が大きく開いた。しばらく、重三郎は何も言わなかった。やがて、一つ頷くと、すくりと立ち上がった。その表情は、飄々と吉原を歩き回る重三郎のそれに戻っていた。確信めいたその表情が眩しい。

「ちょいと、行ってくる」

「おう、行ってこい」

勇助は重三郎を笑顔で見送った。

だが、事はそう簡単にはいかなかった。

「駄目だった」

重三郎は肩を落とした。

「伯父貴が反対したか。あの人、なんだかんだで頑固だからな」

勇助は、重三郎の義父――勇助の伯父――の顔を思い浮かべて苦笑する。だが、重三郎は苦虫を噛みつぶしたような顔のまま、続けた。

「違う。義父上じゃあない」

「それ以外に誰が反対するってェんだい」

重三郎は目を伏せた。

「相手の、父上だ」

「お相手？　ああ、日本橋の呉服屋の旦那だってか」

「吉原者に娘をやれるか、って」

日本橋に店を構える商家の主人となれば、お大尽である。そういう連中は成り上がり者のくせに自尊心だけは一丁前で、金のない奴を馬鹿か阿呆と見下し、悪所の者たちを金で飼える犬か何かだと蔑んでいる。

勇助の腹まで立ってきた。

「一応確認しておくが」勇助は訊いた。「お前のお相手は、お前と一緒になりたいのか？」

「相手の気持ちなんて分かりゃしないけど」重三郎は前置きした。「添いたい、とは口では言ってくれてる」

「じゃあ、やりようはあるな」

心中にお銀の笑顔が掠めるたび、勇助の胸は痛んだ。その痛みを和らげるためにも、今は手足を動かしたい気分だった。それに、吉原のことを舐める野郎の鼻を明かしたかった。それが、意味のない意趣返しだとは分かっていても。


それから数日の後、宵闇に紛れるようにして、勇助は一人、仲の町通りにある引手茶屋の二階廊下にいた。廊下は薄暗く、人の姿はなかった。

奥の部屋から、どんちゃん騒ぎの嬌声が聞こえる。場は盛り上がっている。三味線囃子がいつまで経っても止む様子がない。

勇助は目的の部屋の中に音もなく滑り込んだ。

八畳の二間を借り切り、一間として用いていた。二間の内の一方では幇間が芸者の囃子に合わせて滑稽な踊りを披露し、笑いを取っている。もう一方では、四人の遊女を侍らせた五十がらみの男が、部屋の真ん中に置かれた屛風の前に座っていた。真っ赤な顔で幇間の舞を見ながら手を叩き、遊女に注がせた酒を口からこぼしつつ呑み干した。あくどい商売をしてきたのか、それとも体が悪いのか、人相が悪かった。上等な茶染めの羽織に同じく茶色の着物という、成り上がり者そのままの格好をしている。

音もなく幇間や芸者の後ろを行き、遊女たちを素通りした勇助は、男の後ろにある屛風にもたれかかるように座って、ぼそりと言った。

「旦那、最近、随分と雅菊に懸想してるそうじゃあねえかい」

「どこで喋っておる、出てこい」

酒焼けのためか、あるいは普段から怒鳴り通しなのか、男の声は潰れていた。

男が身じろぎした気配を屛風越しに感じた。勇助が言葉でそれを制した。

「おっとそのままで。――旦那、良かったですなあ。昔だったら旦那、大変なことになってましたぜ」

「何がだ」

「知らねえかい？　吉原は、仮初の夫婦の場だ。なじみの約束は夫婦の約束も同然。浮気性の旦那はいくら金があっても女郎の制裁に遭った、っていうぜ？　聞いた話だと、こっちの見世の藤彩だあ、あっちの見世の白妙だあに手を出して、飽きたらそのまま頬被り。いやあ、豪勢だと思いましてね」

男は鼻を鳴らした。

「知ってるぞ。その慣習は百年以上前に絶えておろうが」

ふう、と勇助はこれ見よがしに息を吐いた。

「そいつァ、表向きの話なんだな。気に食わない客を制裁してたんじゃあ、いつかは客がいなくなっちまう。だから、表立った制裁がなくなったんでさあ。実際には今でも残ってる。俺ァ、その仕置人ってェ次第で」

男の声は元から掠れていて、感情の在処が読み解けない。

「嘘をつくな」

「嘘だと思ってくれても構わねえが、あんたんとこの家内とか義父《おやじ》さんに、ここでの痴態を全部ばらしてやることだって出来るぜ」

「な、なんだと」

男の声は震えた。この男が婿養子なのは、調べがついていた。

「俺たちを舐めちゃあいけねえな。あんたのケツの毛の数から、ここでの払いの様子まで割れてるんだぜ？　確か一月前は金が足んなくなっちまって忘八に負けてもらったんだっけか」

「やめろ。まさかそれまで家に」

「ばらされたくねえか？　だったら――」

勇助はにたりと笑った。

数日後の夜、なけなしの家財を背負った勇助は、宵闇に浮かぶ吉原大門の前で頭を掻き、どうしてこんなことをやっちまったのやら、と独りごちた。

勇助は吉原の禁忌に触れた。客の秘密を明かすのもその一つだ。しかも、その秘密で客を強請《ゆす》るなど以ての外。露見すれば簀巻きにされ、鉄漿溝に蹴り込まれても申し開きは出来ない。

あの男は、重三郎の恋人の父親だった。

最初は説得の糸口があればと身辺を洗ったところ、叩けば叩くだけ埃が出た。女郎の払いを渋り、馴染みの約束を反古にするのは日常茶飯事、身請けの約束をなかったことにしたことさえあった。そこで、説得から強請りに方針を変えたのだった。

歌麿は男に『娘の縁談に口を出さないこと』と条件をつけた。男は青い顔をしながらも頷いた。口約束では心もとない。裏に呼び出し、血判も取った。その血判は勇助の手の中にある。あの父親は勇助の影におびえながら、娘を嫁に出すだろう。

自分の心の中にある思いを形にすることさえ許されない、この世の中への意趣返しだった。が、勇助の胸の内にはなおも黒い霧が立ちこめたままだった。

「あばよ、吉原」

提灯が下がる表通りに言い放ったとき、勇助は肩を摑まれた。

振り返ると、重三郎が立っていた。なぜか重三郎は不機嫌そうだった。

「なんだ、お前か」

「どこに行くんだ」

「吉原に居づらくなっちまったから、吉原の外に出ようかって思ってる」

「お前、向こうの父上を強請ったな」

「おう。これで丸く収まるだろ」

「馬鹿を言え。あんなやり方でうまく行くわけないだろう。一緒になるのは認めてくれたが、おかんむりだ。あたしの義父になる人なんだぞ。今後、あの人とどう付き合えばいいんだよ」

「お前は想い人と幸せになる。それで充分だろ」

重三郎は怒鳴った。

「ふざけるな。そんな行き当たりばったりがあるか」

「そうでもしなきゃ、お前、諦めてたろ。いい薬だ。やりてえことをやるには、出たとこ勝負で飛び込まなくちゃならないときだってあらあな」

重三郎は口を結んだ。得心したことがあったのか、大きく目を見開いている。

話は終いだろうと察し、勇助は踵を返した。

が、重三郎はまた口を開いた。重三郎の声は震えている。

「何で、吉原には埒があるんだ」

勇助は振り返った。

闇の中、重三郎は吠えた。

「あたしたち吉原者は、ただ精一杯生きてるだけだ。でも、なんであたしたちはこんなにも儘ならないんだ？　これじゃああまりにも、報われないじゃあないか。——決めたよ。あたしァ、この埒を壊す」

「何言ってるんだよ、馬鹿野郎。そんなこと、できるわけがねえ」

勇助は吐き捨てた。だが、自分の言葉に、勇助自身が傷ついていた。

重三郎は退かなかった。

「誰に何と言われようとも、いつかあたしァ吉原の埒を壊してやるから、その時を楽しみにしてろ。あたしのためにも、お前のためにも。誰も、行き当たりばったりの挙げ句、滅茶苦茶をやらなくていいように。あたしァ吉原の埒を壊す」

勇助はもう振り返らなかった。

重三郎から取り上げたままだった絵を懐から出し、眺めた。どこにもいない女の姿は、何処を探してもいないからこそ、殊更に綺麗に見える。

もしかしたら俺も。その絵に向かって勇助は言った。

「吉原の埒とやらをぶっ壊さなくちゃならねえのかもしれねえな」

勇助は駆け出した。真っ暗な江戸の町へと。

煙草の煙を吐き出した歌麿は、口の端に小皺を溜めつつ、軽く笑った。

「あの頃は若かったな」

歌麿とて、もう四十代だった。小さく息をついた歌麿は、白いものの混じる髪を後ろに撫でつけ、続けた。

「あいつ、もしかすると、ずっと、あの日のまんまだったのかなあ」

小兵衛が問うと、歌麿はぽつぽつと続けた。

「あの後、あいつは本屋を志した。鱗形屋の下請けに入って、『吉原細見』を売って、その儲けの一部をお春ちゃんの実家に送り続けたらしいぜ。あいつなりの沽券だったんだろうよ。で、鱗形屋が潰れてからは地本問屋の株を引き継いで細見を売って、金を作っておっさんの店を買って、戯作や絵を売り出した。あの野暮なご老中様が世の中をしっちゃかめっちゃかにしても、罰を食らっても、だ」

歌麿は目を細めて口に煙草を宛がった。

「店が潰れて困るのはてめえなのに、そんなことは関係ねえ。あいつには、てめえの金勘定なんかよりもっと大事なものがあったんだ」

吉原の埒を壊す。小兵衛も耳にしたことがあった。ようやく小兵衛は、重三郎という男のことを摑むことができた気がした。

商売人としては失格だが、重三郎の有り様はただただ眩しい。

「重三郎があんたを迎えたのは、その辺が理由なんだろうな。あいつ、ふらふらしてるだろ。だから、あんたみたいな人が必要だったのさ。――ま、あいつが憧れた版元があんただった、っていうのはあるにせよ」

「重三郎さんが、俺を？」

「今の話、聞いてなかったのかよ」歌麿は皮肉気に顔をしかめた。「あいつ、あんたの本屋、豊仙堂をずっと贔屓にしてたんだ。あんたの背中を追っかけてたんだ」

「――そうか」

今になって、なぜ重三郎が自分を雇い入れたのか、その理由が判った。空っぽだった小兵衛の胸に、熱いものが流れ込んだ。そのなにかで胸の中が満たされ、小兵衛の目から一筋の涙が零れた。

何も残せていないわけではなかった。小兵衛の仕事は重三郎との縁を作った。そして、重三郎が江戸を塗り替えていった。あくまで重三郎の功績だ。が、それで十分だった。墓碑銘に彫る功績はなくとも、あの世に引っ立てられた際、閻魔様に自慢できるものをようやく見つけた、そんな気分だった。

小兵衛は目を閉じる。あの世の畔《ほとり》に、女房子供が立っている。まだ行けない。そう声を掛けた。二人がどんな顔をしていたのか、小兵衛には判然としない。

目を開いた小兵衛は、歌麿に向かい、手をついた。

「頼みがある」

「なんだい」

「――また、耕書堂《うち》でやり直しちゃくれねえだろうか」

何も言わずにいる歌麿に、小兵衛は頭を下げ、続けた。

「今は、金を稼がなくちゃならねえところなんだ。あと二年もすれば京伝さんも帰ってくる。他の戯作者や絵師も育つ。だが、今、うちには目玉がいねえ。目玉がいなくっちゃ元の商いができない。あと二年でいい。手を貸してくれねえか」

歌麿は短く笑った。その声には、湿り気が混じっている。

「正直なのはいいことだが、耕書堂は職人を大事にしねえからな」

「だろうな。だが、俺は重三郎さんの夢を最後までやり遂げさせてぇ。ここで店を畳むことになったら、きっと俺は俺のことが許せねえ」

ははは。歌麿は乾いた笑い声を上げた。

顔を上げると、歌麿はくしゃっと顔を歪めた。

「断りようがねえよな。分かったよ。手伝ってやる。ただし、他の版元の仕事もある。

あまり期待はするなよ」

「すまん、いや、恩に着る」

また小兵衛は頭を下げた。

歌麿は、煙草を灰吹に捨てた。沈黙が部屋に垂れ込める。

その沈黙が突如、破られた。

しみったれた空気の中に混じり合いそうもない、ふっふっふ、という自信ありげな笑い声が響き始めた。歌麿のものでも、小兵衛のものでもない。

顔を上げると、奥の間の戸が勢いよく開いた。

「確かに聞いたぞ歌麿。騙されたね」

小兵衛は声を失った。

明日がないと宣告された男が目の前で満足げに口角を上げている。その現実に頭がついていかない。戸を開いて不敵に笑うのは、寝間着姿のままの重三郎だった。

「重三郎さん、あんた、どうして」

「どうしても何も。一芝居打ったんですよ」

重三郎が言うには——昨日の夜、目を覚ました重三郎は事態を理解し、起き上がろうとしたが、自分が危篤となれば歌麿がやってくると気づき一計を案じた。小兵衛となんとか引き合わせて仲直りさせ、また歌麿を耕書堂に引き戻そうと芝居を打ち続けたのであった。

「たばかりやがったな」

歌麿の怒鳴り声にも重三郎は怯まない。

「世の中、騙された者の負けなんですよ。それに、あたしの恥ずかしい話を無断でしたんだ。それくらいの思いはしてもらおうか」

「畜生、結局てめえの掌の上だったたってわけか」

「でもね、歌麿」重三郎はそっぽを向いた。「騙してでも、あたしァお前と小兵衛さんとで仕事をして欲しかったんだ。何より、お前の為にね」

「――ふん」

歌麿はそっぽを向いた。その歌麿の目に、きらりと光るものがあった。

小兵衛もまた、視界が滲んで重三郎の立ち姿がよく見えなかった。勝ち誇った顔をしてにやにやとこちらを見つめているのであろう重三郎の顔も、何が何だかよく分からなかった。

だが、自分の涙を認めるのも癪だった。小兵衛は怒鳴り声を上げた。

「なんであんたはいっつもいつもそうなんだい」

すると重三郎は悪びれもせずに言った。

「きっと、あたしが、蔦屋重三郎だからですよ。それに、そっちの方がおもしろいからに決まっているでしょう？」

捉えどころがなく、掴もうとすればもうそこにはいない。そのくせ、懐にひゅるりと忍び込み、脇をくすぐり去ってゆく。重三郎はまるで、風だった。

小兵衛は小さく笑った。その声はその場にへたり込んだ歌麿の怒声に紛れ、誰の耳にも届かなかった。

エピローグ

日本橋の辻を曲がった歌麿は、耕書堂前の喧騒に目を見張った。

店の前は既に黒山の人だかりだった。店から出てきた人々は本や浮世絵を手に持ち、ほくほくとした顔で人だかりから離れ、それぞれの帰途へついていった。

店の前にいた人々が散るのを待って、歌麿は店の前に立った。上がり框の際に、背の低い本棚がずらりと並べられている。どの本棚にも売り物は残っておらず、古い再販の紅絵が数枚取り残されているばかりだった。売り出しが終わって客もまばらになった店には、帳台の前で息をつくお春と、奥から本を運ぶ吉蔵の姿があった。ふとした拍子に歌麿の姿に気づいたお春は、つっかけを履いて土間に降り、歌麿に会釈した。

「あれ、歌麿さんじゃありませんか」

「お春ちゃん、久しぶりだな」

本棚に本を並べ終え、腕で額の汗を拭いた吉蔵も、人懐っこい笑みを浮かべて歌麿の前に立った。青い羽織に鼠色の着物を嫌味なく着こなしている。商人の若旦那然とした恰好が様になり始めていた。吉蔵は今、重三郎に代わって店主となった元番頭の下で修行している。

「ご無沙汰してます」

「大きくなったなあ。いくつになった」

「今年で十八になりました」

「道理で年を取ったわけだよ」

長く絵を描くと腰が痛むようになった自分の体に思いを致しながら、歌麿は白いものの混じる横鬢を掻いた。

が、その苦笑いを振り払って、歌麿は本題を切り出した。

「小兵衛さんはいないかい」

吉蔵は声を上げた。

「今日は出かけてます」

「いつごろ帰るか、聞いてるかい」

「夕方頃、と」

「待たせてもらってもいいかい」

「いいですよ。でも、その間、お願いしていた絵を描いてくださるとすごくうれしいんですけど」

吉蔵の言いぶりに、今はもういない蔦屋重三郎の影を見た歌麿は、小さく噴き出した。

夕方どころかすっかり日も沈んだ時分、丸屋小兵衛が店に戻った。

卒中にかかってからだろうか、それとも、この数年の激務のせいだろうか、小兵衛の頬はやつれ、頭の白髪も増えていた。六十代の後半、世間でも老人扱いされる年代だが、小兵衛はそれ以上に老け込んだ。

その日の小兵衛は旅姿だった。提灯を掲げて店に入った小兵衛は、三度笠と草鞋を脱ぎ、足を洗って店の板間に上る。帳台前で煙草をふかしていた歌麿は、おっさん、と声をかけた。すると小兵衛は、歌麿のほうを眺め、頓狂な声を上げた。

「歌麿じゃないか。どうした、こんな夜分に」

「そりゃこっちの科白だ。おっさん、一人でどこまで行ってたんだよ」

「ああ、ちょいと府中《ふちゅう》まで。歩けやしないから、駕籠《かご》を雇ってね」

府中は日本橋から内藤新宿を経て甲府に至る甲州《こうしゅう》街道沿いにある宿場町で、大人の足でも行って帰れば丸一日かかる。

「飯盛さんに会ってきたんだ」

京伝が罰を食らったのと時を同じくして、宿屋飯盛も江戸を追われていた。表向きは彼の生業である公事宿の仕事で不正があったとのことだが、どう見ても狂歌師としての活動が差し障りとなってのものだった。

「あの人、今は何を？」

小兵衛は歌麿の前であぐらをかいた。

「楽しくやっているみたいだよ。今は国学を勉強しているんだと。あの人の勉強数寄には頭が下がるねえ」

「そうかい。でも、あの人ァ、江戸に戻って来れるのかね」

「これぱっかりは、御公儀のご機嫌次第だろうね」

「ああ、だな」

定信公は老中から降りた。あまりに苛烈で性急、上にも下にも質素倹約を強いたせいで公方様にも煙たがられたのだ。が、老中職を退いてもなお、定信公の残した部下はその御政道を馬鹿正直に引き継ぎ、定信公自身よりも杓子定規な質素倹約、風紀粛正を推し進めている。

「冬は続きそうだな」

「かもなあ。でも、ずっと冬ってことはない。冬の次には、必ず春が来る」

「違いない」

くつくつと笑う歌麿をよそに、小兵衛は顔を曇らせた。

「だが、もう、春町さんは帰ってこない。そして、春町さんが書いたものは、他の戯作者には書けない」

歌麿も神妙に頷いた。

『鸚鵡返文武二道』は、どんな凄腕の戯作者にも書くことはできない。だからこそ、あの戯作は褪《あ》せることなく語り継がれていく。恋川春町が毒を舐めたのは、これを見越していたからなのかもしれない。自分が死んでも自分の書いたものは残る。戯作者の、物を作る人間の誉れだろう。そんなことを歌麿は思った。

小兵衛は、歌麿との間に置かれた煙草盆から火を採り、煙管を吸って煙を吐き出すと、店を見渡した。夜の店は、どこか物悲しい。昼間はあれほど人目を引いた浮世絵や草双紙も、今は暗がりの中で静かに並んでいる。

「店も、ようやく持ち直した」

「ああ、すげえな」

「歌麿や、他の先生方のおかげだよ」

この二年の耕書堂は、小兵衛が支えていた。

小兵衛は戯作者・絵師や職人を束ね、新たな店主やお春、吉蔵をよく補佐し、本や浮世絵を発行し続けた。耕書堂最盛期の発行点数からすれば見劣りはしたし、かつてのような奇抜な本づくりは鳴りを潜めたが、店の身代は守り切った。仕事を請けた歌麿がそれなりの力作を耕書堂に出したのは事実だが、それもこれも耕書堂の看板を掲げ続けた小兵衛あってのことだった。

小兵衛は寛政十年（一七九八年）、恋川春町の遺稿『須臾之間方《ちょんのまほう》』を版行した。死の直前、『鸚鵡返文武二道』の後に書いたと思しきその草双紙は、瓢箪から駒を出す、煙の上に乗る、屛風より滝を落とす、といった仙術の種明かしを面白おかしく下品に紹介した滑稽本だった。春町は諧謔以外のやり方で、そして小兵衛は版元の正道で、寛政の改革に泥を投げつけた。

天井を見上げながら、小兵衛は微笑んだ。

「重三郎さんのようにはいかなかったけど、吉蔵が大きくなるまでなんとか店は保った。重三郎さんの残した場を守り切ったってことになるね。上々の結果だな」

「あんたが上々、ってえなら、上々なんだろうな」

「おう」

朗らかに表情を崩す小兵衛に、歌麿は掛け値なしの一言を掛けた。

「あの世の重三郎も喜んでるよ」

重三郎は吉原の埒を壊す不埒者になると言っていた。重三郎の人生の内ではそれは果たすことが出来なかったかもしれない。だが、今は違う。江戸で刷られた戯作や浮世絵が、田舎への土産になる時代となった。吉原どころか、耕書堂の出版物は江戸の埒を超えて出回っている。そのうち、日本津々浦々に耕書堂の商い品が行き渡り、吉原、江戸、身分といった埒をも破る日がやってくるのかもしれない。

ただの夢物語に過ぎない。だが、歌麿の胸の中で、その夢物語が脈動し続けている。小兵衛が突き動かされたように、自分もいつかこの夢物語に呑まれ、とんでもないことをやらかす日が来るのだろう、そんな予感に歌麿は震えていた。

小兵衛は店の有様を眺めつつ、言った。

「これでいつ死んでもいい。やり切ったよ」

「おいおい、寂しいこと言うなよ」

「いや」小兵衛は頭を振った。「重三郎さんがいなくなってから、ずっとあの人の代わりに後片付けをしてた気がするよ」

小兵衛は未だに心の整理がついていないようだった。

重三郎は、二年前に死んだ。

突然のことだった。文机に突っ伏すようにして息を引き取っていたのを、朝、お春が見つけた。その文机には、豊仙堂丸屋小兵衛の発刊した戯作が開かれたままだったという。医者の良庵は江戸煩《わずら》いだと言っていたが、死の理由など、どうでもよいことだった。重三郎がいない。江戸にぽっかり空いた大穴のほうが余程取り返しのつかないことに思えた。

小兵衛は煙草の煙を吐き出した。

「蔦重のいない江戸の空は、味気なくていけないよ」

歌麿が頷きかけたその時、閉じていたはずの表の戸が、不意に開いた。風だろうか。いや、引戸がひとりでに開くなどありえない。歌麿は訝しむ。客だろうか。煙を吐き出しながら小兵衛はその戸の向こうを見やった。だが、そこには誰もいなかった。

小兵衛は、懐かしげに目を細めた。

「……久しぶりだな、二年ぶりかい」

まるで、そこに人がいるかのような口ぶりで、小兵衛は喋り出した。

「あんたがいなくなってから、大変だったよ。……え？　ああ、あんたが死んだとき、飯盛先生があんたのために弔辞を書いてくれたんだ。ご本人は所払《ところばら》いに遭ってるから、葬式に参列できないっていってな。あれは見事なもんだった。あ、聞いてたのか。そりゃそうか。あんたが主役だったんだから」

「おい、おっさん」

歌麿の呼びかけは、小兵衛には聞こえていないらしい。

「ああ、ああ……。そうだな。賭けは俺の勝ち、か。でもな、この店のてこ入れに俺も結構持ち出しちまったからなあ。最後の二年はただ働きだよ」

肩を揺らして笑い、すくりと立ち上がった小兵衛は、足が悪いのを忘れたかのように、ふらふらと歩き始めた。最近では手放せないはずの杖も持たず、出会ったあの頃のように煙管を指の間に挟んで立ち上がった。

「思い残すこと？　……ないな。吉蔵を版元として仕込んでおいた。もう俺がいなくとも仕事は回る。吉蔵はあんたに似て職人あしらいが下手なのが心配だけど、こればっかりは本人が覚えていくしかないからな」

虚空《こくう》に向かって声を弾ませる小兵衛は、折れていた腰もしゃんと伸び、老人然としていた表情にも張りが戻っている。

「あんたと過ごした日々は、本当に楽しかった」

小兵衛は、一筋の涙を落とした。

その瞬間、ごうと唸りを上げ、一陣の風が店の中に舞い込んだ。その風は、浮世絵や本の丁をめくって去っていった。それはまるで、かつて江戸の町を持ち前の迅さで狂瀾させ続けた男のまとう風にも似ていた。

「今だから言うがな」小兵衛は恥ずかしげに頰を掻いた。「きっとな、俺は、あんたのことを死んだ息子みたいに思ってたんだ。もしかしたら、出過ぎた時もあったかもしれん、済まなかった」

不意に小兵衛は大きな笑い声を上げた。

「はっはっは、あんたらしいなあ。そんなことどうでもいい、か。——え？　なんだって、春町先生が新作を書くのかい。え、俺を呼んでる？　俺なんかが役に立つかねえ」

そう言いながらも、小兵衛は既に土間に降りていた。

「そうかい。そう言ってくれるとうれしい。本屋冥利に尽きる」

小兵衛は歩き始めた。

ここに及んで、歌麿は裸足で土間に降り立ち、小兵衛を後ろから羽交い締めにした。

だが、足を悪くした老人とは思えないほど、小兵衛の力は強かった。いともたやすく払われた。

「おい、おっさん、待てよ。行くな」

振り返った小兵衛の表情に、思わず歌麿は口ごもった。

小兵衛に、錯乱の影はなかった。ただ、悲しげな顔を浮かべた。

「悪いな歌麿。俺はもう行くぞ」

「なんで」

「奴に呼ばれてる。行かなくちゃならない。もう俺がここでやることは何もない」

「待てよ」歌麿は怒鳴った。「少なくとも、まだ俺にはおっさんが必要だぞ」

「お前もいい歳だろう。俺なんざいなくてもやっていける。これからは、若い版元と組んで描いていけ。息災でな」

「お、おっさん」

歌麿は立ち上がろうとしたものの、金縛りに遭ってしまったかのように足が動かない。足だけではない、手も、首も、肩も動かない。尻餅をついたまま立てない。

そんな歌麿を尻目に、小兵衛は微笑みながら外に向かって歩き始めた。

「またあんたと仕事できるのが楽しみだよ」

小兵衛はもう振り返らなかった。音もなく表戸を開け放って外に足を踏み出し、戸を閉じた。

戸が閉まったとたん、歌麿の金縛りが嘘のように解けた。

「おい、おっさん」

歌麿は戸を開いて転がり出るように外に飛び出した。だが、眠りに落ちる江戸の町の往来に、小兵衛の姿はなかった。


次の日の朝、小兵衛が見つかった。

橋のたもとで座り込んでいるのを自身番が見つけた。既にこと切れていた。何の苦悶もない、晴れ晴れとした死相だった。

小兵衛の葬式は、晴れがましい空の下で執り行われた。

焼き場から精進落としの場へと向かう最中、歌麿は一人、こっそりと葬列から離れた。

小伝馬町の界隈をそぞろに歩いた。この町も、刻一刻とその形を変えつつある。界隈にあった火除地は姿を消し、いつの間にか商家が立ち並んだ。かつて小兵衛と土イナゴを捕り、写生したあの空き地は、もうどこにもない。

澄み渡る青空は、仏様の生前のお人柄を示すようだ。坊主の賢《さか》しい文句を思い出し、歌麿は道に唾を吐き捨てた。

小兵衛はいつもむっつりとしていて、さながら雷雲みたいな人だった。仕事のやりとりが一等楽しい相手だった。だが、その雷雲は、もう歌麿の頭上にはない。

歌麿は前を向いた。日本橋の風景は、じわりと歪んでいた。

「蔦重のいない空は、おっさんの言うとおり確かに味気ねえよ。その上、おっさんまでいなくなったら、もっと面白くなくなるじゃねえかよ」

歌麿は自分の手を見る。何もない。だが、受け取ったものがある。江戸を向こうに回して一緒に戦った、そんな、形のない証が。彼らの面影が瞼《まぶた》の裏にあり続ける限り、いくらでも前に進める。そんな気がした。

「俺ァ、いつの間にかあいつらの思いも背負わされてたんだなあ」

歌麿は懐から一枚の紙を取り出した。小兵衛に渡すはずだった、美人画浮世絵の原稿だ。自信作、雲母《きら》をふんだんに使って絢爛に作る手はずになっていた。

歌麿はその絵を空に投げやろうとして、止めた。

小兵衛と一緒に作ったが、断じて小兵衛のために描いたものではない。新作を今や遅しと待つ、顔も知らない、無数の客に渡すためのものだった。そう気づいた瞬間、これまで当たり前のようにこなしていた自分の仕事に怖気を覚え、歌麿は首をすくめた。

「あの世には、絵の評判が届けばそれでいいだろ？　重三郎、おっさん」

絵を懐にしまった歌麿は、くるりと踵を返して、鼻を鳴らした。鼻の奥がしけっていたせいで、その音はどこか間抜けに響いた。

文庫版によせて　文庫化までの長い言い訳

わたしはずっと、本作『蔦屋』が嫌いだった。

学研さんの依頼で本作を書き始めたのは、二〇一三年頃のことだ。二〇一二年、わたしは江戸期の儒者・国学者の蒲生君平を焦点にした時代ミステリ『蒲生の記』で第十八回歴史群像大賞の優秀賞を頂き、翌年、その縁で書きおろした『洛中洛外画狂伝　狩野永徳』でデビューした。

二作目のモチーフ選びにはひどく難儀した。一作目が話題になったこともあって、描くべき人を見つけることがなかなか出来なかったのだ。見かねた担当者さんが河鍋暁斎や伊藤若冲などの絵師を提案してくれたものの、イメージがつかず断念し（今となっては書いておけばよかったと後悔している）、担当者さんが破れかぶれに口にした「蔦屋重三郎とかどうですか」という助け船にすがり、企画を立てた。当時、わたしはデビュー作刊行直後で焦っていた。長く小説家として活動できるとは思っておらず、せっかく作家になったのだから出版業界にドデカい爆弾を落としてやるぜェ……、と、世紀末を牛耳るモヒカン軍団の長のような心持ちに背を押されていた。

そんな事情もあって、グルーヴ感に溢れた執筆となった。本作は当初、数名の文化人の視点から重三郎を描く連作短編にする予定だった（自作で例を挙げると『曽呂利』のような）。しかし、プロローグ用の視点人物として書いた丸屋小兵衛の人物像が著者のつぼにハマり、急遽二人のバディものにでっち上げた。版元さんはさぞ腰を抜かしたことだろう。

史実の蔦屋重三郎は何でもありの出版人だったらしい。若い頃、世話になっていた版元が潰れた際には看板作家を引き抜いて独立しているし、十ヶ月で百五十枚近い絵を東洲斎写楽に描かせて版行したり、晩年に近い時期、本居宣長に会いに伊勢松坂に足を延ばしてもいる。この蔦屋の姿に灰汁《あく》の強い名物出版人像を投影する作品も多いが、わたしはむしろ、天職を見つけて働く人間の清々しさを見た。そして、やりたいことをやって生きる人間特有の明るさを見たのである。きっとそれは、社会に出たはいいが根本的に労働に向いておらず、日々鬱々としていたわたしにとっては理想の大人だったのだろう。

そうして書いた本作は数々の書評を頂いたばかりか、『この時代小説がすごい！２０１５年版』（宝島社）で単行本部門七位、オール讀物が主催する本屋が選ぶ時代小説大賞ノミネートといった実績にも恵まれたのだった。

しかしいつからだろう、本作を疎ましく感じるようになったのは。

本作は、わたしに色々な出会いをもたらした。その中には人生を変えるかけがえのないものもあった。その反面、未だにわたしを苛み続ける大きな災厄をもたらした。腹立たしい体験は枚挙に暇《いとま》がない。

わたしはずっと『蔦屋』を投げ出したかった。キャリアを積む中で色々な趣向を用い、様々な時代・人物を描いてきたのは、『蔦屋』の呪縛から逃れようとしていたからなのだろう。しかし、皮肉にも、わたしは事あるごとに「『蔦屋』の谷津矢車」と紹介され続け、『蔦屋』みたいな作品を書いてください」と版元さんからオーダーされるようになっていた。

右記の感慨は、商業作家失格と断じざるを得ない。ある若僧が覚悟もなくデビューし、多少売れたことで発生した上昇気流や下降気流に翻弄されたというだけの話なのだ。有り体に言えば、あの頃のわたしは青かった。

長らく本作を文庫化しなかったのは、自分の「青さ」に著者自身が胸焼けを起こしていたからだ。過去など振り返りたくもない。それよりも、まだ見ぬ新作を書き上げ、『蔦屋』の谷津」を払拭したかった。――勘の良い読者の皆様におかれてはお気づきのことだろうが、そうやって動機の中央に位置してしまっている時点で、わたしにとって『蔦屋』はずっと現在進行形の物事であり続けていた。が、作家としてキャリアを重ねる中で『蔦屋』は徐々に過去の側に押しやられていった。それに従いフラットに『蔦屋』と向き合えるようになり、「昔の自分もまああ面白い小説書いてるやんけ」と暢気な感想を抱くに至ったのである。

そして時は流れ二〇二三年、横浜流星氏が蔦屋重三郎を演じる大河ドラマ『べらぼう～蔦重栄華乃夢噺《つたじゅうえいがのゆめばなし》～』の制作が発表され、文庫化の話が持ち上がった。

書き手からすれば、蔦屋重三郎は「どういう風にも書ける」懐の深さがある。カレー、シチュー、ポトフ、肉じゃが、味噌汁……味付けを選ばず登板できるじゃがいものような存在なのだ。『べらぼう』で蔦屋がどのような味付けをされるのか、蔦屋重三郎を主人公に小説を書いたわたしにも読み切れないところがある。一年間付き合う主人公として、こんなに相応しい存在はあるまい。だからこそ、これからも、様々な書き手によって、新たな蔦屋重三郎像が造形されていくだろう。本作は「蔦屋もの」を形作る水滴の一つに過ぎない。そう思えるようになったからこそ、本作はわたしの中で過去となったのだ。

嫌な話を書き連ねてしまった。もしかしたら「谷津は今でも本作が嫌いなのでは」とご心配の向きもあると思う。だから、はっきり書いておこう。皆さんの手に『蔦屋』文庫版を届けることができて、素直に嬉しい。そして、そうやって心から喜べていることに、今、わたしは胸を撫で下ろしている。

二〇二四年八月

谷津矢車

単行本　二〇一四年四月　学研パブリッシング刊
（文庫化にあたり、大幅に改稿しました）

ＤＴＰ制作　エヴリ・シンク

文春文庫

蔦《つた》屋《や》

定価はカバーに
表示してあります

2024年10月10日　第1刷

著　者　谷《や》津《つ》矢《や》車《ぐるま》
発行者　大沼貴之
発行所　株式会社 文藝春秋

東京都千代田区紀尾井町 3-23　〒102-8008
TEL 03・3265・1211㈹
文藝春秋ホームページ　https://www.bunshun.co.jp

落丁、乱丁本は、お手数ですが小社製作部宛お送り下さい。送料小社負担でお取替致します。

印刷・萩原印刷　製本・加藤製本
Printed in Japan
ISBN978-4-16-792284-9

文春文庫　最新刊

烏の緑羽　阿部智里
貴公子・長束に忠誠を尽くす男の目的は…八咫烏シリーズ

ミカエルの鼓動　柚月裕子
少年の治療方針を巡る二人の天才心臓外科医の葛藤を描く

警視庁公安部・片野坂彰 **伏蛇の闇網**　濱嘉之
日本に巣食う中国公安「海外派出所」の闇を断ち切れ！

武士の流儀（十二）　稲葉稔
茶屋で出会った番士に悩みを打ち明けられた清兵衛は…

蔦屋　谷津矢車
'25年大河ドラマ主人公・蔦屋重三郎の型破りな半生

俠飯10　懐ウマ赤羽レトロ篇　福澤徹三
売れないライターの薫平は、ヤクザがらみのネタを探し…

鎌倉署・小笠原亜澄の事件簿　西御門の館　鳴神響一
水死した建築家の謎に亜澄と元哉の幼馴染コンビが挑む

幽霊作家と古物商　夜明けに見えた真相　彩藤アザミ
成仏できない幽霊作家の死の謎に迫る、シリーズ解決編

嫌われた監督　落合博満は中日をどう変えたのか　鈴木忠平
中日を常勝軍団へ導いた、孤高にして異端の名将の実像

警視庁科学捜査官　難事件に科学で挑んだ男の極秘ファイル　服藤恵三
オウム、和歌山カレー事件…科学捜査が突き止めた真実

キャッチ・アンド・キル　#MeToo を潰せ　ローナン・ファロー　関美和訳
米国の闇を暴き #MeToo を巻き起こしたピュリツァー賞受賞作

魔女の檻　ジェローム・ルブリ　坂田雪子　青木智美訳
次々起こる怪事件は魔女の呪いか？　仏産ミステリの衝撃作